孫たちへの証言

第28集

テーマ

70年への想い　記録遺産へ

表紙は矢野博氏（77・大阪市）の画集『あの日あの時、國民學校一年生の記憶』から合成しました。

もくじ

◆第一部　国内での体験

◆第二部　国外での体験

◆第三部　亡き人たちの証し

応募総数と掲載総数
（第1集〜第28集）

応募総数　18,269編
掲載総数　 2,227編

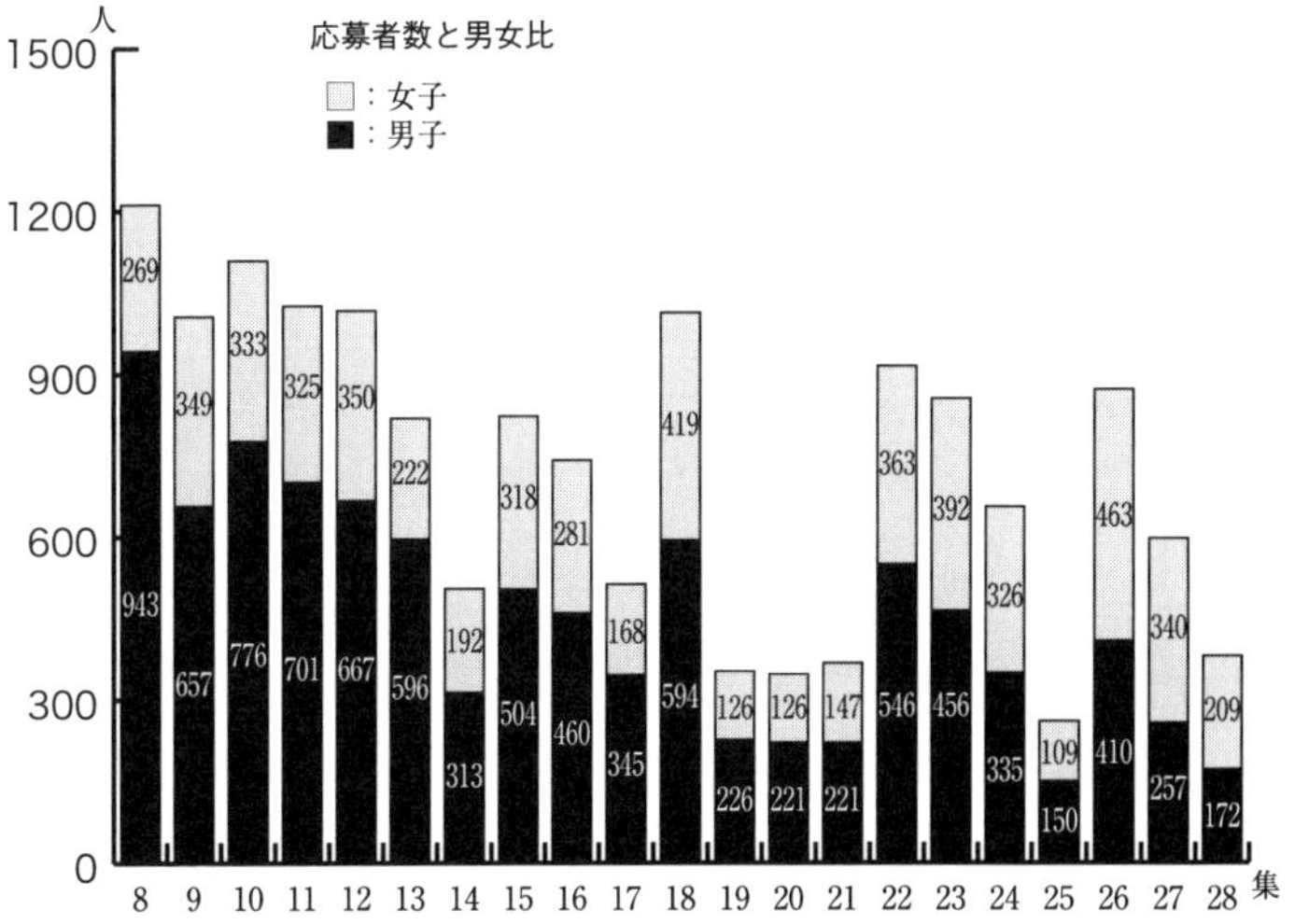

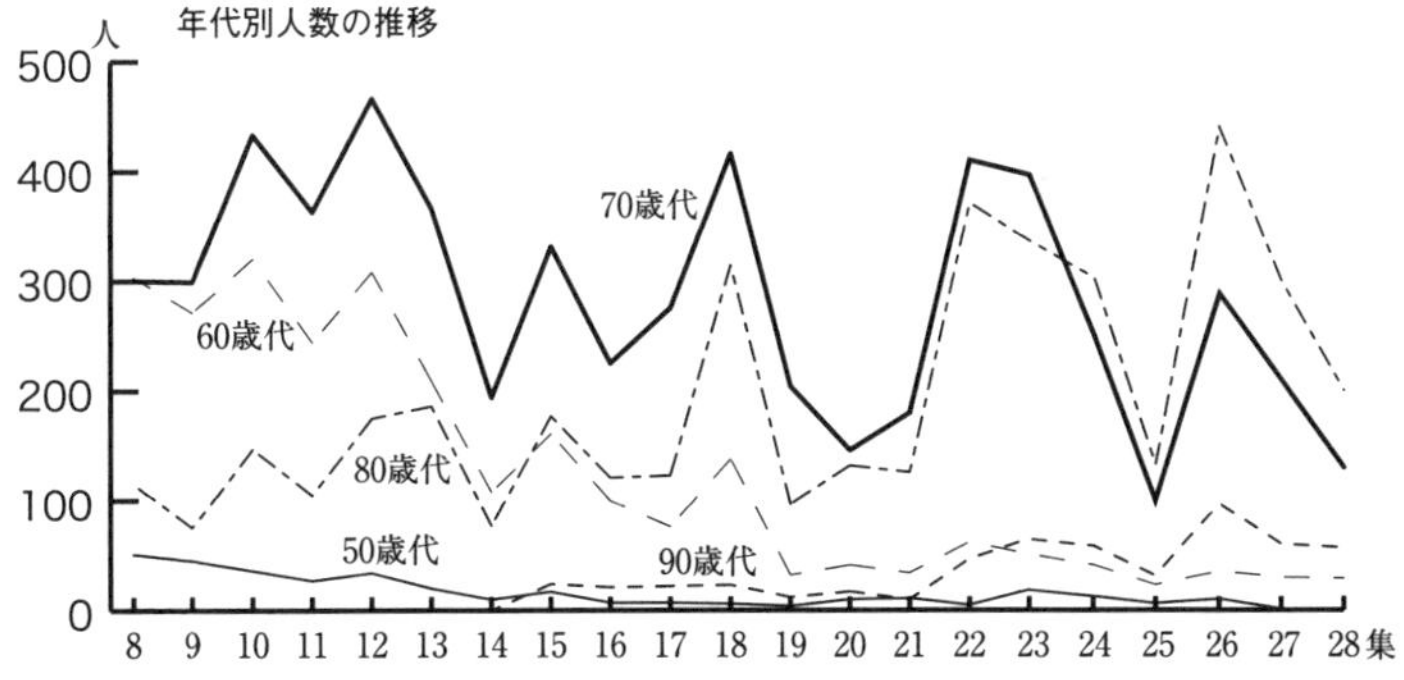

「孫たちへの証言」第28集　県別応募者数

県　名	数	県　名	数	県　名	数
北海道	3	新　潟	6	山　口	7
青　森	0	石　川	0	香　川	7
秋　田	0	富　山	1	高　知	2
岩　手	1	福　井	1	徳　島	3
宮　城	8	岐　阜	6	愛　媛	6
山　形	1	愛　知	5	福　岡	13
福　島	6	三　重	5	佐　賀	1
茨　城	4	滋　賀	3	大　分	3
群　馬	5	京　都	17	長　崎	6
栃　木	4	大　阪	64	熊　本	7
埼　玉	13	奈　良	5	宮　崎	1
千　葉	15	和歌山	8	鹿児島	1
東　京	32	兵　庫	38	沖　縄	3
神奈川	30	鳥　取	2	国　外	0
静　岡	6	島　根	5	不　明	0
山　梨	8	岡　山	10		
長　野	5	広　島	4	合　計	381

「孫たちへの証言」第28集　年齢別応募者数

年　齢	男	女	計	年　齢	男	女	計
10歳代	0	0	0	70歳代	52	79	131
20歳代	0	0	0	80歳代	84	92	176
30歳代	0	1	1	90歳代	24	18	42
40歳代	0	2	2	100歳代	1	1	2
50歳代	1	2	3	合　計	172	209	381
60歳代	10	14	24	平均年齢	77.84歳		

第1部 国内での体験

千曲川土手にて。村長、先生（3）、寮母（3）さん等と。昭和20年秋帰京前、2列目右から5番目が私【本文53ページ、仁平正男様】

戦雲なびく時代を生き抜いてここに百一歳あり

東京都調布市　最上孝子（百一歳）

百一歳の今、来し方を振り返ると様々な体験をしたと思っています。

大正十二年、小学校三年生の時には関東大震災を体験しました。始業式を終え、学友の家のブランコに乗って遊んでいると、漕いでもいないのにいつまでもブランコが止まらないので「変だな？」と思いました。

女学校（東京四谷私立雙葉高等女学校、ジュヌビエブ・ルスロン校長）を卒業し、結婚して長女を生んだ年には、二・二六事件、長男を生んだ昭和十二年頃からは、日中戦争が始まり、病院にいる時、トラックに乗って兵士が戦場に向かうのを見送ったのを覚えています。

二男を生んだ昭和十五年には、かなり物資不足が進み、何を買うにも行列で一時間以上待たなくてはなりませんでした。

その頃、夫（銀行員）の転勤で、東京から神戸へ引っ越しました。やっとの思いで汽車の切符を手に入れ、満員ラッシュ状態の中を十二時間以上かけて神戸に到着しました。

神戸に引っ越して間もなく、三男が生まれるのですが、その頃、長男が疫痢で入院しました。

生まれたばかりの三男を抱え、長男を病院に連れて行くと、廊下まで溢れる患者たちが目に飛び込んできました。

長男は細い腕に何回も点滴を打たれ、両腕にはもう点滴が打てない状態になっていたので、看護婦さんの間では、次に死ぬのはあの子だ、と言われていたそうです。

医師に「こんな所に赤ん坊を連れて来てはいけない。早く帰りなさい」と言われ、家に帰れば長女が熱を出していました。

病院には、疫痢や栄養失調、猩紅熱などで苦しむ子どもたちが大勢いました。あまりにも多くの人が死んでいく中で、人の死を日常のことのように受け止めることしかできない状態でした。

長男は無事退院することができましたが、夫の東京転勤でまた引っ越しです。業者への支払いは食糧で、砂糖などは貴重品でした。

昭和十八年に生まれた二女は、肺炎のため数か月の命を閉じました。両手に納まる小さな骨壺を抱いた時には涙が止まりませんでした。

昭和十九年夏、子ども四人を連れ、姑と共に夫の生家である兵庫県吉川町に疎開しました。親戚合わせて、大人五人、子ども十三人の共同生活です。庄屋であったため、広島・呉方面に向かう大勢の兵士を泊めたり、負傷した兵士の治療を行ったりしました。その間、主人の兄は腸チフスに感染し命を落としました。主人の弟は出征しました。

昭和20年９月、疎開先の兵庫県吉川町で。左から姑、3男（2）、長男（7）、2男（4）、長女（9）と私（31）

吉川町は空襲もなく静かな生活でしたが、配給は少なく、着物などと食糧の物々交換でした。二年前に生まれた三男は栄養失調のため、まだ歩くことができませんでした。いつも台所にいて「ごはん、ごはん」と歌っていました。

長女九歳、長男七歳は疎開先の国民学校に通学しましたが、栄養失調の状態で片道一時間近くかかっての通学は大変だったようです。地元の農家の子どもたちは、食糧も豊富で体力があり運動会の時などは「かけっこ」しても歯がたちませんでした。

物資不足ではありましたが、命の危険にさらされていないだけ幸せだ、と誰もが思わずにいられませんでした。

子が釣りし食用蛙の皮をはぎ　息のみてわれ包丁を刺す

農家の子の持つふかし甘藷にさはりたしと　恥らひ言ひき五歳の吾子よ

防空壕燈火管制と話はづみ　乏しく生きしを頷き合へり（疎開生活を振り返って）

疎開生活初めての年が明けた昭和二十年一月、母と妹、弟を残して実父が癌で他界したという知らせを受けました。

東京から「チチキトク」の電報は届いていましたが、交通手段も困難で、幼い子ども四人と姑を残して見舞いに行くことはできませんでした。戦争中とはいえ、父親の死に目に会えなかったことは、今考えても心が痛みます。

夫は、昭和二十年三月の東京大空襲で猛火に包まれた深川支店を守り抜き、九死に一生を得ました。同年秋、神戸港から貨客船で途中名古屋に寄稿し、一日半かかって焼け野原の東京に戻りました。

今、思い出しても生き地獄のような毎日でした。天災は免れないものですが、戦争は人間が引き起こす人災の最たるものです。

どうか生命を大切に、戦争のない世界に向けて最善を尽くしたいと願っています。

原爆投下と荒木源太郎教授の「視察授業」

大阪府高槻市　下河茂朗（九十歳）

昭和二十年八月は暑い夏でした。私は京都帝国大学工学部一回生でした。学制は小学六年、中学五年、高等学校三年のため既に満二十歳となっており、木造二階建て二階寄宿舎（吉田近衛町）に居住していました。

政治、経済、文学部の学生は、昭和十八年の学徒出陣で兵役につき、寄宿舎の住人は工、医、理、農学部の学生が約百三十人、文系は約十人（負傷して軍務につけぬ者が多かった）でした。

私は当時の新聞にも載らなかったことを書いてみます。

八月六日広島市中心部に原子爆弾が投下され、閃光一発、熱線と衝撃波、放射能により約十四万人が死亡し、広島は焼野となりました。当時夏休みもなく、工業化学科の私はその二日後の八日、荒木源太郎教授の授業、「物理化学」を受講した。教室には約百八十人の学生（工業化学科、燃料化学科、繊維化学科、化学機械科）がいました。

荒木教授は教壇に立たれるなり次のように話し出された。「米軍は広島に新型高性能爆弾を投下した。損害は莫大、死者も多い。軍は秘密として新聞に未発表だ。私は軍部の依頼で昨七日に広島入り、現地調査をし、軍部と打ち合わせ、夜行列車で今朝京都へ着き、今こうして教壇に立っている。ここに広島出身者、父母、兄弟、姉妹が広島に居住する者はいるか?」と問われ、七~八人が挙手したのです。

先生は「私が既に工学部事務室に話してあるので、広島出身者は事務室で乗車証明書をもらい、広島へ行きなさい」「列車は広島の三駅手前までしか行かない。後は歩け!」「幸いにして親兄弟に会えたら、十五キロ以上離れた広島郊外に移して、そこで暮らすようにすすめる」と話されました。戦中は長距離の国鉄切符は、勤務先か官庁の証明がないと購入できなかったからです。

荒木先生の講義が始まりました。「今回広島へ投下された新型爆弾は、日本でも研究されていたが、その研究には莫大な資金と労力がかかるもので、米国の技術陣に先を越された。原子核が分裂する際は強烈な熱エネルギー(熱線)を発し、その衝撃波はコンクリートの建造物を破壊し、人は火傷のため真っ黒となり性別の判定も難しい。しかもこの分裂反応は連鎖的に進行し、核分裂に伴う放射能が飛散する。今回の調査でも放射能が計測された。海外の研究では放射能汚染地には数年間人間が住めないとの報告もある」

「この私の講義内容を良く理解して欲しい。各自の将来が戦時であれ平時であれ、地道な研究から出発し成果を上げるには、若い時からの積み重ねが大切だ。諸君の努力が日本の将来を担う。しかし学内から一歩出たら、発言に注意して欲しい(国内各地に特高警察や憲兵が網を張っている）。この戦争遂行のために行っている流言飛語や反戦活動の取り締まりがあることを諸君は知っていると思う。万一不用意な発言をして拘束された時は弁解するな。また知っていることをしゃべるな。『私は京都大学の荒木教授の弟子だ』とだけ言え。当局より京大化学系学生がつかまったと連絡があれば、荒木は全力をあげてその保釈に努める」と語られた。

私は荒木源太郎教授の熱意、権力を恐れぬ学生に対する愛情と将来への期待を見た思いがしました。

世界情勢は、日独伊三国同盟を形成したイタリアは既に降伏、ナチスドイツは、ライン河を越えて南下した連合軍がベルリンに突入しヒットラー総統は自殺、欧州の戦争は終結していたのです。日本のみが戦い沖縄はほぼ米軍により制圧、国内各地が連日空爆を受け、制空権は完全に敵に握られていました。

荒木源太郎教授は、この状況下に広島原爆の惨禍を自身の目で見て、日本の降伏、敗戦は切迫必死と思い至られたものと思います。そして戦後日本の復興には、若者が学問で世界に先行し、国民が平和に生き抜くことを願って、この授業を行われたと私は信じています。このような気骨ある教授のおられたことをお伝えしたく、あれから七十年の時を経て、九十歳でペンを執りました。

原爆の二日後、福山市も大空襲に遭い焼け出される

広島県福山市　三谷哲弘（七十九歳）

八月六日朝、友達と外で遊んでいた時、西の空に奇妙な光を感じた。その光が百キロ離れた広島に落とされた新型爆弾と知ったのは何日も後のことだった。

八日夜十時過ぎ、寝入りばなの私は母律恵（30）に叩き起こされた。寝ぼけ眼でぐずぐず言っていたと思うが、外の異様な明るさに驚きハッと目が覚めた。大慌てで防空頭巾をかぶりリュックを背負った。祖父三谷常三郎（59）は寄合で家にいなかったが、祖母イシ（59）、母、弟（6）と私の四人は家を飛び出した。近くの護国神社境内に作られた防空壕まで母は弟と私の手を引っ張って走った。途中目の前や後ろに容赦なく油脂焼夷弾が落ち祖母とはぐれてしまった。祖母のことを案じたが戻ることなどできなかった。やっとたどり着いた防空壕には老女が一人いた。

いつもは何もない境内に、強制疎開で出た家屋の古木材が山と積まれていたが、暫くしてその木材が激しく燃えだし、壕内にも強烈な熱風と煙が入ってきた。危険を察した母は防空壕を捨てる決心をした。老女にも「一緒に」と誘ったが「足手まといになるから」と言って動かず、気がかりだったが三人は防空壕を出た。その後老女は壕内で煙と熱により蒸し焼き状態で亡くなられ

たそうだ。

一面火の海だった境内を抜け出し、すぐ北にある入江の船着き場へ行った。まだ燃えていない釣舟に乗り込んだが、舟の上も燃えるように熱かった。私と弟は船縁につかまりながら水に潜り、猛烈な熱さから逃れた。その間にも狭い入江に迫り出した家が燃え尽きて、次々と焼け落ちてきた。その直撃を奇跡的に避けながら舟は流れた。

焼夷弾の投下が終わった頃、西の方で大きな高い建物の燃える様子が目に入った。息を飲む美しさであった。福山城の天守閣が燃えていたのだ。暫くして、舟に泳ぎ着いた男性を、母と私で引き上げた。同じ町内で厚生車（自転車タクシー）を運転している男性だった。彼は焼夷弾の直撃を受けて片足の甲が割れ、前半分が土踏まずの皮一枚でかかとにぶら下がっていた。しきりに水を欲しがったが、私たちの水筒はすでに空だった。東の空が微かに明るくなった頃、下流の船着き場に流れ着いた。男性を助けながら土手に這い上がった。彼は息も絶え絶えであったがどうすることもできなかった。すっかり夜が明けて、四一連隊の兵隊が戸板を持って負傷者の救出に回って来た。男性は救護所へ運ばれたが、間もなく亡くなったそうだ。

茫然と土手に座り込んで、「これからどうすればよいのだろう」と考えあぐねていたとき、祖父が来るのが見えた。父は陸軍歩兵少尉として支那事変に出征、昭和十五年三十歳で戦死していたので、祖父は父としての役目も負っていた。四人は駆け寄り互いに頷きながら涙した。私はこの時初めて涙が出た。祖父は、三人を知り合いの農家に預け、すぐに祖母を探しに出かけた。私が翌朝目覚めた時、枕元には泣いている祖母がいた。ようやく家族五人が無事そろった。それにしても、たった六歳だったやんちゃな弟が手に火傷をしていながら、ぐずることも泣くこともなく、よくついて来たものである。

その後、岡山の田舎にある親戚の家に行くことになり、福山駅に向かった。途中の街も我がタバコ店も見事に灰になっていた。駅前には何百体もの遺体が並べられていた。赤黒く焼けただれ水ぶくれしていたり、手足が無かったり、臭気も酷く、すさまじい惨状であった。その時私は、焼夷弾から逃げ廻った「恐ろしさ」とも違う「怖さ」を感じた。玉音放送の二日前のことであった。

戦後七十年を経ても、まざまざと思い出す、忘れることのできない惨憺たる数日間であった。空襲は九歳の私の目と頭と心に強烈な衝撃を与えた。

長岡の空襲、信濃川の堤防目指して走る

新潟県長岡市　高橋敏子（八十歳）

孫娘が通う宮内小学校で〝二分の一成人式〟が行なわれた。今年は孫も私が空襲に遭った年齢

の五年生になる。これを機に七十年前の戦争を糸を紡ぐように初めて書いてみた。

八月一日、眠りについたころ、両親に起こされ町内共有の防空壕へ急いだ。家は長岡市渡里町にあり、父桂一（41）は大阪機械製作所に勤めていた。壕は既に満員で蒸し暑い上に人いきれで苦しく外に出ていた。「今日はいつもと違う」と警防団の人が言う間もなく、五メートルと離れていない松の木に焼夷弾が落ち炎上した。姉静江（13）は火を消そうと叫んだが「逃げた方が良い」と言われ、信濃川の堤防を目指して走った。低空で焼夷弾を落とすので、爆音を聞き分けながら迷子にならぬよう父の腰につかまり足元だけを見て走った。家族の避難目標だった中島国民学校の校門まで来て気がついたら妹澄江（8）がいなかった。振り返ると一面真っ赤な炎で、もうだめだと私たちは泣き出した。父がここで少し様子をみようと言って立ち止まっていると、妹は近所のおばさんと一緒に走ってきた。私たち家族は長兄慶吉（17、長岡高等工業専門学校生）が学徒動員で夏休みから吉乃川酒造に住み込みとなり、両親は下の弟昌司（6）、勝司（3）をそれぞれ一人ずつ背負い、姉と私と妹、つまり七人で避難したのである。

そのうちに雨が降り始め、私は火が消えると思ったが、雨ではなく油だった。ヤケドした人が防火用水の水を飲んだが吐き出していた。信濃川に続く畑を歩いていると私は名前を呼ばれたので振り返り、「あんただれ」と聞く間もなく同級生の和枝さんと判った。この問いがその後私を苦しめた。彼女は母が戦死した父の位牌をとりに家に戻ったので一人で逃げてきたが、背中に焼夷弾を受け、柿川の橋も焼け落ちていたので川を渡ってきたという。下半身はビショぬれで、寒い寒いと言いながら変わり果てた両腕を前に出し、すすり泣いていた。防空頭巾をかぶっていなかったのか頭髪はまるでなく、顔はバレーボールのように腫れあがり、標準服の分厚い衿だけが身体に残っていた。

中島国民学校の校舎が倒れた時、土手に立っていた人は火風に倒されて信濃川に転げ落ちた人もあった。堤防から見た市街は草原が燃えているようだった。私たちは火災を免れた農家で休ませてもらい翌日、真っ白いおにぎりを戴き、異臭の漂うガレキの中を歩いた。狭い道路は通行できず、大通りを回って家の跡地に向かった。レンガ造りのカマドだけが残り、市街も僅かな土蔵だけが残り、燃えるものは全て燃え尽くされていた。

信濃川の堤防まで五十メートルくらいのところには幼い子が母と仰向けに倒れていた。衣服も焼けずきれいなまま、まるで空を眺めているようだった。わが町内の国旗掲揚塔の根元には黒いマネキン人形のような遺体が二体あった。頭に焼夷弾を受け、二体ともキャッチボールのような脳が飛び出ていた。これがあるため人間だと分かる。片づけられても身体の接地部分と脳の跡だけは地面に

罹《り》災《さい》時の人口 (昭和20年7月)	74,508人
空襲開始時刻	昭和20年8月1日 午後10時30分
爆撃機の数	125機
投下爆弾量	925トン
死者数	1,486人
罹《り》災《さい》戸数	11,986戸

長岡空襲による被害状況

長岡市罹災状況図

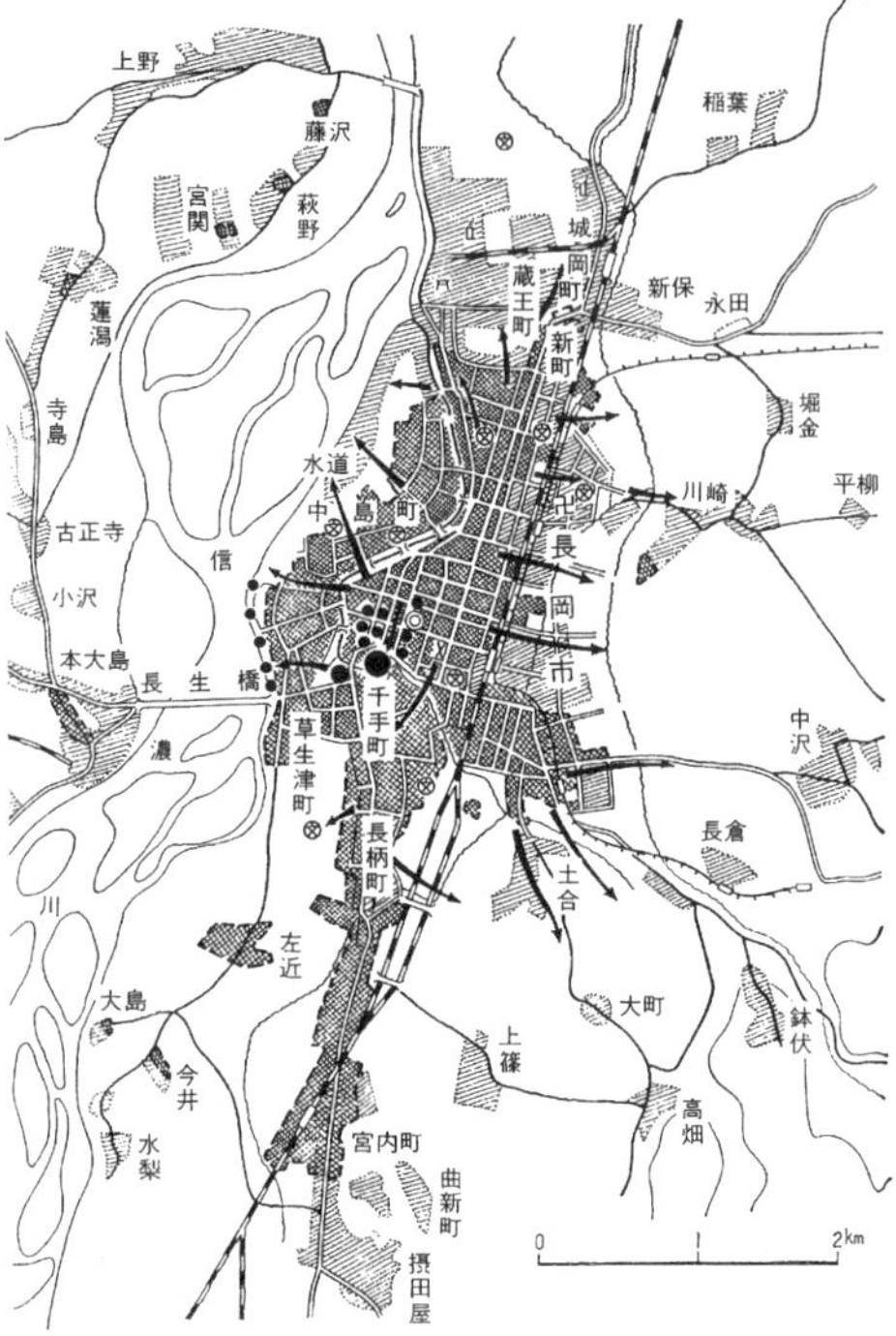

昭和45年長岡市立科学博物館発行「激動の長岡」から

残り、春になってもなかなか消えず、学校の往復に視線がいったものである。

家族のために地下室を作り出征したご主人は生還されたが、家族は全員亡くなられていた。家族を地下室に避難させ、近所の人の面倒を見ていた警防団の方は家族に全員死なれ茫然とされてお気の毒だった。私が四年生の時隣の席だった和雄君は地下室で家族全員死亡された。

戦後私の父と兄は焼け跡のバラックに交代で寝泊まりしていたが、農家の納屋を移築した狭い家で、焼け残ったレンガの大きなカマドを修理し作り共に生活のスタートを切った。

冬になり父が通勤の帰路、城岡の線路に投下された米軍の荷物から飛び散った菓子箱を一つ持ち帰った。その筋の人たちに回収されたがマントの下に隠してきたという。クリームをチョコレートで包んだ羊羹のようなもので二十四本入っていた。それを少しずつ家族で楽しみながら、正月に間に合うように工事された電灯のおかげでランプ生活に別れを告げた。

東京から甲府へ疎開、空襲の猛炎の中を逃げ延びる

神奈川県茅ヶ崎市　西　山　育　子（七十七歳）

私たちは東京品川の東戸越に住んでいた。父斉藤君蔵（終戦時37）は東京衡機の技術監督で、軍艦のモーターやメーターを製造していた。母つる（41）が妹きよ子を産んで一か月弱の十九年五月、父だけを残し甲府の母の実家に疎開した。そしてあの甲府大空襲に遭うのである。以下孫たちへの手紙です。

バアバが湯田《ゆだ》国民学校一年生（7）の夏のはじめの七月六日の夜、甲府（山梨県）の町中に鳴り響いた空襲警報のサイレンで目がさめ「さあ、急いで」とお母ちゃんの声。いつも訓練していたように、夏なのに枕元に用意してあった赤いオーバーを着て、弟泰一（5）に黒いオーバーを

着せ、防空頭巾をかぶり、リュックサックを背負い、お母ちゃんは、妹（1）をおんぶして、両手に私と弟をつないで、停電で真っ暗な家から外へ飛び出した。道路はサイレンと人びとの叫び声、爆弾や焼夷弾の破裂する大きな音は、地面から体にひびいた。もう赤い火が、あちこち上り、炎のうずが追いかけて、あたり一面火の海。たくさんの人に追い抜かれたり、ぶつかったり。弟がころんで、一瞬手が離れてしまい、お母ちゃんは気が狂ったように弟の名前を呼んで探した。私も弟もあまりの恐ろしさに、泣き声も出ず、今度はもっとしっかり手をつかまえて、必死に走って逃げた。

甲府の町からずうっとはずれの住吉神社にようやくたどり着いてほっとした時、お母ちゃんは背中の妹が静かなので死んでしまったのかと心配になり、足をつねったらギャーッと泣いたと、あれから何年も経ってから笑い話になった。何も知らずにスヤスヤ寝ていたのだ。

恐ろしかった夜も夏だったから早く明け、まわりの大人達は声をかけ合いながら、それぞれの家の方へ帰って行った。

盆地の梅雨明けは日差しが強く蒸し暑く、どこかのおじさんが「これかぶりな」と麦わら帽子をくれた。途中太い木の根っこと思ったら黒く焼けた死体で、赤黒い血がべっとり流れていた。川に浮いている死体を見せないように、お母ちゃんは両手で私たちの目をふさぎながら、ヨロヨロ家に着くと、どこもかしこもすっかり焼け落ちて、なーんにもなくなって煙くさかった。遠く

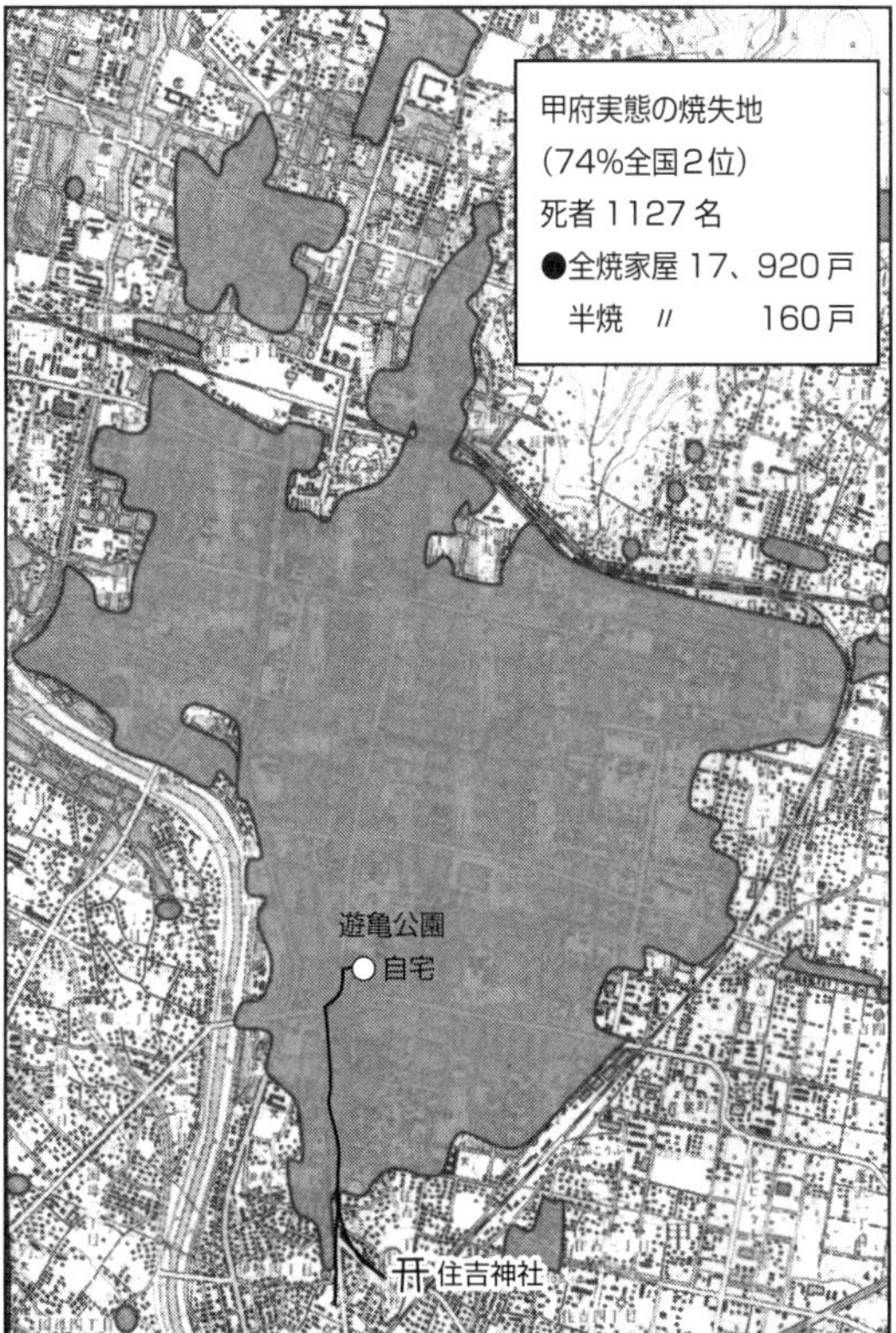

の松林軒デパートがポツン。盆地だからまわりの山々がぐるーっと見渡せた。

台所あたりに昨日配給のジャガイモや桃が炭になっていた。昨日はくさりかけた桃を食べて、良い方を残しておいたのに。あの頃は日本中食べ物がなく、大人も子供もおなかをすかして、がまんしていたから本当にくやしかった。非常持ち出し用品を積んであった乳母車は焼け焦げ金属部分だけ。

そして知り合いをたよって私たち母子は、田舎の農機具の物置小屋に着の身着のままで寝泊まりしていたある日、お父ちゃ

建物の外部だけを残した松林軒デパート

んが東京の軍需工場から汽車を乗りついだり、歩いたりして、暑い中をようやく帰って来てくれた。ボロボロの靴を荒縄でしばり、ひげボーボーのやせこけたお父ちゃんはちょっと恐かったけど、私たちを抱きしめて泣いた。そして小さなドロップの空き缶に入ったザラメ砂糖をお父ちゃんの指につけて、なめさせてくれた。きっと途中でどんなに自分もなめたかったろうにと思うと、今でもジーンとする。

それからまたお父ちゃんは東京に帰った。

広島、長崎に原爆が落とされ、八月十五日ようやく戦争が終わった。

その日お母ちゃんは私たちを両腕で抱きしめてオイオイ泣いて、「またおいしいおまんじゅう食べられるかな」と泣き笑いした。畦道に座って見た夕日がとてもきれいだったことを子ども心に覚えている。

それから六十年後の七月六日に初孫娘が生まれ、その五年後の七月七日に二人目が生まれ、バアバは毎年嬉しい七月になった。

日本は絶対戦争はしないと決めた憲法が変えられそうだし、隣の国とも仲良くして欲しい。一日でも早く世界中で戦争で亡くなったり、住む所や勉強する所もなく、食べる物もなくつらく悲しい思いをしない、平和で元気に楽しく暮らせる日が続くことを祈ります。

平塚の夜間空襲、旧市街の七〇%を焼失

長野県千曲市　柳町冨美子（九十歳）

私たちは平塚市新宿に住み、父亀井欽二（60）は近くに海軍火薬廠があり、そこの仕事をやっていた。その他、母房子（50）、私（守山乳業勤務）、郁夫（18・早大生）がいた。

七月十六日夜、平塚は空襲に遭った。照明弾が落とされ、あたりは白昼のように照らし出された。防空壕に衣類、食料を投げ込み、庭に穴を掘り埋めておいた木箱に、ミシンを入れて、土をかぶせた。父に促されて母と私は馬入川に近い田圃に逃げた。母は東京で関東大震災に遭っており、砂糖の入ったアルマイトの容器を提げ、ヤカンには水を入れて持っていた。

土手に腰を下ろすと、海岸に近い須賀辺りが黒煙に包まれ、B29の波状攻撃を受けている。広い田圃はいつの間にか人で埋まってしまった。

やがて頭上に爆音が響き、焼夷弾がザァーッと雨の降るような音を立て落ちてきた。阿鼻叫喚。ゴウゴウという爆音が過ぎると、油脂焼夷弾が襲う。しっぽに布のようなものがついて燃えており、着地すると炸裂し油脂に火がついて飛び散り衣服につくと燃え上がる。皆、逃げ惑う。地面を転がって火を消している人もいた。近くの小学校に駐屯していた兵隊さんも逃げ回っていた。赤ん坊の火のつくような泣き声は今も耳に残る。誰も何もなすすべなく、逃げ回るのが精一杯だった。どこをどう逃げたのか――。気がつけば田圃の近くにいた。空が白みはじめてきたのが唯一の救いだった。母も私も生きていた。父と弟が向こうの畦道を歩いて行くのが見えた。

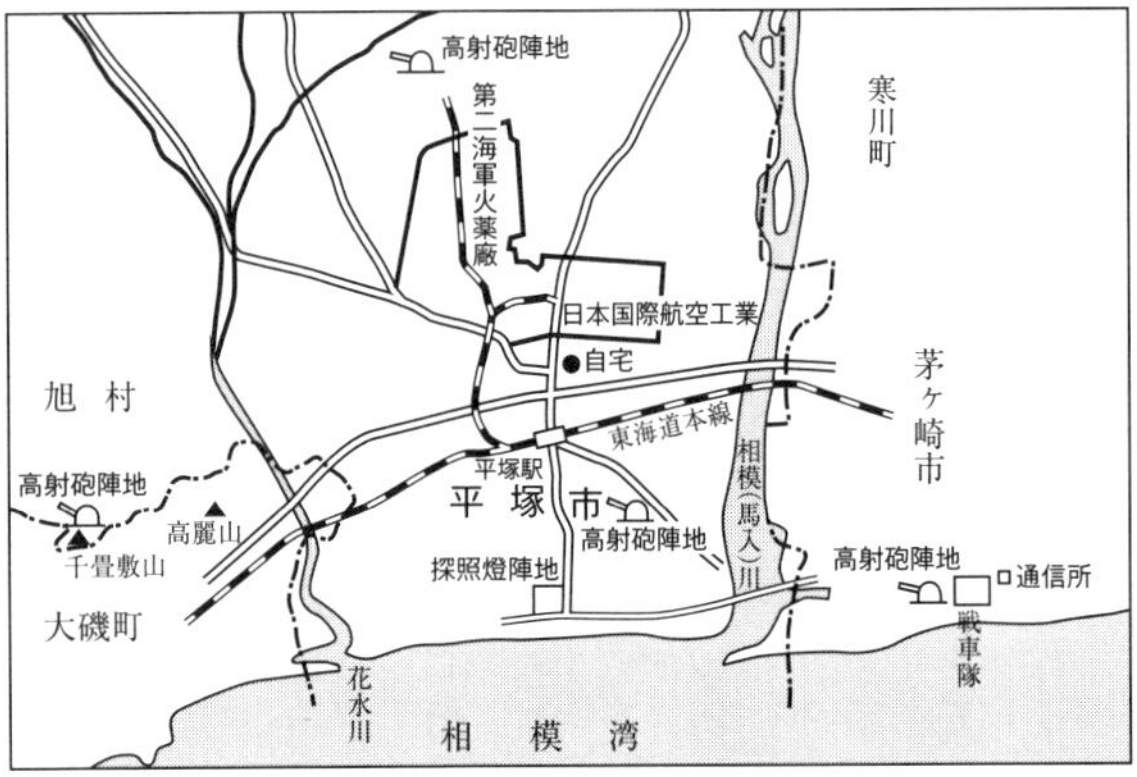

　何もかも焼き尽くされ、まだくすぶる道を家に急いだ。途中、何度か母はヤカンの蓋に水をそそぎ、手をさしのべる人に水を飲ませていた。井戸と井戸端が残り、家は灰燼と化していた。色彩といったら、私の部屋あたりと思しきところに、蓄音機の中に重ねておいたレコー

ドの真ん中のラベルの赤と青の色がわずかだけだった。

その後は、艦載機による機銃掃射に毎日おびえた。防空壕に飛び込む余裕すらない。足元をパンパンパンと弾丸が飛び散る。生きた心地がしなかった。

そして原爆投下。風船爆弾がアメリカの西海岸に届いたとか、マッチ箱ほどの強力爆弾を作れたから、日本は絶対勝つとか……噂は流れた。

原爆を防ぐのは白布がいいと、シーツを被って壕に逃げ込んでいたのだから、無智もいいところである。当時、大本営発表が唯一で報道を信じるしかなかった。

八月十五日、重大放送があるという。正午、天皇は本土決戦。一億総玉砕を告げられるものと信じていた。聞き取りにくいオコトバだったが「負けた、降参した」と思えた。身体中の力が抜ける。外に出て、薄い夏の青空を仰ぎ見ていると、戦争が終わったものの複雑な気持ちが込み上げてきた。善し悪しを判断する気力もなく、ただ今夜から灯をつけてゆっくり寝られることが、何よりもうれしかった。

物資、食料が乏しくなると、人の心も荒れる。人間の醜さも垣間見られた。「米軍が進駐すると、女性はひどいめにあうから、再疎開した方がいい」と勧めにきた人もいた。

あのとき、生き残った日本人は「あやまちは繰り返しません」と誓ったはずだ。日本は小さな島国である。小さいなりに世界に貢献もできるはずだ。憲法を守り、戦争をしない国でいいではないか。隣国と仲良くし平和国家を存続したい。

※『平塚市郷土誌事典』から要約「B29爆撃機一三八機の編隊による焼夷弾攻撃が旧市街の外周部である高麗山や周辺の寺坂、入野、長持、中原、真土、四之宮、茅ヶ崎市中島へとおこなわれた。大型焼夷弾『モロトフのパンカゴ』（四十八発内包）を主力として、テルミットとベンジンとパラフィンの混合物を主剤とする油脂焼夷弾、そして黄燐の二硫化炭素溶液を主剤とする黄燐焼夷弾、テルミットとマグネシウムを主剤とするエレクトロン焼夷弾が混入されていた。わけても『モロトフのパンカゴ』は投下後地上三百メートルで分裂し、中身の四十八発がそれぞれ火を噴きながら雨のように降り注ぐさまは、まさに打上げ花火の真下にいるようで市街地には火焔が渦巻いた。空襲は約二時間続き、一、一七三トンが投下された。約七〇％の七、二〇〇戸が焼失し、死者二二六名、負傷者二九二名を数えた」

大阪大空襲、大国町地下鉄に避難し助かる

大阪府枚方市　鈴木一（八十四歳）

三月十三日の夜、日付が変わろうとする十一時五十七分、大阪の空にB29が大挙して現れた。我が家は浪速区鴎町四丁目にあり父鈴木安一（40）、母まつ（38）と私（14）、弟三人（12・7・4）、妹（1）が住んでいた。父は緊急工作隊の隊付きとして戎警察署（現浪速警察署）へ詰めていた。

東京は二日前に空襲されていたが、被害は知らされていなかった。爆弾は一発ずつ落ちてくると思っていたが、花火のように焼夷弾が落ちてきた。誰も雨霰のように降ってくるとは思っていなかった。家族は店の間に造ってあった一坪ぐらいの防空壕に入った。

十二時過ぎからB29は焼夷弾を投下し始めた。高度は低く機影がよく見えた。近くの家に焼夷弾が一発落ちてきた。これは火たたきで消し止めたが、離れた所から次々と火の手が上がってきた。父は帰る途中、今宮戎のガード下で暫く火の粉を避けていたが、火は消せないと判断、急いで家に帰ってきて町内会に「防空壕から出て逃げるんだ」と指令を出した。向かいの町内会は逆に防空壕に入るように指令を出した。この違いが人口が二千人でも死者が七人と九十九人の違いとなった。

焼夷弾は親子で今のクライスター爆弾と同じようなものである。少し離れた所から大きな火の手が上がった。父は残り、母は一歳の貴代子を背負い、私は四歳の悠司を背中へ、和茂はわずかな荷物をリュックに入れ家を出た。どっちを見ても火の手が大きく上がっている。大国町の交差点が広いのでそこへ行くことにした。途中、方々で火災が起こっており煙と熱気、多くの人で息苦しい。交差点まで何とか来たが、東・西・南は火の渦巻きだ。北の方がややましなのでその方向へ逃げた。地下鉄には入れなかった。隣の女性の防空頭巾に火がついたので叩いて消した。三十分ぐらいしてから地下鉄（現木津市場の1号出入り口）の入り口が開いたので多くの人が中に入った。天王寺行きのプラットホームの中程でへたり込んだ。電灯もついており便所も使え、水もここで供給できた。地上は地獄、ここは天国であった。

地下鉄の中は地上から避難してきた人で一杯、皆疲れた顔をしていた。その後、一番電車を見た時は安堵した。電車には乗らなかったのでどこ行きだったか覚えていない。

地下鉄で父を探したが分からず心配だった。後の話で、父は住居の方の防空壕（畳約二枚の広さ）に布団、家財を入れ、仕事場の防空壕（畳一枚）には大工道具、米を仕掛けた釜、千切り大根を炊いた鍋、茶碗などを入れ、木の蓋であったが上に砂をかけ、防空壕の処置をしてから自転車で逃げたが、途中で捨てたそうだ。

少し明るくなってきた十四日の午前六時頃、地下鉄の南西の出入り口から出て見ると、東西南北とも建物は焼け、今中、大国国民学校、蔵などが見えるだけ。

大国町は、南北に国道、東西には市電があり、当時とすれば道幅も広い方であったが、どちらを向いても焼け野が原でまだ熱気があった。交差点より西の道路には逃げ遅れた多数の焼死体があり、乳母車、子、親と並んで焼けた死体もあった。広い道にも多数の焼死者が転がっており、今でも目に浮かんでくる。明るくなったころ父と再会、焼け残った今中へ行った後、焼け跡へ行き、仕事場の防空壕が助かっていたので、中のものを取り出し、残り火で釜の飯を炊き、手でつかんで食事をした。三時頃だと思う。その時食事ができたのはうちの家族だけだったと思う。

今中（現今宮高校）の正門右側には、手足とも焼け胴体だけの死体、その反対側の歩道防空壕の入り口には火に巻かれた死体が並んでいた。また同級生の高木君は母親とともに防空壕で焼死した。大国町三丁目のカフェのママは掘り出されたが、下半身は生身、上半身が黒こげであった。父親は町内の役員をしていたので、私も同道して焼死体の身元確認のため、トタン板をかぶせてある死体の歯を調べたりした。焼死体は大国市場の西と願泉寺の境内に集められた。

近鉄電車（大軌電車）が動いているとの情報があったので、祖父母が住んでいる三重県の一志郡川口村（現在の白山町）へ行くことになった。恵美須町を通り上六まで歩いたが、ほとんど焼け跡であった。

現在の榊原温泉口（当時の佐田）の次の大三駅で下車し、大三の山本（父の妹の嫁ぎ先）へ寄り、川口、御城の祖父宅に着いたのは夜も遅くなっていた。父は前年の秋、布団その他を祖父宅へ送り、現金も祖母に預けてあった。

祖父宅は、すでに他の身内が疎開しており、我々の入り込む余地もなく、近くの家を借りてくれた。四畳と八畳で畳は無く筵を敷いた。かまど場があり土間は広く、畑付き（三十坪）で貸してもらえた。

電灯がないので、父親がその後大阪へ行く毎に疎開跡から電線を拾ってきて、それを繋ぎ合わせて二十ワットの電灯をつけてくれた。その晩は大変嬉しく一晩中本を読んだ。（六月頃だと思う。）

和茂も今工へ入学が決まっていたので、二人で津工業へ転校した。私はすぐ津新町の呉羽ゴムの工場へ学徒動員で働いた。終戦まで空襲が三回あった。特に二回目の爆弾では同級生が一名亡くなり、負傷者が多数出た。

大阪大空襲下、猛炎の中を天王寺公園へ逃げる

香川県坂出市　増井　志津子（旧姓山下）（七十七歳）

私は大阪市天王寺区恵比寿町に両親と兄三人、姉三人、妹が住み、私は逢阪国民学校の一年生だった。

空襲警報が鳴ると頭巾をかぶり防空壕へ飛びこむ毎日でした。今夜は様子が違う。みんな無口で子どもたちも静か。班長さんに急かされ外へ出た。Ｂ29が真っ赤な空から焼夷弾をまき続けていた。防空壕は家の隣だったが、子連れの母はいつも遅れ叱られていた。その日に限り一番乗りで奥へいた。外が騒がしく出て見ると火の海だ。夜空は真昼のように明るかった。人々が逃げ惑い、家の前の川は大勢の人が我先に飛びこんでいた。奥に材木屋があり、船で材木や竹など運ぶ運河が流れている。焼夷弾の降る天王寺公園の中を走りまわる。姉が私をおんぶ、妹は母がおん

ぶして逃げ走った。防空壕はどこも水がたまって入れなかった。

野外音楽堂、美術館があり、音楽堂の高い舞台で夜明けを待った。焼夷弾の赤や青の布きれの焼け残りがくすぶり、爆発しそうで恐ろしかった。兄達は焼け跡の片付けをはじめた。ブリキ缶の米櫃を開けたら真っ黒の炭になっていて、食べられず、がっかりした。何もない、丸焼け。みな学校へ集まった。塩の固まりが配給された。親戚が駆けつけ、白いおにぎりを食べていた人もいた。守口市滝井の叔母が来て、私だけ連れて滝井へ。地下鉄は動いていた。怪我人で満員で怖かった。駅からのどかな畑が続き、黄色や紫の花が咲いていてほっとした。家の下の父の手掘りの防空壕の中のブリキ缶の中は助かり、後に食糧に換え、生き延びた。

疎開先の福井へ向かう。叔母達も一緒に納屋へ十五人くらい置いてもらった。疎開者の子といじめられ、よく泣いた。風の朝、お寺へ「ぎんなん」の実を拾いに行った。喧嘩して取り合った。イナゴも食べた。針に糸を通していっぱいつなげ、鍋にとじこめ、醤油で煎って食べた。

山で薪を背負い、県道まで運んで駄賃をもらった。疎開して一年目の三月二十二日、父が四十八歳で亡くなった。子どもたちに食べさせるため、力つきた可哀想な父。大きくなってから聞かされた死因は栄養失調とのこと。兄姉は、闇米運びで大阪へ行き来して、担ぎ屋をして働いた。警察の手入れで、大事な米を没収されて泣いたとか、大阪人の母も紅たすきして、田植えの手伝いに行った。みんなみんな苦労し辛抱した。

昭和14年正月、自宅前で撮った家族写真

戦後七十年、先日妹とあべのハルカスへ行った。見事な近代都市に変貌し、美術館を見下ろして感無量で泣けてしまった。浦島婆ちゃんになりました。焼け野原の大阪を知ってる人いますか――私知ってる――叫びたい。戦災被害者の私達。二度と戦はしない。平和な暮らしが続きますように祈ります。

収穫後の畑に入らせてもらい、食べられそうなさつまいもの葉や茎を貰った。どろどろでおいしくなかった。飲み水は山の湧き水を汲みに行った。遠足で武生の大虫神社へ。お弁当はゆでたじゃが芋二個。おやつは小豆の煎ったもの。堅かったなあ……。

戦後、兄たちには厳しい開拓農民の人生が待ち受けていました。

枚方造兵廠から母の元へ駆けつけ火を消す

兵庫県伊丹市　野村淑子（八十九歳）

昭和二十年三月十三日夜半、Ｂ29戦闘機の編隊が轟音を立て、大阪の空にやってきた。わが家の小さな壕に入った途端、焼夷弾を落としはじめた。真っ黒な夜空に光った炎は途中で分裂して数を増し、雨霰となって落ちてくる。迎え撃つ高射砲は空鉄砲のよう。米軍の大量焼夷弾攻撃は一瞬にして地上を炎の海としてしまう。人々は集中豪雨のように降ってくる真っ赤な炎の中で逃げ場を失い、泣き叫びながら右往左往するだけ。その悲痛な声は天地を震わせて唸り、大きなうねりとなって地獄の叫び、断末魔の悲鳴が風にのって遠くまで轟いた。私の臓腑は煮えたぎっているものの、どうすることもできない。座して地を叩いた。その後も空襲は大小合わせて五十回に及んだ。

最後の大空襲は八月十四日だった。私は大阪府立大手前高等女学校高等科から学徒動員されて枚方の造兵廠で手榴弾作りをしていた。許可を願い出て大阪市北区菅原町の母吉田せい（43）のもとへ急ぐ。勿論、電車は動かない。線路伝いに五、六時間ほど歩いて片町まで来ると、大きな穴が駅近くにあいている。多くの死者が出ていた。戦禍のにおいに恐れつつ、悲しみつつ拝みな

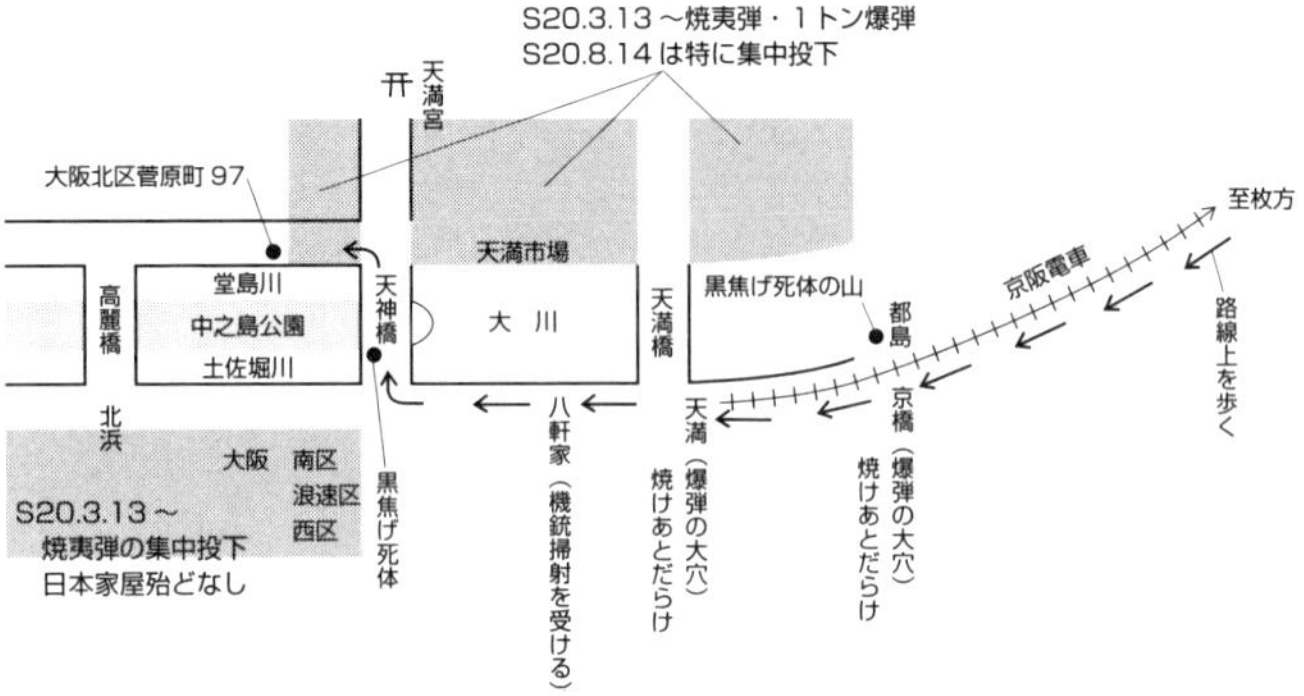

が歩いた。都島の造兵廠辺りに来ると、真っ黒に焼け焦げて三分の一ぐらいに縮まった死体が積み上げられ、大きな山になっている。思わず拝む。筵を被せてあるものの、隙間から黒焦げの頭や手足がはみ出し男女の区別もつかない。祈りながら横を通らせてもらう。

「母もこのような姿に変わっているかも」と思うと身震いしてくる。早く母を見届けたい。

八軒家に来るとバリバリ、バリバリと銃の音、艦載機だった。三機が銃口を私に向けて低空飛行でやってくる。操縦士の顔まで見え銃口を向けられる恐ろしさ、脚はすくんで前にも後にも動けない。電信柱にへばりついてバリバリ、バリバリの銃音が遠のくのを待つ。その苦しいこと。

天神橋にたどり着くと橋のあちこちに三十センチぐらいの丸い穴があいている。穴から見える川の流れはいつもと変わらない。穴の横には真っ黒に焦げた小さな死体が転がっている。直撃弾を受けたのか。心で南無阿弥陀佛と拝みながら橋を渡った。大川に面した方は猛炎、ボンボンの爆発音も止まない。堂島川の方は既に家がなく、所々燃え黒煙が上がっている。その向こうにわが家が見える。走った。走った。母は三階軒先についた火を必死で消していた。「危ない！」の声を振り切って階段を駆け上がり、カーテンを引きちぎって汲み置きの水に浸し、それで叩き消し、叩き消し、なめるように燃える火をやっとのことで消し止めたのだった。

間もなく消防団の人、小学校に駐屯の少年兵がまだ燃えている隣家の壁を壊しはじめた。「ここで止めないと次の橋の家まで燃えてしまう」の声、声。川が近くて消す水があること、隣家との間が二～三メートルあいていることなどで幸いわが家は残った。だが倉は焼けた。

夕方になると焼け出された知人、友人達が続々と訪れた。肉親がどこにいるか分からない。今晩寝る所がないなどなど。

母は食べ物を分かち合い、赤ちゃんのいる人にはカーテンでおしめを作っていたのを今も思い出す。あの時の乳飲み子も今七十歳。

あの真っ黒焦げの死体になった人達はあれから七十年経ち、今をどう思うだろう。戦争をやってはならない。

神戸空襲で祖母焼死、火の粉の中を脱出

兵庫県姫路市　三木美佐子（八十歳）

昭和二十年三月十七日は朝暗い内から空襲警報が鳴り響き、今日あたり私たちの所にB29が襲来するらしいと早くから起こされました。住んでいたのは神戸市兵庫区永沢町3―14で国鉄兵庫駅から北へ三百メートルぐらいの所です。枕元に防空頭巾、ランドセルを置き、服は着たまま寝るのが習慣になっていました。コートを着てランドセルを背負い、運動靴を履いて庭に立ちましたが、三月はまだ寒く、怖さで足がガタガタ震えていたのを憶えています。その場でおにぎりを食べました。

B29の耳をさくような爆音がすぐ近くに聞こえ、向かいの屋根スレスレに機体が見えた時、仰天しました。恐ろしくて家族に早く逃げようと言いましたが、八十四歳の祖母は、仏壇を背負って逃げると言って腰を上げません。すると母が「あんただけ逃げ」と夏掛けふとんを一枚渡してくれました。私はそれを被って人々の逃げる方向に走り出しました。途中で塩販売店の普段元気なおばさんが腰を抜かして座りこんでいて、私は足にしがみつかれ、その力強さに恐くなり、思い切って振りほどきました。

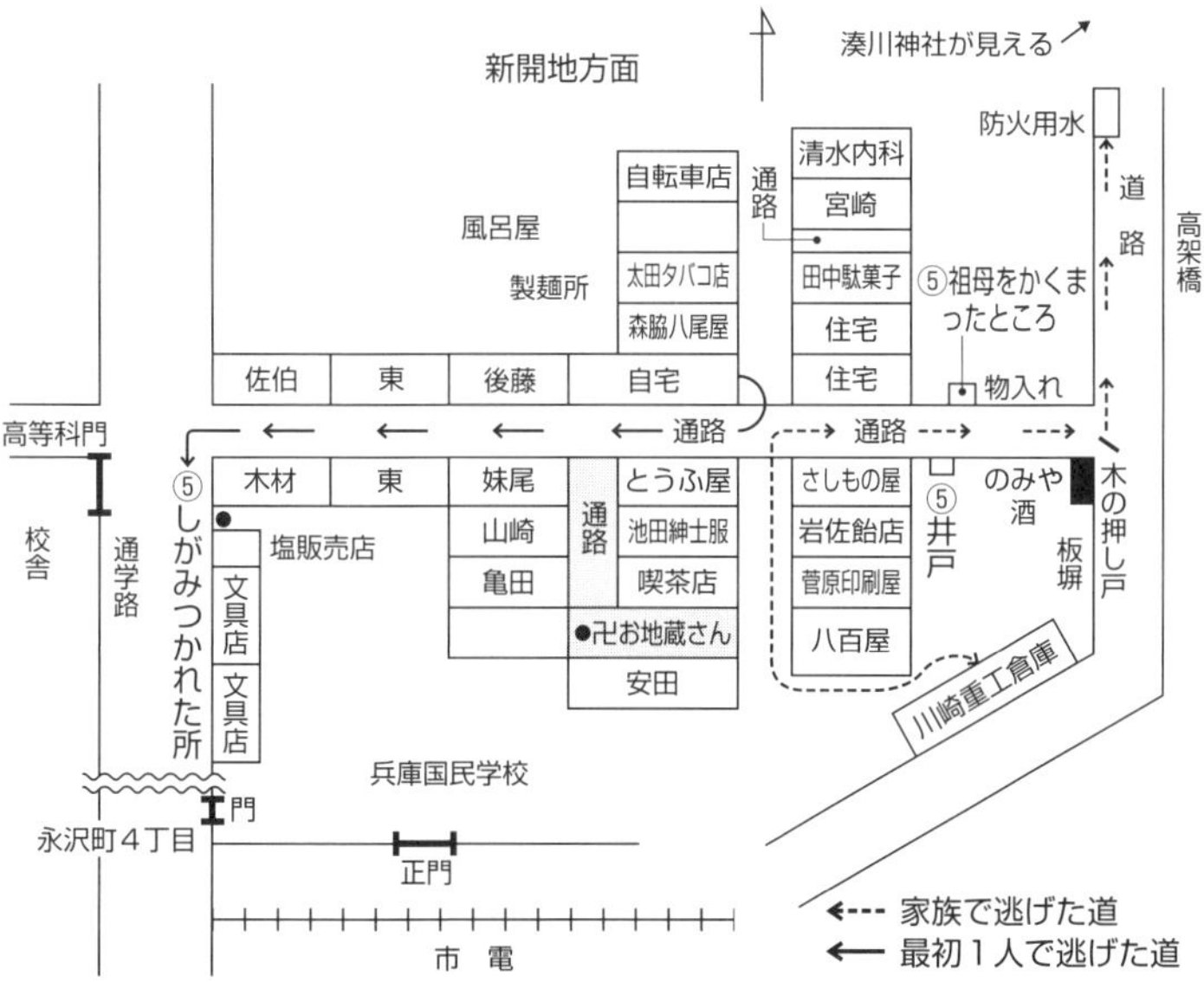

母と祖母が来ないので引き返し家に戻りましたら、新開地の方から猛炎が吹き荒れて来て、我が家から約百メートル手前まで火が迫っています。家の中では祖母が座りこんだままでしたので、母と二人で引き起こし、両脇から抱えて外へ出ましたが、もう誰一人見当たりません。どこへ逃げていいか分からず、高架下の川重の倉庫の中をのぞくと火の海でした。慌てて引き返し、家の前の小道を東に逃げようと曲がった所で祖母は心臓麻痺を起こし、くずれ折れてしまいました。もうこれ以上連れて行くのは無理だからと側にあった他家の物入れのような所へ祖母を入れ、

母が「お母さん、この子の身代わりになってやって」と言い、母と二人で今度は高架下に沿って北へ走りました。すでに辺り一面火の海で一メートル先も見えません。それでも走りながら、火のついた防空頭巾、コートを防火用水の水にひたしながら必死で走っていると、高架下にたくさんの人が避難している所へ着き、やっと命拾いができました。

夕方火勢が治まり、近くの兵庫国民学校に行きました。机を四つ並べて配給された毛布を一枚敷いて寝床とし、おにぎりをもらって何日かを過ごしました。

母が火の粉で目を痛めていましたので、翌日中山手の眼科へ付き添って行きました。

途中目にしたのは、辺り一面焼け野原の中で四歳くらいの男の子が乳母車を押した姿勢のままで黒焦げになって、まるでレリーフのようでしたが、何の感情もわかず見ていました。また家が焼け落ち、ガレキの中に女の人が蒸し焼き状態で肌はピンク色になり、髪を長く垂らして立っている様子はまるで人魚が立っているようでしたが、何を見ても「こわい」という感情は失せていたようです。母は十八日になって祖母の所へ行きましたが、黒焦げになっており、我が家も無かったそうです。

四月学童疎開の募集があり、兵庫国民学校から十数名で兵庫県養父郡糸井村寺内の光福寺に十月始めまでお世話になりました。子どもながらにいろいろ貴重な体験ができまして自立心が芽生えました。次代の人へ空襲の怖さを伝えなければとペンを取りました。

神戸空襲で炎の中、川づたいに逃げる

兵庫県尼崎市　本多　布（八十一歳）

昭和二十年三月十七日未明、突然に空襲警報のサイレンがけたたましく鳴り響いた。神戸市長田区宮川町九丁目に祖母月岡ゑい（53）、母すが（32）、私（10）、弟一馬（生後13日）が住んでおり、私は神戸市立名倉国民学校の四年生だった。

とにかく逃げなければと常に用意しているランドセル、祖母は母の大切な着物と帯数点と祖父の位牌、母は生後間もない弟を抱いて家を出た。空は真っ赤に染まりバリバリという物凄い音とともに大きな火の固まりが降ってくる。熱いので慌てて道端の防空壕に潜り込む。「ここにいては危ないぞ、逃げろ！」男性の声に壕を飛び出す。火の粉の降る中を走る。

私と祖母は刈藻川に下りてその中を下って行った。川は浅く中央は中洲になっている。防火訓練のバケツリレーを町内会で行う場所だった。対岸は別荘の木々が繁り、空からの焼夷弾の火の粉の落ち方が少なかった。祖母が荷物を川の中洲に捨てた。川の中を走ったお陰で混乱にも巻き込まれず一キロほど南の長田神社にたどり着いた。神社は静かで、ああ助かったと思った。焼夷弾攻撃が止んだので家まで戻る道中、捨てた荷物が焼けずに中洲に残っていた。おじいちゃんが護ってくれたんだと祖母が言った。

山の方に逃げた母と弟とも無事再会できたが、家は跡形もなく焼失。煙が上がっていた。昨夜仕掛けた釜のご飯を半煮えで発見。三人が手を突っ込んで食べた。

弟のおくるみ布団は火の粉が入ってブスブスと煙が出ていた。その夜は焼け残った他家に泊らせて頂いた。生後十三日の弟は暖もとれず母乳も出ない中、冷たくなってきていた。母は私の胸で弟を温めてくれないかと言う。壁にもたれて弟を胸に抱きしめて一夜を過ごした。

飲まず食わずで一夜を過ごした後、知人の田舎に一時避難するため、兵庫駅に向かう道中は爆撃が激しかった。焼死体が積まれていた。上半身はゴザでおおっていたが、下半身は真っ黒く焼け爛れていて、焼けた小枝のようだった。

兵庫駅から貨物列車に乗り西下。姫路より西の「有年《うね》村」で十か月暮らした。お寺の敷地内のわらぶきの家。古くて四畳半ぐらい。水道も電気もなく、夜になると畦道に青い燐があちこちで光る。昔土葬だった土地だった。

逃げる時、中洲に捨てた荷物の着物や帯は十か月分の食糧として、米一俵に換えてもらえた。食べ物は何を食べていたのか記憶に無い。弟の食事の重湯を一日かかって三人で作っていたのは覚えている。イナゴ、川魚、タニシ、野草など食べたのは記憶にある。

被災当時、私は学童疎開から手術のため帰っていて、腕の切開をし、ガーゼを傷口に突っ込んだままだったが、数か月後に自然にとれ、肉も盛っていた。一家揃って病気もせず生き抜いた。

母はその後十年間、姫路で事務員として生計を立て、大阪で簿記関連の仕事をし八十二歳、祖母は大病なく八十一歳を全うした。私は十五歳で銀行（姫路）に就職、大阪で結婚、一男一女孫三人、夫婦共に元気である。

死にかけていた弟は大阪で外科医になり、二十年前の阪神淡路大震災の折には大阪の病院で、多数の負傷者の生命を救う大活躍をした。

動員先の森下仁丹に一トン爆弾、あわや

兵庫県西宮市　斎藤米子（八十五歳）

大東市の諸福に住んでいた私が守口の帝国高等女学校（志浦聞一校長）に入学した頃は戦争の影も濃くなって、身の回りからあらゆる品々が無くなっていきました。甲種合格をした若い男性は次々と戦場に狩り出され、私たちは日の丸の旗を振って近くの駅まで〝バンザイ〟を叫びながら毎日送り出していました。授業から英語の教科が無くなりました。生活用品は配給制度となり、切符が無いと何も手に入らなくなり、果物屋さんの店頭で見た最後は干しバナナでした。父が昭和十年にやっと建てた家からは雨もり用のバケツまで供出を求められました。鍋、釜、薬缶、あ

らゆる鉄製品は供出で、こばむ人は非国民とののしられたのです。いざとなれば神風が吹いて日本は助かると思い込まされていました。供出した品々は銃や弾丸、飛行機や戦艦となり、国の楯となり役立ってくれるものと信じて疑いませんでした。どのように不自由なことがあってもそれはこの戦争に勝つために忍ばなければならないことでした。

女学生も軍需工場へ動員され軍服を縫ったり、飛行機や戦艦の部品を作る作業をしました。私たち二年生が動員された工場は、旧国鉄城東線の森ノ宮駅の南にあった森下仁丹の工場です。仁丹を袋に詰める作業ですが、どうしてこの仕事が戦争とかかわるのか分かりませんでした。仁丹は輸出品で、人手が足りず学徒の方達に助けてもらっていますとのことでした。たばこなどと同じ嗜好品ですが、消化や毒消し、二日酔い、眠気覚ましにも良いというので、軍から指定されていたようです。

昭和二十年八月に入り朝礼の時に工場長から「今日は軍関係の方達が工場の視察に見えるので、空襲警報が発令されたら、いつも入る防空壕（中庭に掘られていました）ではなく、全員高架下（ここは仁丹で作っている〝ハミガキ粉〟の原料が山積みされていました）に入って下さい」と言われ、その日も十一時過ぎ警報のサイレンが聞こえたので高架下へと全員移動しました。間もなく南の空にB29の編隊が見え、身を伏せた後、轟音とともにものすごい地響きが起き、恐怖に震え上がりました。どれくらいの時間が経ったか分かりませんが、誰かの叫ぶ声でふと我に返り

「帝国高等女学校（昭和19年6月6日）勤労報国隊作業開始記念」の写真

ました。中庭に一トン爆弾が落とされたことを知りました。いつも入る防空壕は木端微塵に吹き飛び大きな穴が開いていたそうです。間一髪の出来事に皆抱き合って震えていました。しばらくしてから先生の指示で解散し帰路につきました。電車は不通のため線路の上を何時間も歩きました。

その後工場も無くなり、空襲も日増しに激しくなり学校は休校となりましたので、姉と二歳と三歳の姉の子どもを連れて滋賀県の野州（姉の主人の実家）へ疎開することになりました。二人の幼児を連れて汽車で移動するのはあの頃は至難の業でした。汽車に乗っている時も警報が鳴る度、トンネルに入り停車しながら野州に着きましたが、幾日も経たない間に玉音放送を聞くことになり、戦争の収束を知りました。あの空襲で大阪の実家の安否も心配でしたので、また汽車で大阪へ引き返しました。大阪駅に着いた時はびっくりです。プラットホームから見渡す限り焼け野原でお風呂屋さんの湯船のタイルが残っているのが見えました、城東線も片町線（今のＪＲ学研都市線）も動いておらず歩くしかありませんでした。子どもを背負って南へ歩き梅田新道から二号線を東へ歩き始めたら、トラックを運転している方から声をかけられ、途中までなら乗せてあげるからと言っていただき、ほっといたしました。その時、十四日に京橋に爆弾が落とされ二百人もの人が亡くなられたと知りました。

何とか実家にたどり着き、父母の無事を知り、日本が負けたことの口惜しさ、戦争が終了したことの安堵感が交錯し涙が止まりませんでした。

アメリカ軍の上陸を予想しての竹槍の稽古。焼夷弾が落とされた時のためのバケツでの消火活動。私たちのやってきたことへの空しさは例えようもありませんでした。おろかな戦争が二度と起こらないことを願って止みません。

食事にありつくため姉と軍属に応募し生き抜く

大阪府豊中市　岸田知香子（九十一歳）

父森直道は東京芝区横河橋梁㈱の総務課長でしたが肺結核のため昭和十四年四十九歳で死亡し、

母君子は一年前、子宮ガンのため三十八歳で亡くなっていました。

姉美知（大正十一年生）は東京府立第三高女（麻布六本木）へ、私は私立洗足高女（目黒）へ行っていましたが、両親が亡くなったり二人とも大阪生まれだったので泉大津の助松の伯母星川千代に引き取られたのです。学校は二人とも羽衣高女（勝本校長）に転校しました。十六年私が高等女学校卒業と同時に、姉と二人で元居た大阪北区旅篭町七（現南森町一—三、東興ホテル南側）で世帯を持ちました。翌日には大東亜戦争勃発のラジオからのニュースです。この先どうなるのかと心配でしたが、遠い海外での戦争のような気がしていました。二年間は和裁の学校で勉強、その後市役所から保母養成講座を受けて福島区海老江保育所の保母となりました。幼児の世話をして楽しい毎日でした。しかしだんだんと戦争が激しくなり、街の子どもも疎開で減って来ました。

そのころです。腸チブスが流行し、保母二人、幼児二人が感染、高熱が続き、保母一人、幼児一人が亡くなりました。私も高熱が出て隔離病院に収容されました。救急車も相乗りで先の人は寝台に寝て、私は床にじかに寝かされるという事態でした。桃谷の隔離病院に着いてもあまりの多さに、普段使わないわら布団を使ったりするので、シラミだらけ。温もると出て来るので眠れず、付き添いの姉をよく困らせました。六人部屋でしたが、朝に夕に亡くなる人が増え、悲惨な状況でした。空襲警報は度々ありましたが、病人は布団をかぶり寝ていました。後で知ったのですが、婚家岸田の義父も腸チブスで亡くなっていました。
十九年七月二十九日から十月九日まで、三か月近い入院で、床ヅレのお土産をもらってやっと退院しました。十五貫から九貫になり、髪は抜け見る影なく、悲惨でした。帰って来ても食べる物がありません。大根粥やシャブシャブのお粥です。病後の私には、もう少し食べる物をと何度思ったことでしょう。姉と二人で何度も泣きました。ある日、軍属の募集を目にし、食べるのは事欠かないはずと二人で応募しました。姉は火工班、私は機甲班と決まり、ヤレヤレ食べる事は大丈夫と大阪城内まで歩いて通いました。兵器等の伝票整理でした。

戦争が激しさを増し、ついに兵器廠自体も危なくなり、四條畷中学校に移転しました。片町まで歩き、国鉄で通いました。農村でしたが何度か空襲もありました。いつだったでしょうか、森

大阪陸軍兵器補給廠の工員門鑑（実物大）

さん（私の旧姓）の家の方がやられているというので、軍の方にサイドカーで走ってもらいました。東野田、空心町、南森町は焼け野原でまだくすぶっている所があり、これは駄目だと腹をくくり、近付くと自宅の一画が残っているではありませんか。吃驚すると同時に安心しました。夜になっても姉が帰って来ず心配しました。翌朝帰って来て、姉は焼けたと思って助松の伯母の家に行っていたとのことで、二人で無事を喜びました。

その後も空襲は続きましたが、最後は終戦一日前の砲兵工廠の空襲でした。米軍はあそこだけは叩きつぶさなければと集中爆撃で徹底的に破壊したのです。気の毒だったのは流れ弾が京橋駅に落ち大勢の犠牲者が出たことです。八月十五日重大発表があるというので四條畷の兵器廠で聞きました。雑音であまり聞きとれませんでしたが戦争終結だと知りました。

私たちはその年末まで、残務整理として残り、解散の時は砂糖、油、工具等頂き、後に米と交換したりずい分助けてもらいました。今思えば、大変な経験をしたと思っていますが、現在もその頃の南森町の長屋は健在です。工具も今でも使っています。ビルが建ち、市電はありませんが、私にとっては懐かしい実家です。

阪急梅田駅で改札・出札係として働く

兵庫県尼崎市　上　村　サダ子（八十九歳）

私は、昭和十八年十二月八日に阪急電鉄に入社しました。梅田駅で改札係として勤務し、その後出札係をしました。駅員はほとんど女性で、苦労しました。空襲警報のサイレンが鳴る度に、切符とお金の入った袋を持って、阪急百貨店の地下二階に逃げました。

家は大阪市内の森ノ宮（城東区）南中浜三丁目にあったので、毎日電車で通勤していました。阪急へ入社するまでは大阪陸軍被服支廠に勤めていました。

阪急入社時
（昭和18年12月・19歳）

ある日、仕事が終わって森ノ宮駅から自宅まで歩いて帰る途中、飛行機の音が近づいてきました。ふと見上げると低空飛行の飛行機の窓からアメリカ兵の顔が二人見え、こちらを狙っています。機銃掃射です。とっさに近くにあった民家に「すみません」と言って飛び込みました。もちろん見ず知らずの人の家です。もしあの時飛び込んでいなかったら、きっと撃たれて死んでいたでしょう。今思い出してもぞっとします。アメリカ兵の顔まではっきり見えたのです。

六月ごろには梅田曽根崎附近に爆弾が落ち、周辺は火の海になりました。駅長さんから「もう逃げる所はないから、ここで皆一緒に死んでくれ」と言われ、その場にいた全員が泣きました。空襲が終わり、なんとか命は助かりましたが、外に出てみると焼け野原が広がっていました。

終戦の前日は電車が動いていなかったので、友人三人と大阪駅から城東線（現在の環状線）の線路づたいに歩いて帰りました。桜ノ宮鉄橋を歩いて渡る時、下を見るとずっと下には深く流れの速い大川が見えて、足が震えてとても怖かったのを今でもはっきり憶えています。京橋駅に着くと大変なことが起きていました。近くの大阪陸軍造兵廠が猛爆撃され、流れ弾の一トン爆弾四発のうちの一発が二階ホームを直撃したのです。そのため下のホームへ避難していた大勢の人が破壊されたホームの下敷きとなり、約二百名が犠牲になられていたのです。

わが家は近くに爆弾が落ちたために全壊してしまっていましたが、幸い家族は全員無事でした。母春枝が一番下の妹を連れて防空壕に逃げる時、すぐ後に来ていた人が爆弾の直撃に遭い亡くなったそうです。母と妹はなんとか生き延びることができましたが、多くの方が空襲で亡くなりました。

終戦の日は梅田で勤務していたので、玉音放送は聞けませんでしたが、戦争に負けたと聞いて悲しくて泣きました。

終戦後、汽車が大阪駅に着くたびに復員兵の人が次々と帰って来て阪急梅田駅にもたくさん来ました。皆くたびれて、やっとの思いでたどり着かれた様子でした。「ご苦労さまでした」と声をかけると「ありがとう」と言って泣かれました。

その後、私は結婚し尼崎市に住みました。その家には夫の戦死した兄が新婚当時住んでおられたのです。義兄上村辰次さんは結婚後すぐに召集され、昭和二十年二月、ルソン島マニラリザール街において戦死されました。ほんの短い間の新婚生活で召集され、さぞかし無念な思いで亡くなったことでしょう。その後、家は建て替えましたが、八十九歳の今も同じ所で平穏に暮らしております。夫俊雄は九年前に八十歳で亡くなりましたが、私たち夫婦は戦後の復興と繁栄をこの目で見届けることができました。

七十年続いたこの平和も、戦争で亡くなられた多くの方々の尊い犠牲の上に築かれたものであることを忘れてはなりません。これからもこの平和が永久に続きますよう、若い世代の皆さんに日本の将来を託したいと思います。

学徒動員で上阪、「松下プロペラ工場」で働く

大阪府高槻市　高津　佐代子（八十六歳）

昭和十八年の暮れ、戦争もだんだん激しくなり「田舎へ疎開しようか」と父が言い出した。大阪府守口市梅園町の京阪土居駅前に「今長釣具店」を構えて十年余り、食糧難時代だったので店は大繁盛していた。食糧難時代にあまり不自由なく過ごせていたのに、父の釣り道楽から仲間に連れられて香川県の瀬戸内の田舎を見に行ったが、正月が過ぎても帰って来ない。母が心配のあまり兄を見に行かせたら、兄も帰って来ない。二人とも美しい景色に惚れ込んでしまっていたらしい。父は毎日海釣りができると考えて現地で四反余りの土地を購入して帰って来た。それから慌ただしく引っ越しである。

転校の手続き、友との別れ。夜行列車で向かったのは十九年三月十八日。一夜明け十九日の早朝に着いたのは香川県三豊郡の詫間駅。瀬戸内は暖かいと聞いていたが小雪の舞う寒い朝、嫌な予感を覚えつつ、線路に沿って真っ直ぐに伸びた白い道を吹雪に打たれながら歩き続けること一時間、都会育ちの私には本当に酷すぎる経験だ。購入したという疎開先の土地は名目は果樹園だが実のならない老木ばかりで荒れ果てた急勾配の段々畑だ。こんなに遠くに来なくっても大阪近

辺でも疎開先はあったろうに――。ここから厳しい生活が始まった。水も電気もない。雨水を受けたり池の水を汲んだり、夜はランプの灯りだ。文明の利器である電気のない原始的な生活の辛さが骨身にしみた。

大阪の住まいは京阪土居駅前だったから電車が入って来てから階段を駆け上がれば間に合ったのに、ここでは駅まで一里もあり、七時半の通学列車で丸亀まで三十分、さらに歩いて二十分、敬愛高等女学校は仏教系でお寺での講話は好きだった。大阪では神父さんの修養講話が楽しかった。

夏も過ぎすっかり学校に慣れた十一月頃、学徒動員命令が下り、三年生百二十四名全員が大阪へ。どこで何をするか分からないまま夜行列車で向かった先は、なんと元の信愛高等女学校のすぐ隣に位置する松下プロペラ工場だった。運命の皮肉が悲しくて言葉にならなかった。通い慣れていた関目の八丁道、その先にあった。

すぐに宿舎生活が始まった。起床も早い。七時半には食堂に行列、豆かす入りの一膳飯にみそ汁と漬物。少しでも盛りのいい茶碗を取りたくて、おばさんの盛り方の多そうなのに手が伸びる。仕事は特攻隊用の飛行機のプロペラになる合板を作る仕事だった。一畳ぐらいの薄いベニヤ板を糊付けして何枚も重ね、厚い合板にしてそれを裁断してカーブをつけプロペラに仕上げる。裁断した面は年輪の木目が美しかった。材質はブナ、カバ、ナラと聞いた。一日中立ち仕事で宿舎に帰れば毎夜のように警戒警報や空襲警報のサイレンで防空壕に避難。解除になって部屋に戻れば蚤や虱との闘い。太々しい白い虱が血を吸って真っ赤に太っている。それを退治せねば寝られない。両手親指の爪でプッチン、プッチンと潰す。その感触は今でも残っている。

情勢は悪くなるばかり、空襲警報の回数が増える。終いには空襲警報が発令されても慣れっこになって布団を被りB29が通りすぎるのを待った。しかし三月十三日の大阪大空襲の時は皆、防空壕へ避難した。壕の中の友の顔が判然と見えた。周りに焼夷弾が落ちたが皆無事だった。夜が明け側の城東運河の水は真っ黒だった。だんだん身の危険を感じるようになった六月、学徒全員が引揚げた。それぞれ自宅待機して不安を募らせていた。終戦後、学業再開で無事二十一年三月卒業した。

その後二十二年に高等看護学院に入学、二十五年に甲種看護婦国家試験合格後、看護婦として働く。定年退職後は子ども達を集めて細やかな「おけい古教室」を営んでいる。今八十路半ば。戦前、戦中、戦後と誰よりもたくさんの人生経験をしてきた者の一人である。当時の記憶を共有できる友はどこかにおられるだろうし、私と同じ思いの今をすごしておられると思うと懐かしい気持ちでいっぱいです。残り少ない余生を老々介護に、子ども達との関わりに精一杯頑張っています。

第一次・二次は松代壕近くへの学童疎開生活十六か月

東京都日野市　仁平正男（八十一歳）

昭和十九年八月十九日、東京都足立区千寿第五国民学校の児童四年から六年生は、父母兄姉からの声に送られて、上野駅から信州善光寺に向かい、翌朝からは別世界の地に入った。いくつかの寺院に分けられ、学童の集団疎開が始まった（写真①）。

私たち四年男子と六年女子の各一部は、善光寺本堂近くの威徳院に入居。九月からの通学校（千寿第五国民学校、午後の部）は、長野市立鍋屋田国民学校に決まった。足立区の学校と違って、規模も大きく、プールがあるのに驚いたものだ。

お寺入り当初の遠足や旅行気分はあっけなく消えていく。やがて親元や家族恋しの涙顔が広がり、これが消えかかる頃には、集団生活特有の「空腹との葛藤」が深まっていく。ことに男の子たちには「食こそすべて」の毎日となっていった（写真②）。

戦局の悪化は進み、寺院や旅館の多い長野市も空襲の危険が迫っていた。疎開児童の分散化「第二次疎開」が始まった。

翌二十年四月早々、先生、寮母、児童ら全員が、手や背に所持品、小道具類を持って、歩いて

①長野市善光寺平にて（千寿第五国民学校４～６年生）全員集合。昭和19年秋

長野県埴科郡寺尾村柴（現在長野市松代町柴）真田林大鋒寺に移転した。途中川中島古戦場跡地近くを通り、千曲川にかかる橋を渡ったのを覚えている。

大鋒寺生活には、私たち五年生になったばかりの男子全員と、新たに東京から新三年生男女十名ほどが加わった。威徳院時代と比べ、百名近い大所帯となった。先生方、寮母さん、炊事担当の方たちも増えた（写真③）。

食糧事情、生活物資状況はますます先細りとなり、朝はカボチャが主の麦飯、昼は弁当代わりの大きめのサツマ芋一本（早々と食べてしまったが）といった日が平常化していく。午後の先生からの授業はあまりなく、持ち寄った本を回し読みしたり、野菜を育てたり、近くの山林へタヌキ取り……。そんな折、この寺尾村国民学校に兵隊さんの姿が見られるようになった（当時隣接する松代町で、本土決戦のための大事業が秘密裏に進行中などの話は戦後何年もたって聞く話だった）。昼食時など、

②威徳院での食事風景（この頃見学者が多かった）

校庭で弁当箱を広げる兵士の姿を見かけると、離れた所からじっと見ている私たちの姿があった。ある日のこと、一人の兵隊さんが物欲しげな私に、木製の弁当箱の三分の一ほどを食べろと勧めてくれたことがあった。ためらわず、むさぼるように食べつくした。親元を離れた子どもの世界では「ガキ大将と子分」「ボスとその取りまき」ができていた。私はいつの間にかボス的存在になっていた。

八月十五日、真っ青な空とうるさいほどの蝉の鳴き声の中、寺の庭先に住職、先生方、寮母さんたちはじめ顔見知りの大人たちと私たち全員が、雑音交じりのラジオを前に「玉音放送」に耳を傾けた。大人たちの眼に涙が浮き出るのを目の当たりにして、

③第二次疎開地・大鋒寺本堂前にて（昭和20年４月）

大変なことが起こっているんだと思った。「タヘガタキヲタヘ、シノビガタキヲシノビ……」のお声だけは聴き取れたが、その後先生から「戦争に敗けた」と説明を受け、私たちが一斉に泣き出した。

この日を境に、ほとんどの疎開児は親元へ、親類へと引き取られていった。全員の引揚げは十一月上旬だった。私を含め、五年男子十六名、三年男女三名の十九名。（写真＝第一部扉）

村の国民学校になぜ兵士の姿があったのか。松代町の山陵地帯の堅固な岩盤を活用し、大本営、政府機関、皇居の移転が計画されたのは十九年五月だったこと、巨大な地下壕の建設は終戦までに七〇％まで完成していたことなどを知ったのは、長野の二次疎開地を離れてから十年以上もたった後のことだった。

空腹の思い出いっぱいの集団疎開

横浜市　平　野　誠（七十九歳）

終戦後七十年、平和な日常では、あの悲惨な戦争をつい忘れがちになる。あの時を改めて思い出すとともに、二度と愚行を繰り返さないことを誓い、子や孫へ平和の大切さを伝えていきたい。私は横浜市立豊岡国民学校（永島才司校長）三年の時に、激しくなりそうな空襲を避けて、箱根のふもとへ集団疎開することになった。両親の心配をよそに、これからは仲の良いクラスメイトたちと毎日を過ごせるので嬉しかった。

足柄下郡の岡本村国民学校の教室を三つ借りて、集団疎開が始まった。担任の先生がかねをジャンジャン鳴らしながら「ハイッ起床！」と各教室に声をかける。眠い目をこすりながらタオルで乾布摩擦をし、一日がスタートした。

一番困ったことは、私は身体が大きいせいかいつもお腹が空いていたことだ。学校の給食では食べ盛りには足りなかった。時に親が粗末な食べ物を持って訪ねて来てくれた。見つからないように部屋の隅で食べたが満腹になって動けなくなってしまい、しばらく寝ていた。

当初風呂が無かったので、六年生をリーダーにして五、六人ずつのグループで農家にもらい風

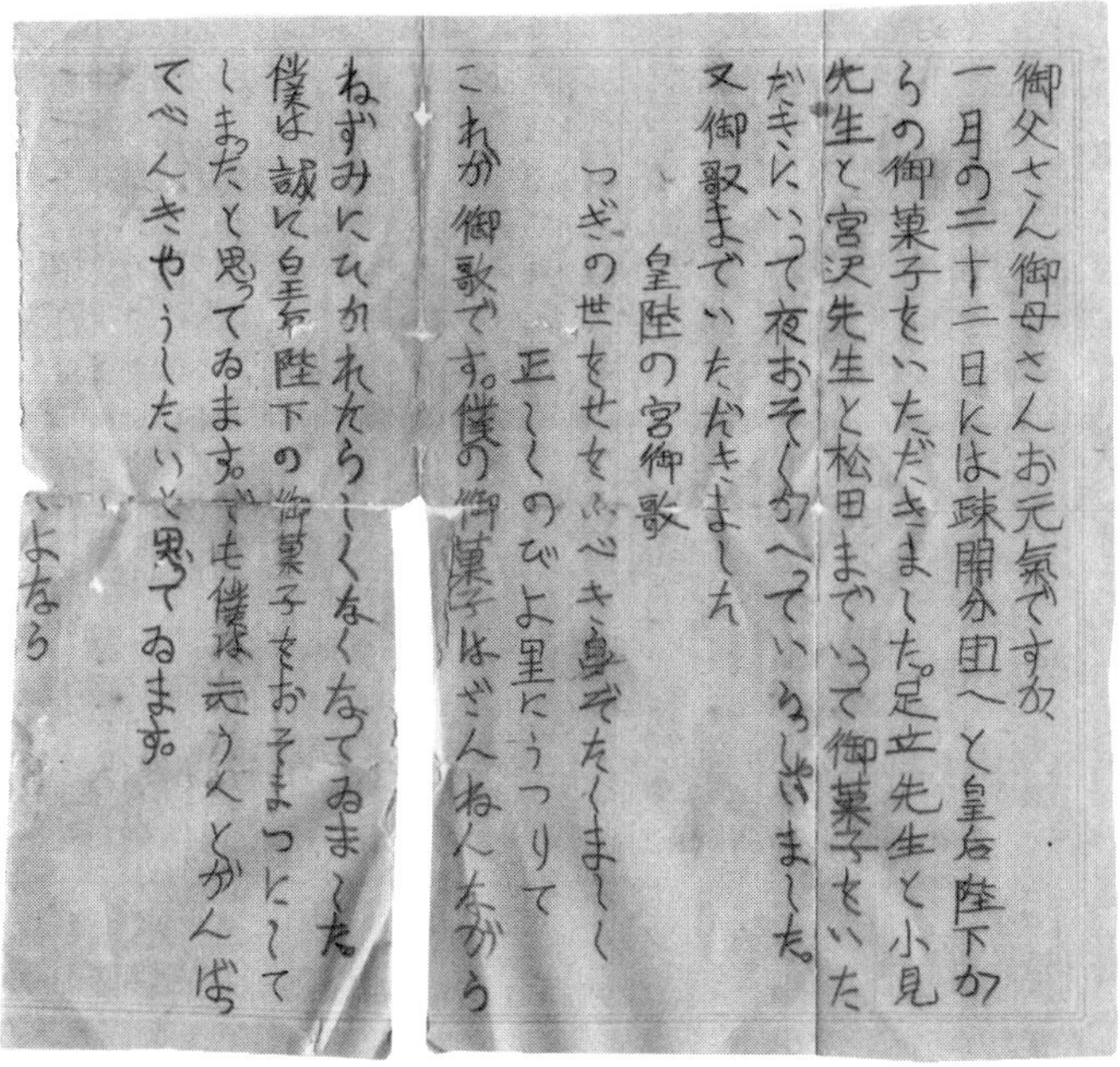

御父さん御母さんお元気ですか、
一月の二十二日には疎開分団へと皇后陛下からの御菓子をいただきました。足立先生と小見先生と宮沢先生と松田までいって御菓子をいただきにいって夜おそくかへっていらっしゃいました。
又御歌までいただきました
皇陛の宮御歌
つぎの世をせおふべき身ぞたくましく
正しくのびよ里にうつりて
これが御歌です。僕の御菓子はざんねんながらねずみにひかれたらしくなくなってゐました
僕は誠に皇后陛下の御菓子をおそまつにしてしまったと思ってゐます。でも僕はうんとかんばってべんきやうしたいと思ってゐます。
さよなら

疎開先から両親へ出した手紙

呂に出かけた。せっかく子どもたちが来たので歓迎してくれて、ふかし芋をご馳走になった。「まだ残っているよ。子どもが遠慮することはないよ。食べなさい」と小母さんが親切に言ってくれるのだが、リーダーとしての自覚を持てと言われている六年生が「もう結構です」と遠慮するので、二本目を手にすることができず恨めしかった。

ところが、後日このグループで農家の納屋に入り込み、乾燥芋を盗んだ。主人に見つかってしまい、学校に通報さ

足柄下郡岡本村の国民学校の校庭で。後列左から３人目が私

れた。担任の女の先生は我々を廊下に並ばせ、「コイツもやったか！」と一人ずつ突き飛ばした。リーダーの六年生は殊勝にも「先生、僕がいけなかったんです」と申し出たが、「今更遅い！」と一喝された。

一番悔しかったことは、皇后陛下からいただいたお菓子を食べられてしまったことだった。「御賜」と印刷された袋が破られていたが中身がなくなっていた。

辛い思い出がもう一つある。食事の度に先生が「ハイッ集合」と声をかけると食器を持って整列する。盛りつけは目分量だから、ご飯が山盛りの時は嬉しかったものだ。

ある日、六年生の兄が三年生の弟に、「メシを半分寄こせ」と言って食器を突き付けたのだ。弟は「お兄ちゃん、僕も今日お腹が空いているから少しでいいだろう?」と言いながら、ほんのわずかのご飯を兄の器に入れた。怒った兄は、食後、弟の胸ぐらをつかみ外へ連れ出した。セルロイドの下敷をタテに持って何回も殴った。坊主頭はたちまちみみず腫れになった。傍で見ていて辛かったのを覚えている。

戦後しばらくの間、四畳半一間に五人家族で住んでいたが、従姉妹が二人転がり込んで来たので文字通り満室となった。

焼き芋を食べながら辛かった集団疎開のことを思い出していた。テレビが悲惨なイラク戦争の現状を放映していた。傍らにいた孫が言った。

「ねえ、おじいちゃん。仲良くオリンピックをやるのに、どうして戦争をして殺し合ったりするの?」

どう答えるべきか、瞬間言葉に詰まった。

学童疎開の「脱走児」に言葉のつぶて

和歌山県岩出市　斉藤　美知子（八十二歳）

昭和二十年、私は尼崎市難波新町に住み、難波国民学校六年生。学童疎開は既に前の年から始まっていたが、私は体が弱かったため、兵庫県三田町山奥の観福寺に疎開したのは最終の組だった。

ボールペンのなかった時代、ハンカチ、靴下に至るまで書かれた名前が消えないように、酢を入れて墨をするよう指導され、母シナ（40）は夜遅くまで筆を走らせていた。

お米は昭和十六年から配給制になっていて米穀通帳が必要であった。ご飯は少なく茶碗によそっては盛り分けた。いつも空腹だった。毒があると言われていたのに寺庭に落ちている青梅を拾って食べたい誘惑にかられた。

ある時お寺の庭に刈り取ったばかりの麦の束が干されていた。誰からともなく近づき、その麦の穂をしごいて掌にのせ、外皮を取り息をふきかけて飛ばし粒を口に入れた。よく噛んでいると粘り気が出てきて白いガムのようになった。ひととき空腹をまぎらわすことができたが、先生に叱られるまで悪いことをしているという意識がなかった。

集団生活の日が重なるとノミとシラミに悩まされた。ノミは赤黒い種のようで元気に飛び跳ねる。潰せばシーツに赤い血の跡を残す。衣ジラミはパンツのゴムの辺やシャツの縫い目にへばりついて血を吸う。髪ジラミは、一見髪の毛に小麦粉をふりかけたような卵を産む。これが成虫になると頭皮をかきむしりたくなるほど血を吸う。庭に出て陽射しを浴びながら母が持たせてくれたツゲの櫛でとかすと、広げた新聞紙の上に二ミリぐらいの成虫がかすかな音を立てて落ちる。

夕方近くになると数人ずつのグループに分けた当番が供出された野菜を農家まで取りに行く。じゃが芋が多かった。

離れ住む家族の安否についても戦いの様子についても知らされなかったが、話題にできる雰囲気ではなかった。ただ夕暮れ時、家々の窓から電灯のあかりが見えると、消息の分からない家族がしきりに恋しかった。

おやつ代わりに削りカツオのたくさん入ったごま塩を仲間から貰って掌にのせ、なめる日々。衝撃的なニュースが伝わった。隣村のお寺に学童疎開していた四年生の春夫君（仮名）が脱走して家へ逃げ帰ったというのだ。

「自分達はこんなに辛くても辛抱しているのに、耐えられず決まりを破るなんて何てことだ！」口々にこんなつぶやきが出て目の前にいない少年に対し非国民という厳しいレッテルが貼られて一瞬鳥肌が立つ雰囲気が流れた。

六年生の自分達でさえこんなに辛いのに、まして年下の小さい子ども達にとってはもっと辛いに違いないと相手を思いやるゆとりなどなく、国をあげて困難に耐えようという方向性を破ったという責めに走ってしまっていた。

七十年間、一度も思い出すことのなかったこのことが、いま急に甦ったのは何故？　今の世相である。

しかし、この雰囲気はすぐに消えて和尚さんから般若心経を一生懸命に習った。

母は筆まめな人で度々ハガキをくれていた。奈良の知人宅へ衣類を疎開したとか、空地に大根の種を蒔いたとか。それも途絶えたある日、面会に来てくれた。モンペ姿がちぐはぐで何となくおかしい。

神戸駅で神有電車に乗りかえるため待っていると不意に急降下した敵機により目の前で女の人が撃たれ倒れたと話してくれた。帰りに途中まで送って行くと、母は袂からちり紙に包んだ真っ赤なトマトを取り出した。私はそれを掌に乗せたままじっと眺めていた。二度も焼け出され、住む所にも食べる物にも難儀していただろうに、大事にして持って来てくれたトマト。もしかしたら二度と母の声を聞けないのかもと思うと何も言えなかった。

終戦。延び延びになった帰宅が決まった夜は松茸入りのすき焼きパーティー。食材は無制限で食べ放題。御不浄（お寺でそう教えられた）で吐きながら箸を止めることを知らなかった。十一月中旬、家族と再会。転々と厳しい生活をしながら戦後を生きた。

疎開の寺で「皇后のビスケット」盗まれ、悔し涙

大阪府羽曳野市　小阪恭亮（八十歳）

第二次世界大戦中、本土空襲がさけられない状勢になってきた昭和十九年八月初旬より大阪府下の学童疎開が始められて、大阪市内の南船場校区にあった渥美国民学校の私達三、四年男子は

九月一日に第一次として、今は北陸自動車道・長浜インターのすぐ傍になっている滋賀県長浜市加納町「円光寺」に赴きました。寮長となる先生一名、寮母さん五名、生徒五十五名総勢六十余名の大移動でした。

学校最寄りの市電『長堀橋停留所』に多くの人が日の丸の小旗を振って、出征兵士と同じようにバンザイ・バンザイで見送ってくれました。

今思えばこの学童疎開は戦争が続く限り親や家族と別れて故郷には帰れないエンドレス生活の始まりであって、後に三月十三日の大阪大空襲で家族達を亡くした者にとっては、この時が永遠の別れともなりました。

終戦を迎えるまでのおよそ一年間の集団疎開生活は、さながら餌を争う猿集団の生態を見るような仲間同士の争い、ねたみ・いじめなど、辛く悲しい事ばかりが思い出されてなりません。

加えて、訓練にかこつけたN先生の体罰は日課となり、手紙や荷物を検閲するので親に窮状を訴えることもできない我慢の日々でした。先生が元気で痩せないのは親からの荷物を検閲し食べ物を横取りして、毎日別室でご馳走ばかり食べているからだとの噂が囁かれました。

やがて四年生の中からボスや子分ができて、下級生や弱い者から持ち物を献上させ、また食事時にはご飯を少しずつ取り上げたりしましたが、先生に告げ口をすれば更に酷い仕打ちの挙句に仲間はずれにされることを恐れて何も言えませんでした。

そんな中、船場育ちの商家の子供達は親に倣って、お互いが持ち物の交換や貸借する時には、口約束だけでなく子供ながら借用証・約束手形を作って交換する等、もめ事が起こらないように努めましたが、それでも「盗み・騙《だま》し」「又貸し」には閉口したものです。

皇后陛下より疎開児童を励ます御歌とビスケットが下賜された時の事です。袋に五枚入った大事なビスケットを一度に食べずみんな何枚か残して自分の荷物に入れていたので、私もそうして三枚を残して荷物に入れる時、隣接荷物のU君が自分の二枚をそっと私にくれたので、袋のまま空き缶に入れ荷物の底に隠して、お礼に大切にしていた肥後の守と鉛筆を提供しました。翌日出してみて驚いたことに、空き缶の中は袋だけが残りビスケットは五枚とも無くなっていました。他でも盗みはあったので、U君の仕業と決め付けられず悔し涙で諦めましたが、甘さに餓えていた疎開生活で一番悲しかった思い出です。

昭和二十年三月の追加疎開によって、今まで加納町円光寺にいた私達三年男子は四年女子と入れ替わり宮司町総持寺に移動しました。

寮長の荻賢治先生は、私達の毎日を優しく見守り物資不足の折から食糧調達に奔走しご苦労されていました。

ご飯のおかずに先生がやっと手に入れた「小鮎の煮つけ」や「鯉こく」が初めて出たので、みんな喜んでご馳走になりましたが、後日、お寺のため池にいた二匹の大きな錦鯉がいないことに

集団疎開の子供たち　円光寺にて

気付きました。
　総持寺は広くて美しい庭園があり環境がよく、付近の池で鮒釣りやトンボにホタル狩り等が楽しくて何時までいても良いと思うほどでした。
　困った事と言えば、先に追加疎開してきたH君の荷物が全く届かず、寮母さんから言われて、布団を貸してH君と二人で寝るようになりましたが、数日して二人の両眼が充血し長浜日赤病院で顆粒性トラホームと診断されたので、寺では私とH君は一時別室に移され治療に通いました（帰阪後、疾病は三年間二回の手術療養によって完治しました）。
　昭和二十年八月十五日終戦の翌週、いち早く母と姉が迎えに来て帰阪しました。帰りの列車は天蓋のないトム貨車で復員兵が満載、トンネル内は汽車の煙にむせながら、やっとの思いで着いた大阪は、御堂筋から難波まで見通せるまでの焼け跡となっており、唖然としました。

道すがら立ち寄った我が渥美国民学校は、幼稚園舎の一部を残して全壊していました。幼稚園舎で勉強すると聞いて登校しましたが、集まった生徒は七人、三年生～五年生とバラバラで教材も無くて先生ひとりでは何もできず寺子屋状態でした。十月に疎開が終わりみんな帰阪して授業が始まりましたが、復興未だしの校区に生徒は少なく昭和二十一年三月休校しました。

戦後七十年の節目を迎えて、平和を願う人々のお蔭で、自由で恵まれた生活環境になりましたが、戦中戦後を生きてきた私たちは、特に次代を担う若者たちに二度とあってはならない〝あの戦争〟の悲惨さを語り継がねばならない使命感を覚えて止みません。

子どもが親元を離れることの寂しさと恐怖

東京都　伊能　瑠璃子（八十歳）

昭和十九年四月、父山田義見（45）は大阪財務局へ栄転となり、住まいは大阪よりも奈良のほうが古都の趣もあり、安全でもあろうというので、子供を含む十人家族が法蓮山添町の官舎に住むことになった。

その前の二月、二つ上の次女道子姉と私は、父の郷里佐賀へ疎開させられていた。まだ本土空襲の危険からではなく、食糧難を少しでも解消するためである。私は母の元を離れるのがいやだったが、姉も一緒というのでいやいやだったが東京から列車に乗った。まだ旅の感覚などなく、佐賀までどれくらいの距離なのかも分からない。列車が走り出すと、母からだんだん離れていく感覚に全身が覆い尽くされ寂しさが募り、声を上げて泣き出してしまった。姉は困ったと思うが私は泣き疲れ、いつの間にか寝てしまった。途中で目が開いたがまだ列車は走り続けていて、また泣いた。景色もなにも覚えておらず、泣いた記憶しかない。途中、長いこと待たされた気がするが、あれは鹿児島本線との分岐点である鳥栖であったことは後で知った。

祖父母の家は北方駅から十分ほど歩いた祈島郡橋下村大字芦原新橋にあり、二階建ての大きな家だった。祖父山田卯一、祖母はなは優しく迎えてくれたが、私はただ母と遠く離れてしまったことがたまらなかった。だだっ広い大きな家には祖父母だけしか住んでいない。その広さと静けさが、かえって私の寂しさを募らせ、恐怖感すら感じさせた。

東京の青南国民学校から橋下村国民学校三年生に転校したが、その格差はあまりにも大きく第一に言葉が分かり合えず、友達を作ることもできない。孤立してしまい、学校も面白くなかった。姉がいなければ学校へも行かなかったかもしれない。

そんな悪夢の二か月が過ぎたころ、奈良でみんなと住めるようになったというので、どれだけ嬉しかったことか。

奈良の私は、まさに水を得た魚であった。奈良女子高等師範学校付属国民学校のテストを受け、四年生に転校編入したがとても明るい校風であった。佐賀とは違いアクセントは異なるが言葉は分かった。長女明子（14）は同高等師範学校付属女学校の三年生で、近くの柳本飛行場造成工事に学徒動員で行っていた。担任の先生は厳しかったが、教育者としての優しさが感じられ好きだった。当時は食糧増産のため、学校農園や、時には農家への勤労奉仕もあった。こやし（堆肥）を肥桶に入れて担いだり、田んぼの中に入って苗を植えたり（田植え）するのもなぜか楽しかった。理科ではテコの原理の応用だといって自転車に乗る練習をして怪我もしたが、私は生き生きと生気を取り戻し、元気に動き回っていた。一月に生まれた八番目の勝子をおんぶして、鹿にえさを上げたり若草山に登り転がり降りる競争をしたことも懐かしい。

友もできたが、転校生が受けるイジメもなくはなかった。しかし何かを気づかれたのか、担任で国語と習字の長岡文雄先生が放課後習字で筆遣いを教えてくださったり、音楽の前田先生はピアノと発声法を教えてくださるなどしたので、さほど気にせず、乗り越えていた。

二十年になるとアメリカ軍の空襲が激しさを増していった。学童集団疎開の話もあったが、母は私のことがあったので口にはしなかった。八月十三日夜には米軍のB29が大阪に大挙押し寄せ、焼夷弾をばら撒いた。日本の木造家屋を焼き払うために開発されたらしい。大阪港から市内中心

奈良女子高等師範学校付属国民学校5年生のときＢＫラジオ放送で行われた「民主主義の模擬授業」番組に出演したときの記念写真。2列目右から3番目が私

部全域が一挙に猛火を吹き上げ炎が勢いよく舞い上がった。奈良からも西の生駒山上空が赤くなっているのが見えた。

父はその模様を語ってくれた。財務局の建物は鉄筋で大丈夫だったが、他は木造家屋が多く密集しているので、街中が炎に包まれ天を焦がす勢いで燃えたぎったそうである。

大阪は百機以上の「大空襲」が八回あり、死者十万四百人、焼失家屋三十一万戸となっている。ちなみに奈良市を調べてみると死者四人、焼失家屋十九戸とあった。インターネットで調べると市内以外で、桜井の長谷・法隆寺・榛原駅・北宇智・五条・天理などがあり、私は自分が住んでいながらこの年になるまで、奈良にこのような空襲があったことを知らず、恥じている。

宮古島での幼児体験、戦争は人の心まで破壊する

沖縄市　荷川取　順　市（七十五歳）

「ウウ～ウ！」。けたたましいサイレンの音が鳴り響いてきた。私たちの家は宮古島下里にあり、父荷川取恵章、母ヨシの元に私と妹葉子の四人が住んでいた。近隣に鏡原国民学校（友利明令校長）があり、サイレンの櫓があった。まだ五歳の私は「あっ！殺される」と、無意識のままに、近くの集落の防空壕をめざし疾走した。目の前に日本軍の戦車壕が見えた。その戦車の下に身を隠そうと思ったが、敵機は戦車壕だから爆弾を落とすと直感的に判断、そこを通り越すや、なんと目の前に今にも木に引っ掛かりそうな敵機が見えたのだ。止まったらそれこそ餌食だ。道端の集落壕に両手を前に水泳のように飛び込み、防空壕の入口からすべり落ちた。

壕には三十名ぐらいの集落の大人と子どもが既に避難しており、一斉に怒りの眼差しで睨みつけられた。「敵機から防空壕が発見されたらどうするんだ」と、ひそひそ呟いた。

私はみんな戦争でピリピリしているんだと、子どもながら身を縮めて小さく隅っこに座った。

みんな不安にかられて体も心も固まってまさに生きた心地のしない空気が壕内に満ちていた。爆撃を恐れていたが空襲警報が解除された。恐怖の息苦しい時間から解放され、暗い壕の中から一人ひとり出た。私は暗い所から急に外へ出たのでピカッとまぶしい光がぶつかってきて思わず目隠しをした。

「集団疎開は危ない」という声が村人から上がった。人間は極限状態に追い込まれると、集団の絆は、赤ん坊の泣き声一つで破壊されてしまうらしい。そんなものかと信じられないのだが、それぞれの家族壕を持つことになった。各家族で自分たちの安全を確保するというのである。私たちの四人家族も実家の近くに家族壕を掘った。家の前に三メートルほどの穴を掘り二畳ほどの広さである。ところが大雨で中は水びたしになった。仕方なく水が入って来ない工夫をし利用し続けた。

私は壕の入口へ行き首を出し外の様子を窺っていた。なんと南の空の下の日本空軍飛行場の上で、米軍爆撃機が後方から黒い豆粒のような爆弾をポトポト落としていく光景を目にし息をのんだ。父はそこは危険だ、早く下にきなさいと声をかけた。

昼下がりのことだった。芋掘りに行っていた母が青ざめた顔で壕へ入ってきた。母は身重になっていてお腹が大きかった。突然、戦闘機が現われたので、とっさに身を隠し木陰づたいに命からがら帰ったと話した。芋掘りをしている時に射撃されて命を失う人たちがいた。

家族四人揃って、空襲警報の中、怯えながら夜を過ごしていた。翌日の昼下がりのこと、壕がぐらっと揺れ、土が入口からこぼれ落ちてきた。おや？　何事が起こったのだろうか。「公民館に爆弾が落とされた」と父が言った。私たちの家族壕は公民館の近くにあったのだ。この地域も危険になってきた。私たち家族は恐怖につつまれていた。

夜が明け、やっと空襲警報が解除された。私は壕の入口の土をかき分け外へ出、公民館へ行った。なんと子どもたちの遊び場が無惨にもえぐり取られ大きな穴をぱくっと開けていた。公民館で遊んでいた数人の少年たちは奇跡的に助かった。

私たちの宮古島の戦争も激戦の様を呈し、よく砲弾で馬が撃たれ何頭も死んだ。

六月二十三日、沖縄は陥落し、宮古島への爆撃はやんだ。三万余の日本陸海将兵は宮古島から引き上げて行った。

子どもも飛行場建設に協力させられ、労働をしたし、兵隊の食糧供与の要請で大人も子どももも必死だったが、戦争が終わってからは、畑や原野の巨大な不発弾処理が危険極まりないものだった。戦争が終わって食糧難は一層厳しく、よく生きのびたものだ。不自由な学校生活が快復し、教師は軍国教育壊滅で一時混乱したが、徐々に民主教育に生まれ変わっていった。

戦争は命を殺害し、地や建物を壊滅するばかりでなく、我々人間の心まで破壊する。世界に最も大切なものは平和なのだ。

神龍特攻隊へ配属されるも転属となり生き延びる

横浜市　政次満幸（故人）

昭和十九年、既に敗戦の色が漂っていた終戦の前年である。大阪外語の英語部を卒業した私は、飛行専修海軍予備学生を志願して土浦海軍航空隊に入隊した。「神風《しんぷう》」という言葉が特攻隊の代名詞となって、私たちに冠せられていたが、正確に言うと、あれは沖縄の空で散った第十三期予備学生のことで、次の第十四期が学徒出陣だった神雷特攻隊。台湾沖海戦に出動して散華した。

父「政次満幸」（少尉）

私たち第十五期生は神龍《じんりゅう》特攻隊が正式の呼称であった。

護国の鬼と化すことを覚悟していた私たちだったが、入隊から半年が過ぎても練習機にさえ乗せてもらえなかった。

「なぜだ?」疑問と不満が若人たちの胸中で渦巻いた。そして昭和二

十年の春が過ぎようとした頃、第十五期生はあちこちの実習部隊へ分割転属していく。私を含む一群の同志が移った所は、琵琶湖のほとりだった。これでいよいよ飛行機に乗れると思ったがアテが外れた。来る日も来る日もグライダーの操縦訓練だった。隊内に発生した噂でその謎が解けた。

「もはや日本には飛行機が無くなったらしいぞ」

「グライダーの先端に爆装して、上陸してきた米軍に突っ込む。それが俺たちの任務になるそうだ」

比叡山の山上からグライダーで飛び立って米軍に突っ込んでいく。そんな作戦が軍の上層部で出来ていたようだ。日本は追いつめられていた。B29の空襲で燃え上がる大東京の真っ赤な炎が、土浦の夜の練兵場から眺められた。私にはもはや何かを深く考える力は無くなっており、考えたところでどうにもならなかった。遠い台湾の地にいる父母や、狩り出されて予科練に入れられた弟のことを思うと、ただただ淋しかった。

そして七月、突然、横須賀の陸戦隊への転属命令。飛行専修と

「送　政次三春君」とあるのは父の改名前の名前

いう名が泣き出す恥ずかしい転属だった。連れて行かれたのは神奈川県茅ケ崎の浜辺だった。

「米軍は必ずこの浜辺に上陸してくる。上陸用舟艇から吐き出されるＭ１Ｍ４の戦車が砂地を這ってやって来たら……」

爆薬を抱えて敵の戦車の下へ身を投げ出して飛び込む。これが茅ケ崎における私たちが受けた訓練だった。

「日本はもうグライダーさえも生産できなくなったのだ」

これだけは明確に推測できた。日本帝国の最期が迫っていた。太平洋上の米空母から発進する艦載機グラマンの機銃掃射を毎日のごとく浴びた。逃げ遅れて防空壕に飛び込めなかった時など、実に危なかった。それが夕刻になると敵機の飛来もピタリと止まり、相模湾の海面は不気味なほどの夕凪で静まりかえった。

かくて八月十五日、終戦の詔勅が下り、無敵であったはずの日本の無条件降伏、私の全身から一挙に力が抜け落ちた。

こうして私は生き残り復員したが、身を寄せる所は無かった。誰もが飢えている時代だ。居候などされてはたまらない。働くに職はなく、私は途方に暮れた。だが運命が不思議な転回をした。私を救ってくれたのは、大阪外大で習得した英語である。戦時中は敵性国語として排撃されていた言葉である。

進駐軍で働き、人事管理を任された私は、米国式経営管理学を吸収すると、それを日本経営の近代化に役立てることができた。それがやがて国連に奉職する原因となった。そして今年、日本人男性の平均寿命を超えた。戦死した戦友たちには申し訳ないと思う。
◎旅立ちは意気天を衝く無一文
これは昨年結婚五十周年（金婚）を迎えて、私が詠んだ川柳である。（平成十四年）
※父は昨年九十歳で旅立ちました。「七十年への想い　記録遺産へ」の募集を見て娘の私が応募しました。父が金婚の折、書き残していた遺稿です。長女政次芳江（61）

わが家に米軍機が墜落、母と妹は即死、私は奇跡の生還

神奈川県川崎市　君島清子（七十六歳）

昭和二十年七月十八日昼、千葉県山武郡睦岡村板中新田は、川崎から疎開した母の実家です。広い広い落花生とさつまいも畑の中の一軒家でした。近くに陸軍演習地（現成田空港）がありました。射撃された火だるまの米軍戦闘機が家の前の高い一本杉の木をへし折り家の中に飛び込んで来たのです。母樋口よ志（36）は縁側に腰をかけていたところを飛行機の車輪で真っ二つにされ、抱いていた一歳の妹広子は投げ出され、共に即死です。燃料タンクが燃え上がり乗員二名のアメリカ兵も死亡。祖父石渡竹次郎（68）は重傷、五歳の私と三歳の妹利津子は、燃え盛る炎の中から全身火傷で這い出し、隣り（鈴木）のおじさんが「こっちへおいで」と叫んでおられる方へ逃げました。髪の毛は焼け、夏で薄着のために衣服は燃え、裸状態で逃げました。私と妹は、鈴木さん宅の防空壕に入り「水、水」と叫んで一升ビンの水をゴクゴク飲んだことを憶えています。妹は防空壕で夕方亡くなり、私は気を失ってしまいました。おじさんが川崎の父樋口伊勢松（37）へ電報を打って下さり、次の朝一番列車で駆けつけ、私を抱いて「何とか助けて下さい」と懇願して回りました。八街《やちまた》駅前の岡村病院で引き受けて下さり、私は奇跡的に助かりまし

た。病院は被災者でいっぱいでした。現在の病院とは違って病室は畳敷きで布団は庭にまで敷き詰めてありました。治療室、六畳三室、四畳半二室だったと思います。爆弾で手足の吹き飛んだ少年、機銃の弾丸が首を突き抜けたおじさん、内科病人の女性達でした。私はうつ伏せ状態で焼かれたので、手足、首にケガをして、あちこち火傷だらけです。

家も焼けてしまったので私たちの生活は農家の四畳半一室を借り父と一緒になった義母、小学二年生の義兄の四人で始まりました。八街は海の幸、近隣の農作物が入手でき、義母の看病の甲斐あってどんどん回復しました。暑い毎日、身体中の火傷が化膿し、ウジがわきお医者さんがピンセットで取り消毒してくれます。

昭和二十年八月十五日、日本は終戦しました。八街の駅には都会から軍服、大きなリュックを背負った買い出しの人がこぼれ落ちそうに乗る黒い列車が着きました。一日数回しか往復しないので乗り切れず、屋根にもへばりつくようにして乗っていたため電線に触れ、頭が血だらけになった患者三人が運ばれてきました。夜唸っていましたが朝方亡くなりました。

父は生命・簡易保険をかけていて、東京の本局へ行きましたが終戦後の混乱のためか一銭も支払ってもらえず、四月十五日の川崎大空襲の火の海を逃げ延びた義母のさらし腹巻きに巻き付けた百円札紙幣により私たち家族は救われたのです。義母は近所に住む身寄りのない親友の奥さんで江戸っ子、田舎はなく息子（義兄）を連れていました。商家の女将さんタイプ、心の広いやさしい人でした。親友（伊之助さん）は「伊勢ちゃん頼む、頼む」と言って出兵。フィリピン・ネグロス島で戦死していたからです。

下並木に焼け残った借家を借り闇市で商売を始めました。

私は何度か手術を繰り返し、首と右手に引きつれのケロイドは残りましたが、歩けるようになり、川崎へ帰り、昭和二十一年春、川崎国民学校へ入学しました。運動会で遊戯の時、隣りの男子生徒に手が「気持ち悪い」と言われ、手を繋いでもらえませんでした。わっと泣いて家へ帰って来てしまい、その後運動会には出場していません。勉強嫌いでもなかったし、父は板ガラス職で一生懸命に働き裕福でしたが、高校へは進学しませんでした。なぜなら身体の成長が止まる二十歳の段階で整形手術を受けたいがための経済上の理由からです。少しでも醜さから脱却したかったのです。

醜い原爆のケロイドも、私のケロイドも消えることのない太平洋戦争の痕跡です。

戦争の残酷さは、テレビや写真では絶対に理解できないと思います。ベトナムもイラクも同じです。戦場を垣間見た私の実感です。

風船爆弾作りに従事するも戦果は微々たるもの

千葉県市川市　柴田歌子（八十七歳）

戦争もいよいよ熾烈になった昭和十九年も終わり頃「ふ号兵器」いわゆる風船爆弾作りに携わりました。

愛知県第一高等女学校五年生、十六歳の春から学徒動員として、名古屋の熱田陸軍砲兵工廠高蔵工場へ配属されました。学校の制服にモンペをはき、腕に報国隊の腕章、胸には血液型と住所氏名のワッペンを付けて、授業どころではありません。お国のため、「打ちてし止まん勝つまでは」の標語のもと私たち女学生は一丸となって銃後を守ったのです。

これは気球爆弾で気象まかせ風まかせ、日本本土のどこからか（終戦後、千葉県一宮、福島県勿来と判明）打ち上げて、気流に任せてアメリカに届かせ、そこで炸裂させるというものです。

楮《こうぞ》の木の繊維から作った和紙を蒟蒻《こんにゃく》糊で何枚も貼り合わせ六層の「ゴワ」を作り、それを糊でつないで直径十メートルもの気球にするのです。

寒い冬、暖房もない広い広い作業所で五十人ぐらいが一列に並び、その列が何列も何列も、板張りの堅い床に正座して糊付けするのです。冬の夜中です。蒟蒻糊をつけるのですが、空気が入らないように、しごく掌は凍《こご》えそうです。指先は白くふやけて感覚もありません。足も痺れます。お喋りも許されません。軍の下士官がサーベル下げて見回って来ます。緊張の連続です。この仕事は軍事上、重大な機密を持ったものだったのです。黙々と上半球、下半球を貼り合わせ大きな球にするのに懸命でした。直径十メートルの球が出来上がると圧搾空気を入れ、まんまるの状態にします。そのために急遽作られた天井の高い大きな建物の中で、二十四時間そのままの状態にし、翌日萎んでいるかどうかを調べるのです。萎んでいれば「洩れ」があるので、人間が辛うじて通れる小さな穴から潜るようにして入り、破れを探します。中を歩き回り少しずつ転がして破れを見つけます。見つけると中と外と連絡を取り合い両方から紙を貼り合わせます。こうして完成した風船爆弾はアメリカのどこかで戦果を挙げているのだと聞かされ、信じていました。

戦局が押し迫ってきますと、私たち女学生も一般工員の人達に混じって夜勤もしました。真夜中十二時になると一時間の休憩があります。作業場から食堂に向かう工場内の夜道を下弦の月が冷たく光っていました。

薬莢や大砲の弾の製図引きもやりました。また「四丸タ弾」（直径四センチ、長さ十三センチ）という薬莢の長さをゲージで測ったり、バケツに水を入れ、その中に弾の先を入れ、自転車の空気入れで空気を送り込み、泡が出るか出ないかを調べるのです。すべて一つ一つ手作業です。

あれから七十年経った今の時代、考えられないような幼稚な幼稚な検査方法でした。でも当時

風船のテスト。和紙に少しでもひずみがあると不合格。合格すると万歳三唱した

は真剣に取り組んでいました。

　卒業式も焼け跡の校庭で、藁半紙の粗末な証書一枚でした。

「昭和二十年戦時一色卒業す」　歌子

「遙けき日もんぺに頭巾卒業す」歌子

　初めてB29の編隊を工場の空から見た恐怖、爆撃を受けた時のことなど、遠い遠い昔になってしまいました。二度と返らない青春も、当時真剣に取り組んで生きてこそ今があるのだと思えるようになりました。しかし曾孫であるあなたたちには決して味わって欲しくありません。素晴らしい青春を過ごして欲しいと願って止みません。今、両親の一杯の愛を受けて、あどけない笑顔のあなたたちの青春時代は、もう曾祖母である「ひいばあちゃん」の私は見届けることはできません。平和な日本が続くよう、戦争体験者の一人として祈るほかありません。

※資料によりますと二百八十五個が米国で確認され、うちワシントン州では送電線に引っかかりショートし停電、またオレゴン州の山中では爆発し牧師一家六人が犠牲になるなどしたそうです。

水盃と花束で特攻出撃するも油もれで帰還

仙台市　八巻　巌（八十九歳）

昭和二十年七月中旬、ここ千葉県船穂村の印旛飛行場に駐屯する飛行二三戦隊の本部前で、鹿児島の特攻基地知覧に向けて離陸する陸軍特別攻撃隊の出陣式が行なわれていた。まだ十九歳の少年飛行兵が私（伍長）を入れて八名おり、総勢十二名であった。

部隊長の訓示が終わると、各人にやや大きな盃が渡され一升瓶から注がれた。隊長（少佐）の「諸君の武運長久を祈る」の乾杯の音頭と共に口をつけてハッとした。それは水であった。その瞬間まで酒と思っていた。日本では古来より、生きて再会の望みが無い時は水盃を交わすとは聞いていたが、自分が体験するとは夢想だにしなかったので、複雑な気持ちで飲み干した。

水盃の後一同が飛行機に向かおうとした時、十二名の女性達が進み出て一人一人に花束を贈ってくれたのである。

さて、いよいよ操縦席に入ろうとした時、ハタと困ったのは花束であった。狭くて置く場所がないのである。考えている余裕はない、やむを得ず飛行場に置いて行こうとした時、年配の整備兵らしい人が来て、座席の後方にうまく入れてくれた。厚くお礼を言って操縦席に着き、出発点に向かった。

順番が来たのでエンジンを全開にして滑走を始めたが、重装備の機体は重く、滑走路の端でようやく離陸した。雲間に見え隠れする隊長機を必死に追いながら十五分ほど飛んだ時、右足元の油圧系統のパイプから油（潤滑油）もれを発見した。これは重大事故に繋がると判断して、遼機に合図を送り反転して飛行場に帰った。

着陸して愕然としたのは、十九歳のS君はエンジン不調で離陸できず、前方松林に突入し仰向けに横転炎上、救助不能で死去していた。もう一人のT君も同じ原因で松林のなかに突入したが救助されて応急処置が終わった所へ私が帰って来たのであった。

隊長に反転着陸の旨を報告すると、飛行服を着替える暇もなく、重傷のT君と二人で軍用車に乗せられて松戸市の陸軍病院に向かった。軍医の診断は、火傷が全身なので明朝までに死亡するから、両親に連絡しておくように、と言うものであった。翌朝病院に行くとやはり亡くなっていた。私は上官の命令通り松戸市営の火葬場でT君を焼骨し、午後、近くのお寺で部隊葬が営まれた。

幸い茅ヶ崎からご両親も来られて、式が終わるとT君の遺骨を抱いて帰って行かれた。私は前日からの水盃や花束、二人の戦友の焼死、自分の飛行機の故障など、身辺の激変に遭って何も考えられず、呆然として遠ざかって行くT君の車を見送っていた。

私達のグループ6人。前列右から2番目が隊長松倉中尉、右端が私

故障した私の飛行機を修理している間に、広島、長崎に原爆が投下されたが、部隊長から知らされたのは、新型爆弾が投下されたが損害は軽微であるというものであった。東京や日本各地の主要都市が空襲を受け、ここ二三戦隊も度々空襲を受け、戦死者も出たのであった。このような状況下でも私達は日本の必勝を信じていた。小学生の頃から日本は神の国であり、天皇は現人神《あらひとがみ》である。天皇の軍隊は昔から外国と戦って負けたことがない、との教えが身に沁み込んでいたからであろう。

このような状況下で八月十五日の、終戦の玉音放送を聴いた時の衝撃は大きく、みんな放心状態になってしばし立ち尽くしていた。

終戦となり、宮城県の生家に帰った後、九

月末頃、再び飛行場に行ってみると、あの頃、天地に響いていた轟音は勿論なく、広大で静かな空間が広がっていた。夏草の茂る一隅に二十数機の戦闘機「隼」が毀されてあった。私の飛行機を見つけた時ふと思った。あの時の花束を自分で飛行機から出した覚えがないのである。もしかしたらあの時助けてくれた整備兵の人が出して、どこかに飾ってくれたかも、などと思いながら再び見ることはない私の飛行機を度々見返り帰途についたのであった。

高等科卒で志願、猛烈訓練は苛酷の一言

和歌山市　名古史郎（八十五歳）

昔も今も変わらない言葉に「志願」の二文字がある。当時十四、五歳であった私の苦悩は、厳しい国の統制下における日々であった。父惣太郎（56）は和歌山由良の農家で村の役員もやっており、八人家族だった。衣食住はどこの家庭でも同様だった。

昭和十九年後半から終戦までは、国内外はどこも戦場であった。貧困に耐え、食糧増産に励み供出した。一億国民一致団結し、もって大事を成してきた。そういう環境の中、私は「海軍乙種飛行予科練習生」として、奈良航空隊へ二十年一月に入隊した。

兄三人は既に国に奉公していた。長男清一（27）は中支陸軍、次男忠雄（22）は呉海軍部隊水兵、

三男弘（19）は満蒙開拓団から和歌山陸軍第二六部隊に入隊していた。小学高等科で先生は「国のために志願せよ」と言った。帰宅すれば父と喧嘩である。その歳での志願に「恥かしくないのか」「体面を汚すことがないのか」と怒鳴る。「笑われるような事をしているの違うか」。反対しながらも母のぬくもりのある言葉を一生忘れることはない。それらを乗り切って国のため志願を決意。これは「十死零生」の覚悟がなければできなかった。入隊当日、多くの人々に万歳三唱と軍歌で送られた。実家の敷居を越える時、姉に「今度逢う時、靖国神社でな」と言って涙を流し、最後の見納めと家を眺め出発した。「国のため忠ならんと欲すれば孝ならず、孝ならずんば忠ならず」の心情そのものであった。母は奥で泣いて出てこない。奈良空まで姉が付き添いで来てくれた。入隊して私服を「七ツ釦」の軍服に着替えた瞬間、立派な少年兵になったなあと心が引き締まった。私の十五歳は再び巡って来ることはない。

20年9月復員後の私

翌日から六時起床、軍隊生活が始まる。三か月は軍人としての人間学を叩き込まれ、規則的な生活が始まった。この期間が、思っていた通りの少年飛行兵らしい基礎訓練の日々だった。特に班行動が多く、教官は戦場で実経験を持つ先輩だった。

軍隊生活での思い出は多い。軍人を育成する目標は苛酷の一言につきる。少年を職業軍人とし主戦力にするためだ。奈良空の訓練は大きな収穫だった。バットによる制裁、ぶっ倒れると水をぶっかけ引きずり両方から支えさらに殴る。最高百回。息もたえだえ、釈放された少年兵は尻が腫れ上がり仰向けに寝れない。うつ伏せになっているのを仲間が徹夜で尻を揉《も》んだり冷やしたりしてやる。それでも翌朝きちんと起きて点呼に。へっぴり腰のがに股で尻をもぞもぞするようにしながら訓練を受ける。私もバットによる制裁は何回か受けた。紫色に腫れ上がった尻のあざはなかなか消えない。十年ぐらい残った。人間はどの程度の制裁に耐えられるか。顔を殴られる時の姿勢は歯を食いしばり両足を少し開く。痛いほど自分にとっての限界を知る。ある格言に「ならぬ堪忍、するが堪忍」という言葉通りの忍耐生活だった。

上官の命は絶対厳守。手旗、モールス通信すべて強制的な躾であった。覚え込むしかない。訓練結果をテスト。通過しない者は次の教程へ進級できない。この時の苦労は話にならない。合格するまでしぼられた。「人間は何事も命をかけてやればできるものだ」と知った。これらが私の精神と根性を創りあげた。

二十年五月、鹿児島県串良空へ転勤した。この隊は臨時特攻の基地で滑走路奥の方に小枝で被った数機の戦闘機があった。出撃を見送ったことは数回あったが、ほとんど帰ってこなかった。兵舎はすべて地下にあり、比較的住み心地が良かった。日課は志布志湾での横穴掘り作業が主だ。

七月一日付で長崎県川棚特攻基地へ転勤。特攻訓練中、長崎市上空に原爆が投下された。目の前が眩むような閃光をまともに受けた。微量被害あり。翼なき予科練震洋特攻訓練中であった。

八月十五日の終戦を長崎で迎えた。一か月後に復員列車の無蓋車に乗るも満員。街の被爆地を通過するも予定通りに進めない。広島の原爆中心地付近で半時間ほど停車した。あまりにも変わり果てた破壊ぶりに皆声なし。まだ青白い炎が燃えくすぶっている所もあった。残量放射線を吸収した。今日まで体調に思い当たる変調は感じなかった。精神的な苦悩は抱えたが、今日まで比較的、年相応に健康である。

「資源」のための戦争だったと思うが、二度とこのような殺し合いはしないでほしい。

串良基地、宇佐基地で特攻隊員を送る

島根県安来市　坂田　章（八十五歳）

昭和二十年四月一日、米軍は沖縄に上陸した。日本には、もはや組織的な戦力はなく、南九州からの特攻出撃「菊水作戦」が発令され、私が所属していた第九三一海軍航空隊も、鹿児島県の串良基地へ進出した。

九州の東端、大隅半島の頸部に位置するこの基地には、各飛行隊が集結して連日のように特別

攻撃隊が編成され、沖縄海域の米艦船攻撃に発進して行く。

「〇五三〇特攻隊出撃。総員見送りの位置につけ！」

指揮所の周りはまだ薄暗く、黎明攻撃に向かう搭乗員たちの顔だちも定かでない。だが暁闇にも、それとわかる慌ただしさに包まれ、押し殺したようなざわめきが随所に展開されていた。

司令の訓示、指揮官の注意があって恩賜の酒が注がれる。皇国の勝利と攻撃の成功を祈っての別杯である。彼らの胸中は如何ばかりか……。

「かかれ！」

未練を断ち切るように一斉に愛機に向かって走る搭乗員たち。やがて轟々たる爆音を残し、私たち兵器員が装着した爆弾や魚雷を抱いて機影は雲の彼方に消えていった。

沖縄戦が終結した六月の末、本土決戦に備え、大分県の宇佐基地へ異動した私は、指揮所伝令に指名され、飛行場の端に仮設されたテント張りの指揮所が配置だった。

飛行作業が終わり、皆が引き上げた後の指揮所は静かで、先程までの張り詰めた空気が嘘のような、ある日の午後であった。

「ゴオーン、ゴオーン……」と遠雷のような爆音が聞こ

海軍航空隊時代の私

えてきた。紺碧の大空をＢ29の編隊が、特有の金属色をきらつかせて飛んでくる。紛れもなく目標はこの基地だ。

もう飛行場の真上、防空壕を捜している暇などない。飛行場に続く畑のくぼみに頭から突っ込み、目と耳を指でふさいだ。

またたく間に近づいたＢ29は、基地の上空にさしかかると、黒い塊を一気に吐き出した。爆弾の投下である。

「ザザアー」

と雨音のような落下音が続いた果てに、やがて、

「ズッシーンー！」

「ドッカアーンー！」

と、ひとしきり大地を揺るがす爆発音が続いた。やがて、

「ザァーッ」

と土砂が降り注ぐ。今度は駄目か、今度は……。不安な数分間が過ぎ、まだ立ち込める砂塵を透かして見れば、飛行場は穴だらけ。さっきいた指揮所のテントは、どこかに吹っ飛んでしまっている。まさに危機一髪であった。

「広島に新型爆弾が落ちて、だいぶん被害があったらしいぞ……」とか

「新型爆弾には白いものを被っているのがよいそうだ」

こんな話を聞いてから数日後に、

「本日正午、重大放送がある。総員、指揮所前に集合！」と達しがあった。

昭和二十年八月十五日。よく晴れ上がった夏空に、太陽がギラギラと輝いていた。指揮所防空壕前に整列した私たちは、流れる汗を拭いもせず、雑音の多いラジオから途切れがちに聞こえる「玉音放送」に、耳をそば立てていた。

夕方、私たち第五航空艦隊の司令長官宇垣中将が、部下の数機とともに最後の沖縄特攻を敢行したと聞いた。

ゼロ戦の空港で「イナシヤ廻し」の日々

新潟県長岡市　堀　三　郎（九十一歳）

高等小学校を昭和十三年卒業。父は小学校三年の時に病死。次兄は十二年春に入隊、フィリピンで通信兵。長兄は同年九月に赤紙召集で出征、シンガポールで軍病院。母石坂クマと兄嫁で二十七反の稲田で「食糧増産を」と言われ、自分も一生懸命に四年間手伝い、米俵も人並に担げるようになった。ところが突然「海軍に志願せよ」と役場より通知があり、横須賀海兵団に入隊、練習生となる。先輩兵との合同教育に耐え切れず脱走を図る者が出るなど厳しい教練が続く毎日だった。飛行機の整備・構造を学び桜のマーク（整備兵）を左腕に付けての修了式後、知らぬ者同士六名で下関港に一泊、翌早朝輸送船に乗り込んだ。

船は間もなくアメリカ軍の攻撃で沈没したが、運良く哨戒艇に助けられる。上陸したのはゼロ戦基地である鹿児島空港。桜島対岸の海辺で働きやすく立派な空港。自分は飛行場の整備班勤務になり、飛行機の点検・修理と忙しい夏を過ごしていた。点検を終えたエンジンは機体にセットし「イナシヤ」（ゼロ戦はセルモーターがなくクランクを廻して起動する）を廻してエンジンをかけ暖気運転、異常無しを確認後飛行兵に乗ってもらう。

イナシヤ廻しも汗が出なくなった頃、アメリカ軍のＢ29が連日上空を通過し、それに合わせるかのようにゼロ戦が発進していった。

年も明け春の東京大空襲を皮切りに各都市への空爆が激しさを強めた。本土がこれほどまでに焼き尽くされるとは想像していなかった。

上空にはＢ29とグラマンの機銃音と爆音が響く。滑走路わきのタコ壺に身を潜め耳穴を塞ぐ手に土砂が当たり痛くてたまらない。連日二人、三人が痛い、熱いと倒れる。その後、総員集合の命令があり「敵アメリカ軍が沖縄上陸を目指し大艦隊が沖縄南方海上に接近中。全機燃料は片道だけとし、敵艦隊に体当たりせよ」の軍令。イナシヤ廻せの号令で全飛行兵がそれぞれの愛機へ。

整備兵も負けじとハンドルを持ち、飛行兵は「行きます」の声で乗り込みキーを入れると整備兵は必死にイナシヤを廻しエンジンをかけ、次々と「ありがとう」の声。敬礼のみの士官、無言の者、何人かは肩を落とし元気の無いものもいた。自分（整備兵長）は左手にハンドルを持ち、右手を挙げて敬礼をし、ゼロ戦の安定を保つために両翼に手を置き滑走路まで誘導した。機上の飛行兵が何か言ったが爆音で聞きとれなかった。そして飛び立っていった。もう帰って来ないのだと今一度振り返って自分に言い聞かせながらハンドル持った手を何気なく見たところ血が滲み出ていた。「もう飛ばせる飛行機はないのだ」とつぶやきながら夕焼けを背に工具の整理をした。

アメリカ艦隊は何マイルか後退後総攻撃に打って出て、飛び立ったゼロ戦も全機海面に突っ込んだとの情報があり、整備兵全員が地面を叩き涙した。

一夜明け、アメリカ軍が沖縄へ無血上陸したとの報あり。島民多数が自決。そして本土空爆、とどめの原爆二発で終戦になった。

「イナシヤ」を廻さなければ多くの飛行兵を殺さないで済んだのだ。戦争は人間同士の殺し合い。戦争は恐ろしい。今の平和を永久にと願っている。多くの飛行兵のご家族の皆様と共にご冥福をお祈りし平和を願う一老人です。

美保飛行場で学徒動員中、空襲で学友が目前で即死する

鳥取県米子市　渡邉貞夫（八十五歳）

昭和二十年、私は当時十四歳、現在の中学二年生で在学中に学徒動員され、海軍飛行場へ派遣された。幸いに命びろいし、八十五歳を越えて戦後七十年を迎えることができた。悲惨な戦争を体験し、二度と戦争を繰り返してはならないことを訴え後世に伝えたい。

昭和十八年島根県安田村国民学校卒業、鳥取県立米子商蚕学校商業科へ入学するも一年で工業学校航空機科へ強制転換させられ逓信省米子航空機乗員養成所へ通学、練習機赤トンボでにわか仕込みの航空整備兵の勉強をさせられた。

昭和二十年二月、一片の通達「全学徒ヲ直接決戦ノ緊急ナル業務ニ動員ス」との学徒動員令で、十四歳の少年学徒は海軍美保基地第三一海軍航空廠美保工場へ動員され、私たちは沖田海軍整備中尉指揮下の美保飛行場へ配属された。悲惨な空襲にさらされる軍隊へ中学二年生で派遣される戦争とはこんなに無茶なものだ。

美保基地は七つボタンの海軍航空隊予科練習生が最大時七千人いた第一航空隊や各爆撃機の航空隊で神風特攻隊の基地であった。私たちの仕事は生きて帰れぬ体当たり、自爆のための特攻機

海軍陸上戦闘機「彗星」収容の掩体壕（航空自衛隊美保基地で、2015年5月撮影）

へ改装し、胴体に爆弾か魚雷を装着する作業であった。軽爆撃機銀河は脚の出が悪く機内に我々が乗り込み、予科練生が訓練飛行することもあった。飛行中操縦席から脚が出ないと知らされ、下を見ると数台の消防車が待機している。胴体着陸に失敗すれば生死の分かれ道だが、名誉の戦死の緊張感で怖くなかった。現在ならとても正常心ではおれない。

寄宿舎の食事は米粒が僅かのジャガイモ飯か大根飯だったが、朝食にご馳走の赤飯が出た日は、出勤すると管制塔の前で九州鹿屋基地へ飛び立つ特攻隊の壮行式だった。特攻隊員は現在の高校一～二年生の予科練生である。鹿屋基地から片道の燃料だけで自爆のための爆弾を抱えて、生きて帰れぬ沖縄へ突っ込んで行く十六歳の少年飛行兵を見送らねばならなかった。

七月二十三日からは連日の空襲に見舞われた。国鉄の駅が五つに及ぶ美保基地への通勤は一直線に走る境線だ。満員の通勤列車が基地と共に二回空襲された。艦載機グラマンが見えると車掌は列車を止め、襲撃して来る反対側へ降り鉄輪と鉄骨の陰に隠れさせ、旋回して再来すると反対側へ隠れさせ、機銃掃射を防ぎ、負傷者は出したが死者は出なかった。

しかし七月二十八日山陰線大山口の朝の通勤列車襲撃は死者四十四名、負傷者三十一名以上の大惨劇となった。列車を止め車内で待機した満員の乗客は艦載機の機銃掃射の集中攻撃で血の川となった。その時同級生の今出進君は咄嗟にデッキから飛び降りて列車の下に潜り込み、上からドロドロの血が流れ落ち背中がずぶ濡れの修羅場から幸い九死に一生を得た。この列車は三朝温泉で療養した傷病兵を呉に移送するための赤十字車輌を上井駅から二輌増結しており、兵や看護婦も犠牲になった。

記録によると四国沖の空母から艦載機二百機以上がクマ蜂の大群の如く暴れまくった。まずロケット弾で滑走路を破壊し飛行機を飛べなくする。その日は格納庫で作業中で最初の襲撃は格納庫の厚いコンクリート壁に隠れた後、防空壕に走り込んだ。同級生の妹尾慶君が逃げ遅れ防空壕手前の滑走路にロケット弾が炸裂した。私たちが防空壕の中から見守る目の前で、舗装コンクリートの大きな塊が彼の横腹から肩にかけて直撃した。ザクロの赤い実が飛び散るが如く体が粉砕した。壮絶な即死だった。十五歳の少年学徒の名誉の戦死は今も鮮烈で消えることはない。

飛行場の草むらに多数ある掩体壕（飛行機の防空壕＝写真）で作業中の空襲は、敵機パイロットの顔が見えるほど超低空で人間を狙う。

八月六日広島への原子爆弾投下は隠されていた。八月十五日、ラジオで天皇陛下の重大放送を聞いたが、子どもには難しくて分からなかった。それは生涯で一番嬉しい戦争が終わった日だった。

語り伝えねば……この「戦争」の悲惨さを

岐阜県飛騨市　田中和江（七十九歳）

七十九年という人生をたぐってみる時、突然私の前に仁王立ちした「戦争」という名の痕跡がある。

第二次世界大戦が勃発し、昭和十九年父は戦死した。ブーゲンビル島でマラリアを患いながらの餓死であった。父菅沼由郎は昭和六年満州事変に参戦、十二年には日中戦争、十八年には太平洋戦争に召集され、遂に散華した。戦争一途の人生である。

「子どものことを思うと死んでも死にきれない、どうか人様から後ろ指を指されるような人間にだけはなるな」。戦友に託した父の最期の言葉である。三十五歳の母ナミの手元に重石のように残された四人の子ども、家も田畑もない母は子どもを飢えさすまいと、死に物狂いで働いた。

四人目の妹は父の顔を知らない。「父ちゃんは?」と聞かれると壁に掲げられた父の遺影を指さし教えた。長女の私は、小学三年生の時から親戚や知り合いへ子守りに行かされた。口減らしである。古川国民学校から新制中学三年生までに六人の赤子を背負った。私は放課後、友達と遊んだ覚えがない。学校から飛んで帰ると母は留守、幼い兄弟の面倒を見たり、家事の手伝い、子守り等々走り回って働いた。秋になると子守りのお礼にと、新米がどーんと届けられ、薄暗い玄関にどよめきの光がさす。母は「和江が苦労してくれたお陰や、ありがたいこっちゃ」と涙を流しながら米俵を撫でさすったものである。しかし、成長盛りに毎日胸をしめつけて子守りをしたせいか、十五歳で鐘紡四日市工場へ入社した時「肺侵潤」に侵されており、一年間は正社員として認められず、働きながら治療したのを覚えている。当時は、「肺侵潤」の原因が何であるか考えもせず、病院へも行かず、会社から支給されるビタミン剤の服用だけで完治したが、今考えるに、あの過酷な子守りが原因だったのかと合点し、わが身がいとおしく思えるのである。

あれは、私が小学校五年生の時のこと、ある夜、突然親戚の叔父や叔母が二十ワットの電灯の元へ集まって「何としてでも、自分の手で育てるで……」と泣いて訴える母の手元から、六歳の弟と二歳の妹を里子にと連れ出して行った。

翌日から母は、わが子の姿をひと目見ようと、毎日里子に行った家の近くへ行き、電柱の陰に身を隠した。ある日「敏夫と目が合った……」と、家へ駆け込んで号泣した母の姿を忘れること

父、日中戦争出征時の写真、前列右から母、私、父、祖父、祖母、叔父

ができない。その後、弟は寝小便をすることを理由に、妹は近所の人の「いじめられているらしい」という噂を聞き、母は弾かれたように二人を連れ戻してきた。母に背負われて駅を出た妹は、母の背中で「おばちゃんのこと、これから母ちゃんって呼んでいいの？」と聞いて母を泣かせたものである。

その後母は、久々に揃った四人の子どもたちを膝元へ寄せ、「これからはな、例えにごし（米の研ぎ汁）を呑むようなことがあっても、お前たちを二度と手放さんでな」と言って、一人ひとりの頭を撫でさすったものである。また母は自分は食べずとも子どものために必死だった。一個のみかんが手に入ると四等分して子に与え、自分は皮を鼻に押し当てて笑っていた。あらゆる物資不足の当時、ある日母は駅で闇米を取り上げられてしまい、係員に向かって「子どもをどうやって養うんや、父ちゃんを返せ！」と噛みついたところ、ある巡査が助けてくれたそうである。その巡査は「仏の佐藤」といって皆から慕われていた人だったと聞く。

思えば戦後七十年、戦争体験者は年々少なくなる。父を戦争でとられ、母子家庭のために、小・中学生の修学旅行には行けなかった。お金が無くてガムが買ってもらえず、歯を食いしばった。思い出し数えあげたらきりがない悲しみと屈辱、みんな戦争が吐き出した元凶である。

私は今、小学校で戦争体験を語らせてもらっている。戦場だけが戦争の実態ではないことを、自分の体験を通して訴えている。教師も父兄も生徒たちも戦争を知らない。それでいいはずはない。最後の一人になっても語り伝えねばと思っている。

母過労で病気のため父の遺骨を私が受け取りに

福岡市　宮　邉　政　城（八十三歳）

父宮邉七五三雄《しめお》は、先の大戦中、三菱長崎造船所に技術工として徴用され現場にて召集令状を受け一旦帰郷（現大分県豊後大野市緒方町）し、多くの村民より日の丸の旗波と万歳の声に送られ緒方駅を出発、熊本西部第二一部隊外城隊小手川班に入隊しました。造船所に徴用されるまでは指物大工の技術者でした。三か月くらいで帰ると聞いていたのですが、突如私服が届き、その小包の中に荷札がはいっており「シナへユクアトタノム」との書き込みがあったので、驚いて母と私は急遽熊本へ面会に行くことにしたのです。母が身ごもっていることを知らせる必要があったからです。

西部連隊を訪ね、衛兵に実情を訴えて上官に面会することはできましたが、すでに外地へ出発後で本隊にはいないとのことで面会は叶いませんでした。その夜は熊本駅ですごし、翌朝の一番列車で淋しく緒方へ帰りました。その時の母の疲れきった悲しい表情を今でも忘れることができません。

時は過ぎて戦争は厳しくなり、銃後の大黒柱がいない家では食うに事欠く生活を強いられました。母は日雇い、田植人夫、行商、裁縫など何でもやり、子どもを育てるために命を張って懸命にがんばりました。その後も父から連絡がないまま戦況は刻々と不利になり、やがて玉音放送を聞くことになったのです。

復員のニュースが流れ、村人も何人か帰ってくるようになりました。列車が到着するたび、今度こそ帰ってくるのではないかと母と私は駅に毎日迎えに行ったものです。

やがて一年が経過した八月、地方世話部長名による文書と死亡告知書が届きました。

「昭和二十年九月二十七日陸軍兵長宮邉七五三雄は廣西省柳江県五倫村第一七三兵站病院にて

政城（私・右端）が緒方村国民学校５年生の修了写真で、戦中唯一の一枚
母フサヱ、弟繁己、前は長女和江と次女光代（昭和19年3月）

病死す」とありました。

母は終戦前後の過労のため病気だったので、十三歳の私が遺骨を受け取りに行きました。当時の列車事情もあってか、貨物列車で大分より緒方まで白木の箱を胸に抱いて立ち通しで帰りました。

出征の折は、あれほど歓呼の声で送られた同じ駅頭に白木の箱の父は、戦時中の英霊帰還と違い戦後のため誰一人として迎えはなく、淋しく帰還しました。私は子ども心に世の中の薄情さをあまりにもひどいと思いました。

熊本の部隊を出発し大陸へ渡ってから死亡までの期間の戦況など、父の消息についてては今でも何も分かりません。戦争は、人命を紙片一枚で「召集」、または「戦死」と片付けてしまいます。

残された妻子の苦労はいかに悲惨であるか考えたことがあるのでしょうか。「遺族の家」として後年に遺族年金をいただけるようになりましたが、それまではあまりにも無惨なものでした。これらを体験した私は、風化してゆく七十年前の頃を思うと、戦争への道は絶対に回避し、今後二度と私と同じ思いをすることのないよう、平和国家を維持することを切望します。

靖国の杜に在す父も日本の将来を心配していると思います。戦前戦後を強く生き抜いた母も九十二歳でこの世を去り十三回忌を迎えます。私も小学生の折、白木の箱を胸に抱いて古里へ帰った時の思いを忘れることなく八十三歳となります。

父は三十七歳の若死でしたが、〝奥津城〟にて母を迎えお互いの在りし日、戦時の実情、父の知らない子や孫のことなど語り合っていると思います。どうぞ安らかに眠ってください。

◎手渡されし白木の箱の軽量に　これが父かと疑ひて抱く
(径三センチほどの丸い骨片が封筒に入っていました)
◎征く父に心配するなと駅頭で　言ひし言葉は偽りなりしか
◎敵弾に斃れ臨終《いまは》に母と吾の　名を呼びにしと思へば悲しも
◎父逝きし戦後よ哀れくる日々を　食ふにこと欠きし母と子五人
◎ああ悲し人皆死ぬると悟れども　戦死せし父行年三十七歳
◎古里を見渡す丘に眠る父　ああ浄明院釋義念居士

「幻の不時着機」六十年後に私の記憶が証明される

福島県いわき市　宮　崎　武　夫（八十五歳）

白線を二本入れた新しい戦闘帽を被り、桜の花が心地よい風に舞う昭和十七年の春は、勇ましい軍艦マーチをバックの大本営発表で良い気分であった。

当時、自宅は磐女の校庭と長源寺の間にあり、磐中への通学路は、赤井・小川へ通じる道路を横切って高月台へ向かっていた。

四月十八日、米空母を発進したＢ25―十六機によるの本土初空襲は、赤井嶽への行軍の帰りに知り驚いた（日本人死者87人、重軽傷者４６６名、家屋被害２６２戸）。

十九年十月十七日の夜半、私達三年生は学徒動員令により、藤沢海軍航空基地建設のために出発した。悲壮感は無く「万歳、万歳」の勇ましい出陣となった。見送りの人の多さは平駅始まって以来であったそうだ。

藤沢の基地は、富士山を前に江ノ島を眼下に望む風光明媚な所であったが、枠板を合わせて建てた粗末な兵舎を、私達は鳥小屋と呼んでいた。朝、目が覚めると藁のマットに寝ている毛布の上に、雪が積もっていたこともある。ラッパで起床。巡検ラッパで一日が終わる海軍式の生活であった。

二十年二月に入ると、辻堂海岸付近の対空砲火、艦載機による機銃掃射、友軍機の墜落炎上を目のあたりにすることで、戦争を実感した。

三月三十一日、郡山郊外の大槻基地へ転属することになり、東京を通過する駅頭より十日の東京大空襲後の惨状を見て、将来への不安がひろがった。

四月十二日B29の編隊による郡山空襲の爆弾投下を目撃した。町並みは焼野原となった。

七月二十九日の朝、突然の空襲警報で屋外へ飛び出すと、前方上空に数機の艦載機が急旋回をして急降下をして来た。防空壕への退避が間に合わず地面に伏せた直後、頭上で轟く雷鳴に似た発射音とともに全身に強い風圧を感じ土煙を浴びた。後で見ると二十ミリ機銃弾が三発も打ち込まれていた。このような至近距離で全員が無事だったことは奇跡といえる。

八月十五日正午の重大放送は、暑い日差しのなか整列して聞いたが雑音でよく理解できなかった。でも負けたことが分かってきて愕然とした。

一日後の夕刻。低空で旋回する日の丸を付けた双発機が未完成の飛行場へ着陸した。二名のパイロットは、陸軍の下士官で「仙台へ向かう途中、夕暮れになったので不時着した」と言った。私は藤沢と同じく本部付きを命ぜられ、個室を与えられていたので、二人の食事を手配し入浴をさせて部屋に泊めた。航空服に白いマフラーと半長靴の姿は憧れの服装であったが、フンドシ一本に半長靴の様は滑稽であったのを覚えている。翌朝、金屋の第二航空隊よりチョンマゲといわれたエンジン始動車を呼び、双発機を始動しプロペラの回転を上げて離陸を試みたが、車輪が地面に埋まり動けず、飛行を断念して二人は汽車で仙台へ向かった。

滝田さんの説明を受ける私（左）

この一連の行動は、私の一存でできることではなく、上官へ報告し指示に従ったものであるが、全く経過を記憶していない。磐中を卒業後、同期会の度に問い尋ねてみたが、皆「知らない」。事実が幻になる怖さを感じた。

同期生の横山元雄さんの尽力により、ＮＨＫ郡山支局による特集番組の絡みで大槻の滝田信二さんを紹介された。戦時中より大槻に居住されており、あの飛行機の着陸時現場に居合わせておられ、その後の様子を私は詳しく航空地図を前に説明を受け、出発地は朝鮮であったことを知った。機銃掃射の話になり、所有されている恐怖の銃弾を見せて頂いた。六十余年、幻の不時着機の事実を共有されていた滝田さんと平成十九年十月一日お会いでき、私の心の中の終戦記念日となった。

戦争は戦火による被害だけでなく心に爪痕を

東京都　鶴見捷子（七十七歳）

敗戦は私が国民学校二年生の時でした。その二年ほど前から父一正は出征して中支（現中国中部）の戦線におりました。父の出征とともに母直枝と子供たち四人は父母の郷里である雪国へ疎開しました。その地、越後高田は山脈に阻まれて敵機が来襲しにくい土地柄だったようで、直接爆撃を受けたり、焼き尽くされたことはなかったのですが、それでも空襲を知らせるサイレンが鳴ると、生徒たちは一斉に家に帰ることになっていました。上級生たちが走っていく後ろから一年生の私は随分遅れて、それでも必死に走りました。

犬たちがわんわん吠えながら後ろから追ってくるのです。最後尾を走る私はそのほうがこわいくらいでした。食糧は配給制でまったく足りず、最後は小糠を混ぜた蒸しパンとか、海藻の混ざったぬるぬるしたパンの配給とかがありました。田舎でさえそういうありさまでしたから都会の悲惨さは想像に余りあります。

父がシベリヤの抑留から復員したのは、敗戦から二年後でした。聞けば、関東軍が撤退した後へ侵攻の命令が出たようです。歓呼の声に送られてお国のために出征した人間は、敗戦した郷土に帰ってくれば、戦争を遂行した忌むべき人間どもになっていました。市井の人々は戦争を始めたり遂行した天上の人間など知りません。身近にいる加担者とおぼしき人物たちを憎悪したのです。

軍隊や軍人に対する嫌悪感はそれからしばらくたっても消えませんでした。六、七年後でも自衛隊の親を持つ転校生は村八分でした。苦しい生活を、夫さえ帰ってくれば解決すると信じていた母親の期待は全く裏切られました。仕事がありません。パージにかかっていた父親は仕事に就けませんでした。自分で仕事をおこしました。でも、うまくいきませんでした。夫婦仲がうまくいかなくなりました。ある時、父は幼い娘に「いい時ばかり付いていくんじゃだめなんだよ」と、ポツリと言いました。また親戚が集まる酒席で、父が俯いているのを見るのは子供心に辛かったものです。父が復員したのは四十二歳の時でした。自分の子供たちからさえ白い眼を向けられて、それでも家族のために何が何でも働かなければなりませんでした。

今、私の息子が四十二歳なのです。当時の父親のことを考えると胸が痛みます。それでも両親の必死の努力で子供たちは大きくなり、それぞれ巣立って行くことができました。二十年にわたる奮闘のおかげです。

私は子供心に、人々の気持ちは豹変するものだということと、国というものは責任をとらないものだということを学びました。戦争は戦火による被害だけではありません。その爪痕は何十年にもわたって個々人の生活を脅かすのです。

晩年、両親が仲良く年をとってくれたことが私にとっての救いとなっています。先日テレビを見ていますと、若い気鋭の憲法学者が、戦争の惨禍を直接聞くことのできる最後の世代が自分たちであると言っておられました。私はそれを聞いて記憶を書き残そうと思いました。

先日、深夜のテレビで「ヒットラーの子どもたち」という番組を偶然見ました。ヒットラーの周辺の将校たちの子どもや孫の苦難に満ちた生の記録でした、彼らは親や祖父の罪を背負って生きなければならなかったのです。日本とのあまりの違いに驚きました。日本の甘さ、責任追及の不完全さが、今また、こういう事態を招いているのだと思います

武器を持って日本人が海外へ出ていくなど決して許してはなりません。

戦時中だから味わえた異色の生活が懐かしい

大阪市　前　田　妙　子（八十五歳）

昭和二十年三月十三日の大阪大空襲で丸焼けになった私たち家族四人は、四月に義理の父親の郷里である佐賀県藤津郡鹿島町の叔父の家の離れにひとまず落ち着きました。

そして、私は佐賀県立鹿島高等女学校へ転入。当時四年生はみんな長崎県大村市へ勤労動員に行き、私が一人、校長先生の雑用係でした。毎日長崎、佐世保、東京、大阪などから転校生が入り、十人ほどになったとき、元気な人間がもったいないと、町の北のはずれにある片山鋲螺工業所へやらされました。

二十年八月、天皇陛下の玉音放送があり、戦争が終わりました。やっと学校へ行けると、嬉しさでいっぱいでした。夜、明かりが灯された時、「ああこれでもう空襲に脅かされることはないのだ」とほっとしました。

九月二学期が始まり、四年生全員が初めて顔をそろえました。四十人のクラスが八十人近くにふくれ上がり教室はぎゅうぎゅう詰め。頭を坊主に男装した引揚者の友もいました。みんな色あせたスフの制服や、もんぺのみすぼらしい姿でした。

教科書は上級生からいただいた戦時中のものに、軍国主義の部分に墨を塗り、紙はざらざらで、鉛筆は一センチになるまで使いました。勉強は大阪で習ったことばかり、英語の先生は戦時中に辞められたので、国語の先生から教わり「デス　イズ　ア　ブック」と、こんな具合でがっかりしました。

本田先生からの国語の授業、百人一首は楽しみでした。「闇すてふわが名はまだき立ちにけり人知れずこそ買い求めしか」と先生の替え歌、時代が反映され、みんな大笑いでした。もう一つの国語、それは、花山院親忠先生。教室を右に左に身振り手振りで歩きながら熱心に説明され、楽しい授業でした。先生はいつも古い軍服姿でした（後年春日大社の宮司になられたので、有志でお尋ねしました。「ここから先は天皇陛下しか行かれないんだよ」と春日大社を案内して下さいました）。

お正月にはクラス全員が本田先生のお宅に押しかけ、花山院先生も交えてカルタ会を開催、唯一の華やいだ、気持ちだけ楽しい思い出です。

西岡先生の料理の授業は、野草、蛇、蛙、さなぎ、イナゴなどの料理。蛇は気持ち悪かったが校長先生が「美味しい美味しい」と食べられました。さなぎは生臭く、蛙は白身魚のような味、イナゴは海老のにおいがして美味しそうでしたが気味が悪くて私は食べられませんでした。未利用資源の開発で、様々な野草をかたっぱしから料理して食べました。

そのほか全員が裸足で、山へ行き荒地を開墾しました。秋には、五センチぐらいのさつま芋を収穫、大はしゃぎ、美味しくなくても、自分たちの手で作ったものは格別でした。

二十二年三月学校を卒業。町の小さな洋裁学校へ行きました。当時、木綿は貴重品で手に入らず、絹織物は戦時中禁止されていてゴミ扱いだったから簡単に手に入り、金糸や漆などで織られたちりめんや、錦紗の絹の着物地をつなぎ合わせ、色んなデザインの洋服が出来、今思えば大変な贅沢をしたものです。

お小遣いに不自由したので、仕事を探し、食べ物のあるところへ勤めようと決め「食料配給公団鹿島町配給所」へ採用されました（当時、米ほか主食になるものはすべて個人での売買は禁止、公団で扱われていた）。給料は四千円ほどだったと思います。いくら食べ物があっても全部国のもの、自由になるわけもないのに。しかし商品の計り得で余った物はいただけて大いに助かり、だご汁（すいとん）、塩ホットケーキなどが食膳をかざりました。

正月には鶏とウサギの肉が登場しました。売りに来たら食べられるものは何でも買っていたようです。母は知らない土地で、随分苦労したと思います。

その頃、農家から注文を受けた子供服などを、私が勤めから帰り、裁断して、夜に親友のタッエさんの家にミシンを掛けに行き、昼間に母がまつりやボタンつけをして仕上げて届け、仕立て代にお饅頭や小麦粉、野菜など食料を貰うのでお金より有難かったです。布地は、手に入りにくいきれいな木綿の布なので、それを縫うのが嬉しくて、フリルをつけたりして、可愛いと人気が出て、次々に注文が入り大忙しでしたが、タツエさんの家に行くのが楽しみでした。母は呉服屋さんの着物の仕立てをしていました。当時母は四十代半ば、私は二十歳くらい、二人とも元気なものでした。

昭和二十七年、母が佐賀県の教育庁へ就職が決まり、佐賀市へ転居、私もトヨタ自動車に就職、これで太平洋戦争の三年九か月と、八年間の鹿島での戦後と合わせて十一年三か月の長い長い戦時生活に終わりを告げましたが、ひと晩の空襲で何もかもを失った貧乏生活はまだまだ続くのです。

たった二日の結婚生活で生まれた僕と母の人生

京都市　足立則之（七十二歳）

私は昭和十八年四月生まれで、祖母に育てられました。父足立徳雄進が戦死したとは聞いていましたが、母親のことについては知りませんでした。そのわけは、私が二十五歳のときに、当時は結婚して京都市のアパートに住んでいましたが、お盆の墓参りに、生まれ育った京都府下の和知町に行ったとき、近所で父の親友だった藤井さんと出会いました。そのとき「お前も子供ができて一人前になったのだから、わしが段取りするので一度母親に会ってみないか」と言われ、一か月後に会わせていただきました。

母は、「父に戦争の召集令状が来て、田舎の長男ということで、急いで結婚し、たった二日間連れ添っただけで三日目の昭和十七年七月十五日、歩兵第一二八連隊に入隊、十二月中支方面に転出、五月に戦死したのです。お前が生まれたことを手紙に書いて送ったが返事はなかった。そして貴方が二歳のとき義母が『この子はこの家の跡取りだからうちにおいて、あんただけ出て行け』と追い出されたのです。『出るのならこの子も連れて行かせてください』と泣いて頼んだが『絶対ダメ』と言われた」と泣きながら語ってくれました。

あの時は、ひどい義母だと思ったが、今になって思えば、私のことを思ってだったのだろうとも話していました。

私は小学校のとき「弁当がないから早引きして帰って来い」と言われて昼からの授業は受けたことはありません。いくら戦後のもののない時代とはいえ同級生約八十人中、ここまで貧困の生活をしていたのは我が家だけでした。

当時の農家はすべて人力で田畑を耕していたのですから女の力では無理だったと思われます。当然お金もないので肥料も買えません。春になると山に行ってワラビなどの山菜を採ってきて何とか生き延びていました。

戦場でも、もちろん勇敢に戦って亡くなった人もありますが、多くの戦場で食糧や弾丸が届かず、食糧はもちろん武器もなくなって、逃げ惑い、栄養失調で伝染病に罹り、野垂れ死にした人のほうが多いと聞きました。それになくなって土中に埋めてもらえた人は本当に少数の人たちだったと、運よく帰ってこられた人が語っておられました。埋められても野犬などに食い荒らされる場面を思いますとやり切れません。

遠い他国においての戦いであるため、物資の補給がまず第一と考えるのが当然ですが、日本の作戦は軍票による現地調達だったのです。軍票など農村では役に立ちませんから、村を取り巻き強奪するしかなかったそうです。

戦況が悪化してくると武器もなく、特攻戦法が編み出されました。あくまでも志願させる手法ですが、彼等は志願せざるを得ない状況に追い込まれていたのです。「家族や愛する人を救うため俺がやるのだ」と自分を得心させるしかなかったのです。どんな思いだったのでしょう。出撃名簿に名前が書かれた時点で二階級特進し、神にされたそうです。エンジン不調で帰ってきた特攻隊員は、「震武寮」という山中の施設に隔離されたと聞きました。最後は乗る飛行機もなくなり、穴掘りをしていて助かった人たちも相当あったのです。

このように戦争とは「百害あって一利なし」の言葉通り、本当に二度と繰り返してはなりません。戦いに参加した人たちだけでなく、残された人たちの人生も、また国民全体が何らかの影響を体験したはずです。私のように父は戦争で、残された母は世襲の犠牲となって追い出され、両親から引き離されました。幸い大工の道で生きることができましたが、孫たちに、そのような人生を歩ませてはならないと思います。

曾祖母の着物、鳩の絵柄に託した娘の幸せ

兵庫県猪名川町　黒田華子（四十一歳）

私は戦争を知らない。しかし、阿倍野区帝塚山の祖父の家には過去に日本で戦争があったのだ

という祖母の遺品が有る。

昭和十四年に祖父・浮田光治、祖母カツは住吉大社にて挙式した。祖父の家が東区北久太郎町にて〔紙文庫商〕を商っていた。

十六年太平洋戦争開戦。祖母が花嫁道具として多数持参した衣装の中に一枚だけ他の柄とは違う着物がある。鳩の柄の着物だ。曾祖父母が密かに〔平和〕の願いを込めて誂えたそうです。

母の話によると、戦争へと突き進む中、男性は召集されて行き、娘も嫁いで行くが、いずれその婿も戦争へと行くかもしれない、そしたら娘はどうなるのか？と考えたそうです。〔平和〕という言葉を発するだけでも難しい時代だったと思います。そんな中、鳩の絵柄に未来を託した当時の曽祖父母は勇気が要ったことと思います。

昭和十四年以降、戦況が悪化していくため、結婚式も盛大には行わなくなり、祖母が着た花嫁衣装を長男浮田光治の娘が着用しています。花嫁衣装等も親族の間で貸し借りをして着用したりと式を控え目に済ます家庭も多くなっていったと聞いています。実際に祖母の妹さん達の結婚式では祖母の時のように花嫁道具衣装を揃えてもらえなかったため「姉ちゃんだけずるい」と言われていたそうです。戦況が悪化していくため仕方の無いことでした。

自宅が広かったため、戦後暫く親族と一緒に住んでいたそうです。当時祖母の花嫁衣装は、空襲のことを考え、姫松の自宅に保管していたので、運良く戦火から逃れて保存され、現在に至っています。

その着物も戦後七十年が経ち、私の妹三女の結婚式で次女が着用、また次男の七五三詣りで私が着用しました。三世代に渡り大切に保存されています。他の花嫁衣装の着物も二人の妹達が着用しています。

現在の日本では〔平和〕が当たり前ですが〔平和〕という言葉さえ言えなかった時代があったこと……。祖母の着物を通して感じています。

また祖父がその着物を大切に保存してくれていたことにも感謝しています。祖父も戦争に行きました。他界した時、弔問に訪れて下さった方から話を聞きました。祖父と一緒に働いてた方から「浮田さんは、社長、大将、師匠、先生など上に立つ立場の言葉が嫌いでした。ですから、『浮田の社長さんおられますか?』と言う問いに『社長は、おりますへん、浮田やったらおります』と答えるようにと伝えていた」と聞きました。何故そのように答えるのか?

川西市多田神社での私
（次男の七五三詣り、2013年11月）

不思議に思い祖父に聞いてみたそうです。戦争に行き、そこでは至る所で人が人を殺すか？殺されるか？祖父が一番疑問に感じていたことが「上官の命令と言うだけで何故罪も無い人達を殺さなければならないのか？人が人を殺すのは考えられない」と戦争中にも関わらず感じていたそうです。上に立つ者に対しての考え方が変わっていったようです。人として生まれたらどんな人でも平等に生きていくのが人間ではないかと感じていたそうです。戦争を通して想像を絶するような体験を数々したのであろうと感じたとのことでした。祖父は、自分が社長と呼ばれることが嫌いだったくせに、人に対しては、「先生や社長」とよく言っていたそうです。「ユーモアもある人でした」とも話して下さいました。そんな祖父は「日本の文化と歴史を知ること、そして何よりも大切なのは心だよ」と話していたそうです。

私も息子も、歴史や文化を知ることが好きです。曽祖父母から祖父母へ、祖父母から母へ、母から私へ、私から我が子へと曽祖父母から託された想いを大切にしていきたいと思います。

戦争に翻弄された母、そして私たち家族の人生

大阪市　永田民子（七十一歳）

私の母山本シメ子は、大正七年四月、熊本県阿蘇郡に生まれた。家は地主であった。末娘だっ

たので、とても可愛がられて育った。村で二人しか行かない女学校にも通わせてもらった。卒業してすぐに、軍需工場に勤める父梶浦正一と結婚した。当時平均的な給料が六十円だったところ、父は技士で係長のため百二十円だった。母は生まれて戦争が終わるまでは、一切お金の苦労はなかった。戦争が激化する頃、父の職場（母は「小倉造兵所」と言った）に爆弾が落ち父の机を直撃したが、その日休みを取っていたので命拾いした。

長姉政江は七歳で、空襲警報が鳴ると四歳の静代と赤ん坊の私を座布団に包み、防空壕に逃げ込み、「B29め」と空を見上げて睨みつけた。やがて戦争は更に激しくなり、小倉（北区大手町）には住めなくなり、大分県豊後高田今津町にある会社の寮に疎開することになった。列車に乗っている時、途中で止まり全員降りて逃げるように通報されたが、母は幼い三人の子どもを抱えて走ることもできず、列車の椅子の下に隠れていた。幸いにも助かった。

終戦になり父は田舎での仕事に馴染めず、神戸の鉄工関係の会社で働き、だんだん疎遠になったが、静岡の弟家族と交流、私たち子どもも盆、正月には呼んでくれていたが胃ガンのため七十二歳で亡くなった。

母は四人の子どもに食べさせるため、叔母の嫁ぎ先の呉服屋から衣類を仕入れ、農村に行き、お米に替えていた。姉は母について行き、帰りの列車に警察が調べにくる度に睨みつけた。とても勝気な子どもであった。

母は祖母が生きている間は何とか生活できたが、叔父の代になるととても生活が苦しくなった。私が小学六年の三学期に、母は私と次姉静代を連れ親戚を頼り阿蘇から門司へ転居した。姉は中一で生活保護の手続きをした。休みの日は肥やしを畑に撒いた。コタツに使う炭が無い時、生木を燃やして暖をとった。私は約三年間頑張って高等看護学院を卒業し病院へ働いたが、母は十年余り、戦争から立ち直れず、苦労の連続であった。再婚して生まれて幼い子を家に残して、住み込みで働いたり、デパートの掃除、駅弁売り、廃品回収など、朝から晩まで働いた。母の人生は戦争を境に、天国から地獄のような変わりようだった。五十歳頃、やっと西鉄という鉄道会社に雑役という仕事を得て、定年まで働くことができた。定年後は妹夫婦と一緒に住み、平穏に暮らした。

軍事工場時代の父と長姉

子ども五人も、長姉は和裁を習得し、公務員と結婚、一女に恵まれ、次姉静代は夫婦で化粧品販売で成功、二男を

授かり、三女の私は十五歳で見習い看護婦から准看護婦、定時制高校、高等看護学校へと進み、最後は養護教諭として働き、そこで知り合った教師と結婚、二児の男の子を生み育てた。妹久子は中学校を卒業し、集団就職で名古屋方面で働いたが、一年余りで帰り、日通に勤める人と結婚、一男一女に恵まれた。弟十三生も西鉄に就職し、二人の女児を授かった。母の晩年は孫やひ孫達に囲まれて穏やかに過ごせたと思うが、生前「私の人生は小説が二冊書けるほどだ」と言っていた。子どもたちには愚痴もこぼさず、むしろ再婚したことを責められ、辛い人生だったことが想像できる。あの世に逝ったら夫たちでなく、両親に会いたいと言っていた。戦争を機に、いかに不遇な人生だったかと察する。九十二歳、老衰だった。

母や私たち家族が経験したことは、実際に戦地での経験や、原爆や大空襲などで受けた多大な悲劇に比べれば、とても軽度のことと思うが、戦争で人を殺すことなどで経済的に豊かに生きることは、絶対にあってはならないという強い想いを伝えたくて投稿した。

母は自分の人生を犠牲にし、私を護ってくれた

兵庫県猪名川町　高　井　郷　彦（七十二歳）

昭和十六年十二月八日、日本軍の電撃作戦、すなわちマレー半島上陸とハワイ真珠湾空襲に端

を発した太平洋戦争は、翌年四月、米軍の東京他の空襲に始まり、五月のサンゴ海海戦で米機動艦隊との相打ちとなり、続く六月、ミッドウェー海戦では情報戦に後れをとり敗北といった相次ぐ海軍戦力の喪失から、当初予想された通り、国力の限界を超えた戦いの負の部分が顕在化しだしたものである。

そして私の誕生から約二年後の二十年一月、父勇（陸軍兵長）の「比島マニラ第一二陸軍病院で戦死」の通知が入った。以来約三十年にわたって母良子（平成二十年没）はいわゆる母一人子一人の戦争未亡人となり、母子家庭の下で私を育てあげたのである。ちなみに結婚約二年間にすぎない母に対し、父は出征に当たり再婚をすすめたそうである。だが母は「息子郷彦の成長に私の一生を捧げます」と言ったのである。以後これが母の生きる信条であったことを、死後遺品の俳句帳の中に見つけ、私は胸を締め付けられる思いだった。

父の思い出としては、出征時の顔写真が欄間に掲げてあり、三十年間これを見て育ったことで私の心にはその写真の姿が焼きつけられており、いつでも思い出すことができた。私の名前のルーツであるが、父の郷里、岐阜県山県市伊自良の高井家先祖の墓参りと菩提寺東光寺にも何回かお詣りした折、墓石を見ると「平」となっており、住職に聞くと平家一門で、貴方の名前はこの人の一字「郷」をもらって付けられたと言われた。

戦中・戦後の思い出は①空襲警報に対し防空頭巾をかぶって母と共に防空壕に逃げ込んだこ

と。②疎開先（岐阜）で地元の第三者から厚遇を受けたこと。本巣市糸貫のお方で、幼児の私が先方と犬を見て「ワンワンや」と母に言った一言が、先方と母の話の糸口となり、種々お世話になった由で、現在も次世代同士で年賀状の交流を続けていること。③戦後、母は一縷の望みを託して舞鶴の引揚げ港に何度か帰らぬ夫を探し求めて行き、その度に落胆して帰宅していたことなどである。

母はその後色んな仕事に挑戦した。今思い出すだけでも障子や襖の張り替えとその運搬で日銭を稼いでおり、私は母の夜なべは手伝えなかったが、翌朝のリヤカーでの建具運搬は同行した。そしてほどなく駄菓子屋を始め、折々に冬はお好み焼き屋・たこ焼き屋、夏はひやしあめ屋・わらび餅屋などで朝から夜までその製造販売に精を出していた。その一方で比較的広い借家であったので二回にわたって母の実兄・姉家族が二階に間借りし、また母の知人も二代にわたり一階の一間を借りてくれた。幸い商店街が近かったので米穀類の店などがわが駄菓子屋と並んで営まれていた。ちなみにこの又貸しも家主の厚意によるもので、本当に恵まれていたというべきであった。それやこれやで何とか家計のやり繰りができていたと思う。

母の最大の目標は息子と共に家にいることであった。それは「夫との契り」を果たす狙いが秘められていたのである。幸い私は母の人生をかけた情念の中で順調に育まれ、学びを重ねて大学を卒業することができた。

今は懐かしい思い出であるが、駄菓子屋時代、店番をやったことが私の人生の基盤づくりに大いに役立ったと思う。正月、街中が着飾った人達で往来するなか、色々な凧や羽子板を売らんがために大きく広げた外の屋台で、私は普段着を着て寒い中、店番をしながら「豆単」（英単語辞書）を開いていたのを思い出す。目標があったので、やり抜けたと思う。一日も早く社会に出て働き母をゆっくりさせたいと勉学に勤しんだ。その甲斐あって政府系金融機関に職を得ることができた。

結婚し二女にも恵まれ、両親は味わえなかった親子四人の家庭生活も実現でき七十二歳の峠に立っている。幸運にも可愛い孫も二人でき、妻と共に平凡な年金生活を送っている。

戦争は家庭を破壊する。私は母の傘の中で護られたが、絆を断ち切られ、人生を狂わされた人は多い。再びそんな社会を作ってはならない。

父と母の廃虚から立ち上がった人生に学ぶ

大阪市　長迫博美（七十二歳）

私は昭和十七年生まれで終戦の時は三歳です。ほとんど記憶はありませんが、防空頭巾を枕元に置いて寝ていたことを思い出します。両親から戦争中の話を聞かされて育ったので、少しでも若い人達に伝えなくてはという思いが老いていくにつれ強くなってきました。

今の母子手帳のようなものでしょうか「體力手帳」なる物があります。一ページ目を開けると本人・保護者の心得として一、此ノ手帳ハ國家ガ國民ノ體力ヲ管理シテ立派ナ皇國民トスル為交付スルモノデアリマス。二、此ノ手帳ハ本人又ハ保護者ニ於テ男子ニ在リテハ満二十六歳、女子ニ在リテハ満二十歳ニ達スル迄大切ニ保存スル義務ガアリマスガ尚其ノ後モ一生ノ健康履歴簿トシテ大切ニシテ下サイ。

その後「六」までいろいろと書いてあります。

子どもが産まれたら「皇國民トスル」と国が命令していたことが分かります。そして「國債貯金通帳」「昭和十八年　戦時貯蓄債券」「昭和十九年　大東亜戦争特別据置貯金證書」「報國債券昭和十五年」と書かれた古い紙の証書が数枚あります。拾円とか弐拾円とか書かれて印が押してありますが、後半は空白になっています。母が亡くなってからタンスの中にあったのですが、偽物とも思えず今も置いています。両親からはこれについての話は聞かずじまいです。

私たち親子は大阪市港区東田中町に住んでいて、三月の大阪大空襲で家を焼かれ、父の出征あとだったので母は私を背負ってこの証書と體力手帳と私のへその緒とを大切に持ち出して逃げ回ったのでしょう。国は全国民に少しのお金でも戦争のためだと集めまわり、敗戦したらそのまま知らん顔です。小さな商店をやっていた若い両親も、家を焼かれても命があっただけまだ良い方だと考え直し、違う土地に越して寝る間も惜しんで働き、一から出直して店を買い、小資本でできるクリーニング業を始めたのです。弟や妹も増えましたが、全員大学に進学させてくれました。

父は軍隊に二年ほど行っていた時に、もし生きて帰れたら子どもは絶対に大学にやってやろうと決心したと言っていました。ああいう所は学校に行っている者が上にいて楽をしていると。自分は貧しい漁師の子どもでどうしても中学校へもやってもらえなくてとても悔しい思いで頑張ったと話していました。

あの時代は一般の人達は戦争を喜んではいなかったけれど、反対だと考える人達は少なかったのではないでしょうか。十二月八日は町内会でも「良くやったと言って皆で提灯行列をしたんやで」と言っていました。八月十五日のラジオ放送では母が「腰が抜けたわ」と言っていました。勝つ勝つって言われていた戦争が負けたんだからって。しかし良く考えてみると軍人さん達や学徒動員された若い方達も、まだまだ生きていけた人生を絶たれて残念な思いをされたことと思います。広島や長崎の原爆で突然命を絶たれた方々も、とても悔しい思いだったと思います。でもその方達は、せめて名前だけでも書き残されています。でも国内の各地で空襲により亡くなった多くの年寄りや子ども、赤ちゃん達、誰が死んだのか、名前さえも忘れ去られてしまって「日本国民だから仕方がなかった」で終わって良いのでしょうか。

ほとんどの国会議員でさえ戦争を知りません。どんなに食べ物や衣類が無くなるかさえ知りません。お金、お金の時代になり、上流階級の人達なのに欲ばかり大きくなって、若い人達はこれまた働かない引きこもり状態の人が多くなり、世の中はどうなっていくのでしょうか。「衣食足りて礼節を知る」という教育が大切なのではないかと思います。でも白髪頭の私も、時々荷物を持って電車に乗ることがあるのですが、若い男の人がよく席を譲ってくれます。日本人にも、良い子もいるんだなといつも感謝するばかりです。

義父は通信兵で事前に敗戦を知っていたと唇をかむ

岡山県備前市　吉形光佐子（七十二歳）

戦後七十年を迎えてもなお沖縄の全土には痛恨の風が吹いている。「戦争は絶対いやだ」ヒュルル……ヒュルル……ヒュルル……もう少しすると終戦記念日がやってくる。

今年は七十周年ということもあって沖縄のみならず日本全国の各地で終戦の記念行事が行われることだろう。

私は常に意識して反戦に関わる詩やエッセーを第一詩集から第三詩集にいたるまで、一部分は十年を超えて書いている。

定かでないが今なお沖縄のサトウキビ畑の下には一説によれば七万人に近い兵士や民間人の遺骨が眠っているという。今年も沖縄では遺骨探しを行うと新聞報道されていた。

エメラルドグリーンに輝く辺野古の海にアメリカの基地が建造されようとしている。基地が運用されれば危険と共に、けたたましいオスプレイのエンジンの騒音が飛び交うことになる。著しく珊瑚礁の損傷を伴う工事は一時中止されたが、紆余曲折があり現在に至っている。この顛末はどうなって行くのか。美ら海は基地を建設するのは嫌だと泣いているように思えてならない。

隣国の軍事力の強化を考えると国土を守るには日本単独の防御は困難な現状である。だがこれを理由にアメリカの基地が沖縄に必要であるとは言えまい。ましてや太平洋戦争で唯一地上戦が行われアメリカから「歩兵戦闘の極み」と証された戦闘で民間人に多数の犠牲者を出した沖縄へ建築することは感情的にも絶対に反対である。

終戦記念日で第一に思い出すのは「天皇陛下」の玉音放送であろう。「先の不幸な戦争における～」に始まるお言葉に国民はこぞって地に伏し号泣したのである。当時三歳であった私にはその光景は詳しくは分からない。少なくとも戦争がもう少し早い終結であれば、地獄のような光景を味わった大都会への空襲や広島・長崎への原爆投下はなく、惨劇の苦しみに耐えられないで泣き叫ぶような民間人の大量の犠牲者は、かなり抑えられたのではなかろうか。

ところで私の義父は通信兵であった。それ故にいち早く日本の敗戦を知り、その旨を上官に報告した際に、悔しさのあまりにその場にへなへなと座り込み、立ち上がることができなかったと述懐しており、戦友の死も悔やんでいた。モールス信号の習得が難しくて次々と脱落し一兵卒として参戦して戦死した戦友の死に対し、涙ぐみ悔やんでいると唇を噛んでいたのを今でも義父の優しさと受け止め、人間の真の優しさを垣間見たように思う。

私は、これからも反戦の「語り部」としての責任を全うしたいと考えている。痛恨の反戦の思いは決して風化してはならないもので、正確に次世代に伝承すべきものであることを忘れてはならないのである。戦争で亡くなった人々の証を示し、戦時中の日本人魂に心から深い哀悼の意を捧げるべきではなかろうか。

ハワイ旅行をした際に、海中にあるアメリカの戦艦「アリゾナ号」の壮絶な姿をみたのが生涯で忘れえぬ光景となっている。「アリゾナ記念館」には戦艦が直接みえるようにあまり広くない手すりの付いたデッキがあり、そこから見ると、赤や黄色の小魚がスイスイ泳いでいて、その中を今でも「アリゾナ号」から戦没者の涙のように燃料であった重油が時々輪になって浮き上がっていた。

一人のアメリカ婦人がレイの花束を投げると次々に周りの人も投げ捧げた。アメリカ人にとっては「アリゾナ号」そのものが慰霊塔であり戦没者達の墓場であることに気づいた。「アリゾナ記念館」は戦艦の上に白い十字架のように建物を造って戦没者を祀っている。

戦争には必ず敵国があり敵国にも戦死者がいる。その戦死者にも家族や恋人など大切な人がいることを決して見過ごしてはならない。

戦争は嫌だ。絶対に嫌だ。皆で声を大にして言い続けよう！

「これからを生きる君たちへ」伝えておきたいこと

東京都　油　原　はる子（七十歳）

私は昭和二十年三月十九日生まれです。父油原照（30）、母てる子（25）の長女でした。両親は東京に住んでいましたが、母はお産のために実家の茨城県新利根村へ帰っていて、東京空襲には遭わなかったそうです。父は巡査でしたから、何度も空襲を体験し死線をくぐり抜けたと思うのですが、娘の私には語ろうとはしませんでした。あまりにも無惨で、私には聞かせたくなかったのかも知れません。

母も詳しくは話しませんでしたが、焼野原の東京でバラックのような住居を転々としたことと、買い出しの辛かったことは、何度か語ってくれました。

戦時中とはいえ、実戦を知らない私も、戦禍の轍《わだち》のぬかるみをいやおうなく歩んできたのです。齢七十歳でも声を大にして話しておきたい思い出があります。それを手紙にしたためたいと思います。

「これからを生きる君たちへ」

暑い暑い日だったそうです、玉音放送があったのは――。無条件降伏でした。八月十五日の夜は空襲警報もなく灯火管制もなく、静かな夜になったのです。世の中には沢山の記念日がありますが、この日は、私にとっても、生まれた年の最も重要な記念すべき日なのです。

八月十四日までの社会情勢は終焉を迎えました。その当時おとなだった人たちが、何十年後にも繰り返して話をしていたことを思い出します。鬼畜米英。銃後の護り。竹槍訓練。バケツリレー。学徒動員。幼くとも誇り高い軍国少年少女。そして欲しがりません勝つまでは、などなど。そう、鬼より怖い憲兵も瓦解したのです。

あなたは聞いたことがありますか？　大人たちが家族のために見知らぬ農家へ行き、頭を下げて着物と引き換えに米を買っていたことを。私がおとなになってからも、母てる子は当時のことをまるで昨日のごとく話していました。苦渋の表情で、「親が揃えてくれた大事な嫁入り道具の着物を、農家の人に差し出した。それなのに大威張りしながら渡されるわずかな米。口惜しくて思わず涙が出てしまった――と。乳飲み子の私を背負っていた若かった母は、泣きながらも米を風呂敷に包み、両肩に米を吊るしたのです。その上におぶいはんてんを着込む。あろうことか、その重装備で列車の窓から乗ったそうです。そんな貴重な米も所詮は闇米。警察に見つかれば没収されてしまいます。「主人が巡査です」とは口がさけても言えません。若かったからできた苦労、無我夢中で生きてきた」……と。

父も母も「平和は有り難い」と私の耳にタコができるほど聞かせていました。

それからまた、若いあなたに是非とも聞いてほしい思い出があります。

昭和二十六年の春、父に上野動物園へ連れて行ってもらった時のことでした。たった六歳の私が、敗戦後のドサクサや大混乱を目のあたりにしたのです。まずは、動物園の出口、そこに象のバッチ売りの分厚い人垣が待ち構えていたのでした。身体も衣服も汚い働き盛りの男性たちです。おそらく働き口にあぶれた人たちが、日銭稼ぎにやっていたのです。それも「買わないと通さないぞ」と言わんばかりにです。

それは、動物園での楽しい思い出を一瞬にして忘れてしまうほどの衝撃でした。たしか、五十円だったでしょうか。黙ってそれを買った父親を、私は今でもいとおしく誇りに思っています。

父は戦時中、動物園の象たちも、もし空襲などで逃げ出したら危険なので薬殺されたと話してくれました。そんな悲しいこともあったのです。

すぐ近くのアメ横丁へも足を伸ばしました。そこは、喧噪と「サクラ」と、まやかしの商品の数々。だまされた方が悪い……の世界でした。たぶん父の言葉をつなぎ合わせ、そう感じたと思います。

帰りの道すがら、上野の山にも地下道にも大勢の浮浪者が横たわっていました。悪臭はなはだしく、不潔極まりなく、その目は、深海魚のようでした。心身を病んで底なし沼をさまよっていたのです。バッチ売りも浮浪者もどちらも命からがら引き揚げてきた元日本兵の敗戦後の姿でした。お国のために戦ってきた人や、空襲の犠牲者などを、日本国はあまり顧みなかったのです。私は後日、そのように思ったものです。

これも母から聞いた話ですが、昭和二十三年に「はしか」と「肺炎」を同時に患ったそうです。命は助かりましたが、強度近視になりました。中学生のころ、母は私に「未熟児で生まれたのかもしれない」とポツリと洩らしました。それでも、戦後の日進月歩の医学の発達の恩恵を受け、古稀を迎えることができました。平和なればこその、この命。

この年になっても、菓子パンを口にすると得も言われぬしあわせに包まれます。孫子の代まで平和の存続を、あなたに是非とも託したいのです。

第❷部
国外での体験

応召前日、昭和18年1月13日。左から我が母（春江42歳）、妹（要子2歳）、妹（富子4歳）、本人（源一20歳）、妹（美代子6歳）、叔父（喜平40歳）、伯父（宇津不明）、父（捨次郎44歳）【本文137ページ、澤田源一様】

敵陣インパールを目前に、補給なく地獄の撤退行

兵庫県姫路市　的野一《かず》一《いち》（九十二歳）

昭和十八年五月一日、教育召集で輜重五四連隊に補充兵として入隊、教育終了後、ビルマのメイミヨーにある第三二九部隊野戦移動治療班自動車隊に同年十二月二十八日の夜着任。翌年、第三三師団令下の曙村兵站基地に集結、三月十三日チンドウイン河渡河決行作戦を開始する。英印軍の前進基地三二九九高地の陣地を占領し自動車約二千両、糧秣、弾薬を一個師団分の約二か月分捕獲しインパールへと進撃する。

敵の前進基地を簡単に攻略したので、その勢いをもって牟田口第一五軍司令官は当然のこととして第三三師団長柳田中将に対し、退却する英印軍を急追せよと命令。師団は標高二千メートル級の山岳地帯を走るインパールへ通じる街道上の要点をめぐる陣地の争奪戦を経て、ようやくトルボンに到着し、インパール南方約二十五キロのビシェンプール平野の攻防戦となる。

敵の重戦車と航空機に対し日本軍の攻撃の主力は第三三師団野戦銃砲兵部隊である。この戦闘は「ビシェンプール七十日包囲戦」といわれ、日本軍の兵力は英印軍の五分の一にも足らず、英印軍の補給量は日本軍のそれよりも何十倍も豊富であった。戦力の差は歴然だが戦わないわけに

はいかない。

五月二十四日から二十八日まで、毎夜決死隊が出て敵の戦車を破壊したり敵陣をおびやかしたりするも戦果は微々たるものであった。六月になるとアラカン山脈特有の雨期に入り、道路は寸断され、前線部隊に兵器や食糧の補給もなくなるが、それでも攻防戦は続いていた。

さて第一五軍の諸部隊は三月八日に攻撃を起こし三週間で片付けるはずのインパール戦は十七週間を経ても目的に達せず、相手の巧みな戦略と航空機運用と世界一の豪雨に阻まれ、目的地インパール目前のビシェンプール・パレル・トルボンで阻止されたまま停止していた。我が野戦病院も、病院とは名ばかりで後方よりの物資の補給がなく、消毒液もないので仕方なくガソリンで消毒する状態となり、次々と戦病死者がふえた。夜になって森の木を切り出し多数の遺体を一度に火葬した。遺骨は誰のかわからないが、霊は同じとして名を書き添え安らかにと祈ることしか方法がない。皆遠く離れた家族のことを思いながら亡くなったのである。夜歩哨に立っているとき、月を眺めては、内地のことを想い、つぎの歌を口ずさむ「夕空晴れて秋風吹く　そよ風吹きて鈴虫鳴く　想えば遠き故郷の空　ああ我が父母いかにおわす」。

いよいよ食糧もなくなり、馬の餌も食べつくし、後は小動物や柔らかい草を食べる状態となった。恐るべきアラカン山脈の雨期は一五軍諸隊の退却を更に悲惨なものにした。歩けない者は手榴弾一個を持たされて敵の捕虜になるか自爆を選ぶかは本人に任せるしかなかった。道路には死者が斃れ、既に白骨化した者などに大きな銀蝿がむらがり慄然とする。道路はすっかり泥濘化し、道路脇の草むらを兵隊が脚気で歩けずに這い回っていた。退却する兵も鉄帽はおろか、まき脚絆も着けず、飯盒だけを持って雨に打たれ、さまよっている様はまるで幽鬼の群れだ。自分は三八銃を肩に、腰には手榴弾一個を持ち、幾度も死地をさまよいながら奇跡の生還をした。幾日か経って第一五軍の諸隊は集結するが、我が隊は二割ほどしか帰って来なかった。

六月末の調べでは師団の損耗は戦病死者約一万二千名で第三三師団総員の七〇％にのぼり、一五師団と三三師団を合わせると六万五千名を超える戦病死者を出したことになる。司令官牟田口中将の「インパールは天長節（四月二十九日）までに必ず占領する」とした印度侵攻作戦は無謀であったと言わざるを得ない。

その後ビルマ各地を転々としながら泰国チェンマイまで後退して終戦を迎え、泰国ナコンナヨークの捕虜収容所に収容される。捕虜収容所では兵隊の慰安のため月に数回演芸会を開くことを英軍の好意で許され、心を癒すことができたが、自分は芝居の兵隊の動作を見て思わず涙が出てとまらなかった。まるで地獄絵図だ。あんな姿に誰がしたのだ。一生涯忘れえぬ戦争の恐ろしさである。

戦争は今後絶対にあってはならない。子々孫々にまで広く伝えたい。

＊義父（二等兵）の回想録を読んで、戦争がいかに悲惨なものかを学ぶとともに、「戦争という人的災害」は絶対なくさなければならないという義父の強い思いが伝わってきました。いま現在も世界各地で起きているテロや紛争が一日も早くなくなることを祈ります。

山本　貫一　62歳

雌雄決するイラワジ河会戦に敗北、軍旗奉焼

京都市　澤　田　源　一（九十三歳）

七年前の『孫たちへの証言』第21集へ投稿したのは昭和十九年四月、京都伏見中部三七部隊に入隊し、南方作戦への征途、輸送船がバシー海峡で撃沈され、八時間漂流の後救助されたところまでであった。今回は九死に一生を得た後のビルマ作戦である。

昭和二十年元旦は、ビルマ領イラワジ河右岸、チョウミョウで迎えた。この日から敵軍と雌雄を決するイラワジ河会戦が開始された。マンダレー野戦倉庫より連隊砲（口径七十五ミリ）と速射砲（口径三十七ミリ）各一門を受領した。この時、祭歩兵六〇連隊の兵力は七百二十名に過ぎず、敵軍は迫撃砲、次いで戦車攻撃、上空には観測機と爆撃機が飛び、近代兵器を惜しみなく投入し一体となって攻め立ててくる。友軍は旧式兵器と肉弾あるのみでとても敵わず、各戦線は常に混乱する有り様で、イラワジ河右岸を転進し続けた。

▼ウトンヂの血闘（三月一日〜二日）　ウトンヂを突破されると、マンダレー侵入を許すことになり死守を厳命されていた。一日、敵軍五百名が猛攻してきた。友軍は八十名で、速射砲が掩護を命ぜられた。二日午後遂に敵戦車十輌が、一斉に砲陣地に向かって前進してきた。至近距離まで引き寄せ、発射。四輌を擱座させたがその後に浴びせられた戦車砲により、砲陣地は吹っ飛んだ。好むと好まざるとにかかわらず、三十七ミリ口径の対戦車砲に命をあずけ、わずか七つの残弾で百ミリの装甲戦車と対戦する。宿命というにはあまりにも酷。運命というにはあまりにも惨。魂果てしなく消え去り、再び相まみえることなきその魂どこに在りや。生きて君が故郷の父母なる人に、兄弟姉妹なる人にその死いかに語るべきや。ああ安らかなれや天命の君。四つの魂。悲惨なウトンヂの血闘が偲ばれてならない。

昭和19年4月、福知山中部軍教育隊にて。伍長、澤田源一（22歳）

▼マンダレー市街戦とミンゲ（三月十日〜二十日）
マンダレーに転進してきた将兵らは誰もが玉砕の地となることを知っていた。敵軍を迎え撃つ最前線では、特に戦車と爆撃機などによる執拗な攻撃に苦闘を続けていた。我が連隊砲は王城西門、西方の建物を利用して陣地を構築、射撃準備を完了していた。遂に最前線は崩れて予想通り敵戦車

が砲陣地に向かって前進してきた。至近距離まで引き寄せ発射した。先頭戦車は反転し擱座した。次いで砲位置を転換し数発発射した。命中炎上した（この時反転し擱座したしたので大助かりだった）。炎上する戦車を見て、砲側に集中砲火を浴びせてきた。市街戦一週間が経過した頃には、友軍戦力は急速に消耗した。もはやこれまでと「玉砕電報」を組み終えていた。

そんな矢先、十八日、「ミンゲ村に速やかに転進せよ」との軍命が届いた。密かに市街南部より強行突破した。十九日、虎の子の連隊砲を曳いて転進するのだが、敵軍と一部接触があるなど難問が発生し進退極まり、最寄り部落の井戸の中に砲を分解し投げ捨てた。白昼滅多に行動することなど皆無だったが、この時ばかりは炎天下。必死の思いでミンゲ村へと強行軍した。

ここまで来ればまず大丈夫と、早速「飯を炊け」の指示があった。久し振りの飯だと喜んだのに、飯がまだ炊けないのに出発がかかった。敵兵が迫って来ていたのである。なんと酷いことだ。やるせない思いがした。しかし飯どころではなかった。直ちに最寄りのバナナ畑に全員潜入を命ぜられた。間もなく敵兵（ゴルカ兵）がやってきた。話し声が聞こえる。我々は極力緊張し必死に耐えていた。うずくまり悲壮な顔つきをしていた。連隊長は「本夕刻軍旗を奉持して全滅を期し、東方に敵戦を突破せん」と打電した。敵は我々を一掃せんと一帯に火焔弾を発射した。夕刻、敵が張ってくれた煙幕を利用し無事バナナ畑を脱出した。

正月から三か月の間に戦死者三百十七名。この会戦前の半数に近い数になり、イラワジ河会戦もまた敗北した。

▼軍旗奉焼　軍旗は絶対死守である。いかなる理由があろうとも敵軍に軍旗を取られるなど辱めを受けるようなことは絶対許されない。軍旗奉焼処分となる。生き残り将兵三百名足らずが、皇軍最後の軍装を正し整列。我々は三八式歩兵銃に「着剣」し「捧げ銃」の敬礼で奉焼軍旗を注目し、訣別の敬礼をした。後日、復員時に軍旗の遺灰を白木の箱に納め、密かに持ち帰った。

北ボルネオ死の行軍で奇跡的に生還

大阪府寝屋川市　西　鶴　時　雄（九十四歳）

私は武蔵高工（現東京都市工大）に徴兵検査延期の許可を得て通学していた。昭和十七年七月、大分の本籍地を経由し臨時召集令状が舞い込んだ。教授に相談すると、その前に就職先を決め、入社しておくよう手続きしていただいた。九州の炭鉱に入社した後、福岡市吉塚の国鉄官舎自宅に帰り、父の部下や親戚の人たちに盛大な送別会をしてもらい、十月一日西部第一九部隊第六師団騎兵第六連隊装甲車隊へ入隊した。

熊本第六師団は名だたる強軍だけに、五か月の幹部候補生教育は想像を絶するものだった。西部第二二部隊に転属、南方野戦作業中隊第一小隊に配属され「死の行軍九百キロ」の舞台となった北ボルネオに送り込まれた。現地の所属は「第三七軍独立混成第五六旅団独立歩兵第三六八大隊第四中隊第一小隊第三分隊（西鶴伍長）」である。

サンダカンを経て任地タワオに上陸したのは十九年十月一日であった。幾多の作戦を生き抜いて、二十年四月、死の行軍で力尽き、敵より怖いマラリアに感染した多くの私も含めた将兵が、コヤ河合流点の患者収容所に収容されていた。毎日四～五人の病没した遺体は患者の中の比較的軽い者が使役に駆り出され、縦横約二メートル、深さ一メートルの穴を掘って埋葬していた。翌朝遺体埋葬箇所に行って見ると、バビ（野豚）に穴を掘られ手足の肉を食い千切られた白骨が露出していた。その悲惨な光景を見た者達は、『ボルネオでは絶対に死なんゾ！日本に這ってでも帰りたい！』と言っていたが、高熱で食欲不振になり、四、五日経った頃、大抵の者が病没した。私も食欲不振になったが、他に薬がなかったから、ご飯を薬と思い目を瞑ってお湯で流し込んだ。痩せ細り体力がなくなったが、精神だけはしっかりしていた。それに引き替え、栄養の利いた炊事勤務者・軍医・衛生兵達は丸々と太っていたのとは対象的だった。

昭和二十年六月六日、突然『この患者収容所を閉鎖する。米三合支給するから、歩ける者は徒歩でケニンゴウへ行け』と命令を受けた。去る四月行軍中にマラリア発症時に第四中隊に見捨てられ、今度は衛生兵達にも見捨てられた。このままでは死ぬより道がなかったので、収容所で知り合った鳥取県出身伊藤伍長・三重県出身の○○一等兵・私の三人で相談して丸木舟でケニンゴウへ行くことに決めた。私は後日のため病没者の飯盒を物々交換用に六個確保し、私の姓【西鶴】と刻印。後日この飯盒を物々交換に利用したりしたため、知らない間に私は「戦死扱い」になっていた。

ケニンゴウ旅団司令部にたどり着くと、名簿に「西鶴時雄　行方不明」、担当官が『あんな危険な村をよくも無事に一人で通って来られたもんだ』と驚愕されたが、当時何の事か分からなかった。炊事場に行くと、炊事班長が『班長殿はご無事でしたか。現地人が西鶴刻印の飯盒を所持したのを目撃した』と言って飯盒に飯を山盛り入れてくれた。名前は忘れたが第四中隊数少ない生き残りの南哲様だったと思う。紙面をお借りしてお礼を申します。「ケニンゴウで大変お世話になりました。西鶴はまだ生きているヨ」と。

ピナンガ村に駐留当時、私（西鶴伍長）・伊藤伍長・○○一等兵三人は第二次世界大戦の終結を全く知らなかった。

ある朝、方々から舟で夫婦らしき者が十組ほどこの村にやって来て、十畳ほどの板の間でお祭りの宴会が始まった。私も招待を受けて酒と踊りで深夜まで楽しんだ。今考えると、戦争が終わったお祝いだったようだ。一言「終戦」を知らせてくれたら、あんな命懸けの行動はしなくて済んだものを！

保安官が一週間ぐらいで帰るとケニンゴウへ出かけたが帰って来ないので、後を追って出発した。途中で○○一等兵が「班長殿、付いて行けない」と何度も言うので落伍を認めざるを得なかった。その数日後、珍しく前方から人が来るので近付くと、白鶏を持ったあの保安官だ。その白鶏を私たちにくれた。鶏より「戦争は終わった」の一言が欲しかった。伊藤伍長が鶏を持って行軍していて、私が銃剣が脱落してないのに気付き、「伊藤ここで待ってろ。すぐに探してくる」と言って銃剣を見つけて大急ぎで戻ったら、伊藤が鶏を独り占めしようと持ち逃げしていたから私は激怒して「伊藤の野郎！撃ち殺してやる」と後を追ったが発見できなかった。

昭和二十年九月五日ケニンゴウ没を、戦後三十八年に戦没者名簿で知った。一羽の白鶏と尊い伊藤貞一の命と交換した。私は人殺しをせず済んだ。

伊藤と別れて九月二十五日、ラウンカットの大きな山小屋で、当時小堀衛生伍長がジャングル入口のリンパダに歩行困難な重症患者十五人を残置したが、その救出に向かう班員に私は奇跡的に救出された。その班員と同行中、ケニンゴウ高原の過激な現地人に、私の眼前で全員虐殺され、なぜか私だけが残された。私は極端に衰弱していたから、〝野たれ死にする〟と見逃してくれたと思う？私は記憶喪失になり、奇跡的に生き残ったのである。

大東亜戦　駆逐艦『夕霧』戦闘の思い出

岐阜県富加町　髙須友章（故人）

昭和十八年九月、駆逐艦「夕霧」の信号長として、広島県呉軍港より乗艦。南洋諸島方面の『は号作戦』遂行のため、ラバウルに向け出港した。

十一月上旬『は号作戦』が発動され、陸軍熊本第六師団兵員トロキナ岬方面作戦に逆上陸決行のため、第十戦隊第二部隊挺身輸送部隊を編成した。駆逐艦「天霧」「卯月」「夕霧」の三隻をもって十一月二十四日、陸軍兵員約四百名の輸送任務遂行のため、直ちにラバウル港を出港し南方ブーゲンビル諸島「ブカ島」に向かう。

同日十九時頃、上陸地ブカ島に着岸、陸軍兵員の交代上陸に成功した。二十時頃すべて輸送任務を終了、ラバウルに向けて帰港の途につく。

ブカ島出港約三十分後、突如として航行中のわが艦船の頭上に敵機来襲。数発の照明弾を投下され、海上は真昼のような明るさとなり、わが船団の艦姿がはっきりと見える。一番艦「天霧」より暗号文『4Z』が発せられ「皇国の興廃この一戦にあり、各員一層奮励努力せよ」の信号を受信・速やかに艦は全速力にて針路をラバウルに向ける。前方約二千メートル地点に突然大きな火柱が上がる。駆逐艦「巻波」は敵の魚雷を受け轟沈す。

敵艦は電波探知機を駆使しわが船団を捕捉、絶え間なく吊光弾の集中攻撃を続け、駆逐艦「夕霧」の前後左右に浴びるように降り落ちる。

「夕霧」は二十三時頃になり、敵の袋のねずみとなり完全に包囲される。吊光弾が艦の煙突附近に一弾が当たる。艦はまたたく間に火災となる。しかも明るさを増し標的となり弾丸が次々と命中する。暫くして艦は航行不能となる。

艦尾より除々に浸水し沈みゆく。弾つき矢折れ艦と共に玉砕の覚悟を決す。電報をラバウル海軍司令部宛に発信する旨の命令あり。無線交信は極度に交信混乱を呈し、送信するもラバウル海軍司令部よりの了解は得られず。艦底の浸水は刻々と増大、艦長はすでに、艦長室より天皇陛下の御真影を身につけられ、軍刀を持って艦橋に上って立ち、航海長・航海士・信号員に向かって「これが最期だ……」と一言いわれ、天皇陛下万歳を申され、艦長自らの発声にて悲愴な決意を込めて万歳を三唱された。

信号長時代の私

艦長のにこやかに笑みを浮かべた答礼の姿が、今も瞼の裏に残る。艦は艦尾より、七割程度沈む。敵の弾丸ますます激しくなる。艦長より「総員退去」の命令が発せられ、右舷左舷、右往左往と揺れ動く甲板は、戦死した陸海兵の死骸が累々として歩行困難、しかも真っ暗闇の中で艦は九割程度に沈む。刻々と最期の断末魔を迎える駆逐艦「夕霧」に別れを告げて、自分は暗闇の海に飛び込む。夢中で泳ぎながら艦を振り向いた時にはすでに、連綿たるわが海軍の歴史の中にあった駆逐艦「夕霧」の勇姿は南方海域の海底深く沈み永久に消え失せた。艦と共に多数の戦友の命をうばった激戦、「夕霧」と共に艦長は自決され亡くなられたと思うと誠に痛恨の極みに堪えない。

激戦の時刻は鮮明ではないが、大よそ、二十四時頃と記憶する。海水はあまり肌に寒さを感じなく、波はなくうねりは大きい。闇の海上を浮かびただよい、心淋しい気持ちを軍歌を歌いながら夜が明けるのを待った。

内地より大よそ一時間程早い南方の夜が明けた。あたりには浮く物もなく身には何一つ持っていない。着ている物が重く、荷になるので素っ裸となる。海水の塩分で口の中が、からからに渇く。水が飲みたい、疲労も出て眠けが襲ってくる。苦しまぎれに歌った歌も口ずさむ元気もなくなった。スコールの来るのを待って口を湿らす。色々なことを思い出しながら、何一つできないでただ時を過ごす。

やがて昼頃、水平線の遠くに一機の飛行機が、こちらへ向かって飛んで来た。日本軍の飛行機がラバウルから捜索に来たと喜んだが、星のマークが付いた敵機で攻撃姿勢をとり、ある程度の位置にくると機銃掃射を三回受けた。体力の限界も感じて頑張れるだけ頑張る。

幸運にも丁度夕方、近くに潜水艦が浮上した。艦の横に日の丸「イ—177」と書いてある。動こうとしない。自分は潜水艦に向かって一生懸命に泳いでたどり着く。ロープに救命胴衣をつけて投げてくれた。助けられた時は、長時間海の中に浸って疲労し腰が抜けて立てなかった。

翌朝、ラバウルに着き、潜水艦で救助された我々のうち、負傷者数名はラバウル海軍病院に運ばれ手当を受けたが、その甲斐もなく死亡した兵もいた。湾の左に赤々と噴煙を上げる火山の麓で火葬にして遺骨を持ち帰った。

（昭和六十三年、一月綴る）

追記　駆逐艦「夕霧」乗組員　　約　三五〇名

　　陸軍交代兵員　　人員数　不明

　　生　存　者　　約　四〇数名　（内陸軍兵　二名）

父（元海軍兵曹長）は平成三年六月七十三歳でなくなりましたが、その三年ほど前から書き始め冊子にして配っていました。わたしたちにはほとんど語らず、手記を読んではじめて知りました。

次男　高須　潔　六十七歳

逆転した運命の中で苦難の人生を生きる

和歌山県橋本市　　奈良部　始（八十二歳）

父奈良部大太郎は栃木県の出身で徴兵されて朝鮮に渡り現地で除隊、友人と協同で伊奈鉱業㈱を経営していた。母雪江は徳島出身、興南で旅館を営んでいた叔母の手伝いに渡鮮し父と知り合い結婚、昭和七年十一月二十三日に私が生まれた。母は再婚で徳島に残した二人の子どもに仕送りをしていたようですが、後に父が引き取り入籍、私は次男になった。父の会社は山奥にあり、日本人といえば五、六人で、働いていたのは朝鮮人だけ。私も日本語より朝鮮語で話していた。

七歳になり学校に入るため、当時朝鮮半島の中心で総督府が置かれていた京城（今の韓国の首都ソウル）に移り住んだ。山奥から急に出て来た私には見るもの聞くもの全てが珍しくただ驚くばかりだった。立派な朝鮮総督府、京城駅、高いビル、デパート、電車、バス、タクシー、そして大きな鳥居の朝鮮神宮。私の家はその山裾の三坂通りという日本人町であった。当時、商売人は別として日本人と朝鮮人は住む所が別だった。学校も別々で私は京城三坂公立尋常小学校（佐伯銀太郎校長）に通っていた。担任は井上幸介先生。

三年の十六年十二月八日、大東亜戦争が始まった。防空壕が掘られ、訓練があり、国防婦人

皇居で右から父奈良部大太郎、私、母雪江、姉佐代子、円内は義兄武一郎

会の人が街頭で鋏を持ち着物姿の女性の袖を切ったり、食料品や衣料品は配給きっぷが無いと買えなくなっていった。十八年五月に母を亡くした。白血病だと思う。二十年になってもまだ戦争を身近に感じていなかった。日本本土がB29の空襲で大変なことになっているなど知らず、今思うと呑気なものだった。

ある日見たこともない巨大な飛行機が四本の飛行機雲を引き悠々と飛び去った。初めて見たB29であった。

二十年八月十五日、良く聞こえない天皇の放送で戦争に敗けたと知った。そして朝鮮に住んでいた日本人の立場が逆転、苦難が始まったのである。日本人は持てるだけの荷物を持ち財産を全て捨て釜山に集結、日本に引き揚げることになった。だが私は学校で体操中の友人が落下し、その下敷きになり、骨盤にひびが入り結核性関節炎になり、寝たきりの状態となってしまった。予期しない人生の挫折である。父と二人で残り、兄と姉が先に帰国することになった。父と私は翌年四月に米軍の担架にかつがれて貨物列車に乗せられ、釜山の収容所に入った。

収容所の中は最後の帰国組で九割が北朝鮮からの脱出者、38度線を命からがら逃げて来た人ばかり。荷物もほとんど持っていなかった。明日は日本に帰れると思うとほっとして、私は持って来たハーモニカを吹いた。何の曲か忘れたが、ふと気がつくと十七、八歳の青年が横に立っていた。彼は遠慮がちに「妹がハーモニカを吹いてほしいというので少しだけ貸してほしい」と言った。私は気持ちよく貸してあげた。すると妹さんの枕元で静かに、しかも上手に、里の秋、赤トンボなどの童謡や、私の知らない美しいメロディを吹いてあげていた。妹さんは私と同じように担架に寝たまま身動き一つしていない。私は不思議に思い、彼に訊いた。彼は涙を流しながら話した。一家は小さな船で家財道具を積み込み日本に向かったが、嵐に遭い船は沈没、二人だけが助けられ、38度線を越えて南朝鮮にたどり着いたが、妹さんは重度の凍傷のため両手両

7歳のとき

足が付け根から抜け落ちてしまったのだそうだ。あまりに悲惨な話に父も私も言葉を無くした。これから会ったこともない佐賀県の親戚を頼って行くという二人。

あの夜から七十年、兄妹はどのように戦後を生きたのだろう。私は事故が元で身体障害者になったが多くの人に助けられ結婚、子ども二人を育て孫を授かり静かな余生を送っている。けれどあの夜のハーモニカと兄妹のことは一生忘れることはありません。戦争さえ無かったらと思うばかりです。

私と父はこがね丸という船で博多港に上陸、別府の元陸軍病院に入院した。母の出身地の徳島県日和佐町に帰り、その後父と二人で大阪東成区の木工所に勤め、二十八年に和歌山県伊都郡九度山町日昇木工所に変わり、三十年に大阪厚生年金病院で股関節を手術。三十一年橋本市古佐田の薗部洋服研究所に入社、六十二歳で退社。その後は自宅で洋服のリフォームをしている。三十四歳で結婚、一男一女、孫一人。

ロシア軍の侵攻から逃れて

兵庫県川辺郡　三宅　昭太郎（七十三歳）

父の伯父が北朝鮮咸鏡北道の道議員の要職にあり、その人の招きで清津公立高等女学校の教師として赴任、母と三歳の私・一歳の妹の四人でロシアの国境に近い清津府の職員住宅で終戦を迎えた。

昭和二十年七月上旬から度々連合軍のＢ29が飛来していたが、八月九日未明の空襲警報は今までとは勝手が違うと父は不審に思いながら家の前の下水溝へ避難、爆撃は無く警報解除後確認に行った学校で「突然のロシア参戦」を知った、国境が近いので父は予期していたようだが、やはり恐怖に身が引き締まったらしい。昼過ぎ再度サイレンが鳴り、壕内で敵機の爆音を聞いていると道路一つ隔てた日本軍の対空監視所めがけた爆弾投下と共に壕内へも爆風が入って来たとのこと。

十三日未明、敵が上陸したとの知らせで四人は女学校裏の山へ一時避難、その日の職員会議に集まったのは父と校長を含め三人、会議の結論は「生徒・女教員は避難、男教員は学校を死守する」との方針、母と私共は校長の計らいで安全な咸南の恵山鎮へ避難することにし、父は乗車券や転出証明書を得るのに困難を極めたらしい。

その夜は野営のため官舎の裏山・双燕山に避難、見下ろす清津港の町はあちこち炎上中、野営の最中、艦砲射撃に遭い急遽近くに日本軍が掘った入口にムシロ一枚垂れ下がった横穴に逃げ込んだ。泣く子も黙ると言われた関東軍も主力は激戦地に送られており、兵力・武器共に圧倒的な戦力のロシア軍を前にして、はかない抵抗だったらしい。

後列右から父、伯父、祖父、前列左から二人目が母、他は親戚の人たち

十四日、目が覚めたらロシア軍の占領区内に取り残されており、見つかれば銃殺か手榴弾を投げ込まれる危機状態。三家族十七人が横穴奥で息を凝らしていたが、乳飲み子の妹や私は喉の渇きと空腹、それに蒸し暑い穴の中、泣けば敵に見つかると母も必死、何もわからぬ私と妹がぐずり始めると、十数人の命と引き換えに父は妹の喉に手が――。中にいた女学生の「殺すのを見ていられない、殺すなら外で！」との声に思い止まったとのこと。

十五日の朝、昨日のような砲声は止み日本軍は全滅か、水も食糧もなくなったので、死を覚悟で全員壕を脱出することを決断。

十六日夜明け前、非戦闘員とはっきりわかる姿に身支度し、勇気のいる一番目に妹を背負った母が出、続いて私と父、銃声もなく

「助かった!」。残りの人も続き、近くの朝鮮油脂(日本の経営)の無人社宅に逃げ込み、水や砂糖・米・缶詰など皆貪りついたとの事。

十七日、日本軍の陣地であった双燕山の頂上には赤旗がなびき、この時初めて「恐怖の露助・ロシア兵」を見た。街を歩く朝鮮人は皆赤い布を腕に巻いており、父も抵抗があったが食糧をもらいに出かけた母達を捜しに同じように赤い布を巻いて街へ。

十八日、関東軍に停戦命令が出て終戦。

戦火は収まったが、妹は極度の栄養失調が原因か発病し、韓国人医師に診てもらうも「注射一本」でヒキツケを起こし病死(九月十三日没)。帰国までの過酷さを想像すると、残された三人の足手まといになると神が天国へ招いたのか、帰国後両親は悲しみのあまりか多くを語らなかった。

その後も、ロシア軍は北緯38度線に向け侵攻、父達も追われるように徒歩と石炭輸送用のトロッコや汽車に乗り継ぎ安全な南朝鮮に向けての逃亡。私の限られた記憶の中に、どこかの川原で米軍兵士から貰って食べた軍食の「うどんの缶詰」が頭をよぎる。

親子三人何とか日本へ帰国できる港にたどり着き、国が手配する正式な引揚船でなく「闇船」で博多か下関かどこか日本の地に無事上陸できたようである。

丹後の宮津で生活を始めたが、過酷な長旅と栄養失調のため、私も病気になり医者にかかるも回復せず、祖父が持っていた「蜂蜜とクエン酸・エビオス」で一命を落とさずまた生き延び今日に到る。

北朝鮮に行って墓参りしないと「私の終戦」は終わったとはいえない。

結婚し熊本から渡鮮、敗戦境に波乱の人生歩む

熊本市　岡田たか（九十六歳）
山口市　金田麗子（七十四歳）

孫娘が、NHKで放送された山崎豊子作「大地の子」を見て感激し「おばあちゃんも終戦の時、朝鮮から引揚げて来たと聞いているが、その時の話を聞きたい」と言ってきたので、テレビのような壮絶さはないが、私なりに命懸けの引揚げであったので、孫たちのために書き残すことにした。

住んでいた南朝鮮光州府（現在の韓国光州）は直接空襲の被害は受けなかったが、八月十五日、終戦の大詔がラジオで流れ、日本の敗戦がわかると天地が逆転、独立の機運が高まり、あちこちで集会を開き気勢を上げた。街の混乱も赤とんぼが飛び交う晩夏になると、孤独と寂しさに耐え

きれず望郷の念にかられた。夫岡田高麗雄（34）は役所「旧農林省穀物検査所」の残務整理と私たち一家の今後の善後策に奔走し、引揚げのルートも定まらぬまま不安の毎日を過ごした。その頃、闇の船を雇い多額の自費で脱走する人達が多く、私たちも役所の人達と闇船での脱出方法を選択した。まず現金を用意し家財道具に辛い別れをして、貴重品や衣類などをまとめ、内地に着くまで幾日かかるか判らぬ旅程のため、どこでも食事ができるようにと、コッヘル（携帯用の鍋）、米、味噌、お茶等をリュックに詰めて、九月二十一日役所の家族と共に帰国の途についた。

五年前、熊本から初めて南鮮の港町麗水港に着いた時、日本人の暮らし向きに、わが国威をつくづくと感じ、支配される民族の悲しさを感じたものであるが、今度は我々が追われるとは想像もできなかった。

常に進駐軍の脅威にさらされつつ、貨車にあたかも牛や馬のごとく詰め込まれ、ただ黙って耐え、半日で到着できる麗水港へ進んでは止まり金銭を要求され、皆で出し合って渡せばまた進み、二日目にようやく到着したが、折から通過する台風のため出港できず、小学校などで分泊して出港の時を待った。

その間、校庭で三方に石を積んでカマドを作り、枯れ木を拾って燃料とし、コッヘル一つでの炊飯で一家五人の命をつないだ。

数日後、秋晴れになりジャンクに乗ることになった。その時、夫は軍籍であったということ

左から父岡田高麗雄（34）、母たか（25）、私（4）、公子（3）
（朝鮮総督府全羅南道で）

で、再び進駐軍に招集された。釜山回りで帰国することとなり、幼児三人は私の責任となり四歳の長女、三歳の次女、○歳の三女を連れ、背にはあまりにも重いリュックを背負うことになった。ジャンクの船底に荷物をぎっしりと積み、その上に余地もないほど詰めて座り、ポンポン船に引かれ夕暮れを待って麗水港を出港した。

変わりやすい秋空とはいえ、脱出の我々にまた自然の怒りか、急にシケになり、船は難を避け対馬の漁港に一時避難。船を降り、各々の民家にご厄介になった。

九州の離島とはいっても対馬は我々がここ数か月の間、夢にまで見た故郷である。鬱蒼と茂る樹木、岩間から流れ出る清水に思わず歓声をあげ、清水を手にすくって故国の味をしみじみと味わってみた。

　未知の土地ではあるが、日本人という誇りが互いに労わりの形となり、私たち親子もすっかり心の安らぎを取り戻し、再び海上が平穏になるまで二日の宿をお世話になり、もう日本の領海であるという安心感から朝の出港となった。しかし飛行機の姿を見ると米軍から追跡されているのではと、常に緊張の状態であった。そのうちジャンクの船がエンジントラブルを起こしたという理由を付け、ポンポン船で立ち去ったのである。ジャンクは再び最悪の事態となった。玄界灘の大海に風のまにまに漂流せざるを得なくなり、私たちの故国日本を目の前にして、ただ運を天に任せて祈り続けた。

　その時、はるか水平線のかなたに船の姿が見えた。それが日本の船とわかると、我々は声を限りに手をあげて、助けてー、助けてーと皆で一心に救いを求めた。その船は次第に我々の船に近づき、最大の馬力で博多港まで引き入れてくれた。港には数々の外国船が停泊して、今まで戦争に怯えていた私たちは、敗戦国日本の姿を見て、感慨無量で涙がとめどなく頬を伝った。

　いよいよ待望の上陸となった。九月二十一日光州を発って二十五日ぶり、〇歳の三女は私の乳の出も悪いため痩せ細り、栄養不良になったが、三人の娘は幼いながら、母と共に生き抜いて博多港へ十月十五日上陸した。

　私の記憶も薄れていき、これからの先は長女の金田麗子にペンを託します。

〈母からペンを託されました〉。ここで熊本に帰るという親切なトラックの運転手さんが子ども連れの二家族と一緒に乗せ、寒い折だったので交互に車内と荷台と交代しながら、熊本まで送って下さった。父も同じ頃帰国し、山口へ勤務していたが肺結核を発症し、二年後退職、実家の熊本で療養していたが二年後に三十八歳で他界。その後母は、自分の実家に身を寄せ農林省農政局に勤め五十七歳で退職した。

妹光子は父の結核がうつり脊椎カリエスをわずらい、二十歳で高校卒業し、東京都で絵の教師をしていたが五十九歳で他界した。現在母九十六歳、長女麗子七十四歳、妹公子七十二歳で母を介護している。おだやかな晩年です。

混乱の中、遼陽の陸軍病院が暴徒に襲われる

東京都八王子市　原田紫郎（八十歳）

昭和二十年の夏、私は遼陽国民学校四年生（10）、満州国遼陽市で日本の敗戦を迎えた。遼陽は日露戦争で「軍神・橘中佐」が戦死した所で知られていた。また関東軍の兵站地として病院など数多くの施設があった。

父原田順一（44）は１級建築士で十三年ごろ満鉄系建設会社で働いていたが、その後会社を設

立し満州各地で建設を行っていた。しかし敗戦間近の七月、現地召集され、家族四人の母子家庭となった。そんな時暴動が起きた。あの恐怖は忘れられない。玉音放送があって数日後の二十日ごろだったと思う。

なにか不思議な地鳴りがし空気が大きく振動するようなざわめきが、体に感じられた。まだ眠くてたまらない十歳の私の体にもそれが異常だった。なにか空恐ろしいことが起こるのではないかということがすぐに予感できた。

「暴動だ!」「暴動だ!」周りの大人たちが、小声で互いに叫び交わし、「隠すものは子供に持たせろ」「下手な武器は持つなよ!」「子供たちはみな床下に隠れさせて!」「入ってきても抵抗はするな! 取られるものは何もないんだから」などと声を掛け合い、指示を交わしあった。

子供たちもそれぞれ無口のまま一塊りになり、床下に潜った。隠れ入った床下で目をつむったり手で顔を覆ったりしていた。私も誰とも話さずその中でじっと暗闇を見つめていた。

私は四、五日前にこの住宅に来たばかりだった。だから傍にいる子供たちの名前を知らない。それまで我が家は父親の都合で満人街に住んでいた。父親は召集されたとき「俺みたいな年寄りまで呼びやがって」とこぼしながら居なくなった。父は結局シベリア行きの捕虜になっていた。

八月十五日のちょっと前、母が「日本は負けた」という話を知り合いの満人から聞いてきた。彼から「早めに日本人町に逃げないと危ないよ」と忠告されていたので、母は必死の思いで伝手を探し、やっとこの住宅地に兄二人と私の計四人で逃げ込む許可を得たのだった。満人のおばさんから豚饅頭を貰って深夜に我が家を後にしたのを今でも覚えている。

床下に隠れていても何の考えも沸かなかった。心身とも真っ白だった。何の知恵ももちろん出なかった。今居る住宅は「満州電電の集合住宅」だったから、周囲は高い煉瓦塀に囲まれていて容易に乗り越えることはできない頑丈なものだった。そのことを思い出すと少し体も和らいだようだ。
二、三日前も露助（ロシアの兵隊）たちが集合住宅の正門前でマンドリン銃をぶっ放して「ダワ〜イ　開けろ！」と言われれば、拒むことはできなかったのだ。毎日のようにやってきてその度に「時計、指輪」など金目のものはほぼカツアゲしていたから、次になにを要求されるか？大人達は恐怖に怯えていた。
何時間経ったのか判らなかった。相変わらずのドスドス音、騒音、わめき声は続いていたが、このときは暴徒は入ってこなかった。大人達は気の抜けたように、それでもまだ一抹の不安と緊張感を持ちながら沈黙を守っていた。

「ちょっと覗いてこようか」。兄達が友達とこそこそ話していたが、そのうちにさっと庭に出、さらに塀の内側から潜む格好で外を覗いていたが、「や〜、陸軍病院がやられているぞ」と周囲の大人たちに興奮した声を投げかけた。そしてこの騒ぎは昼近くまで続いたと思う。ただ私たちに被害が及ばぬ雰囲気になったので、皆ほっとしたのだった。

陸軍病院は通りを隔てたところに建つ大病院だった。そこが万を超える暴徒に襲われたのだ。私も怖々覗いてみたが、後で思い返せば、まさしく「甘いケーキにたかる黒蟻の大群」そのものだった。なんでも手当たり次第に運び出していた。笑ったり怒鳴り合ったりしながら、絵に描いたような乱暴狼藉をやりまくっていた。背中に荷物を背負ったり、リヤカーまで登場していた。中にいた日本人たちがどうなったかは知らない。

暴徒たちは満人街から石橋を渡ってきたのだが、その石橋は日本人街と満人住居地との不文律的な境であった。毎日この橋を私は渡って学校へ通っていたのだ。が、その日以来、そんな約束事は消え失せてしまった。

終戦前、満州で生まれた母・子の生かされた歩み

埼玉県和光市　齋藤順子（七十歳）

「昭和二十年六月二十七日、満州国間島省間島市河南。満州国特命全権大使送付入籍」と戸籍に載っています。終戦二か月前、私の生まれた日時・場所です。

満州に駐留していた父南三郎（29）の元へ、親の言われるまま嫁ぎ、そのまま終戦を迎えた母

すみ子の軍人家族としての苦難の道のりの始まりでした。

昭和十八年一月に結婚し、三月に誰一人知った人のない牡丹江へ渡って新生活を送りはじめたのです。父の出身は高岡市、十一年甲種合格で金沢市第九騎兵連隊へ配属、十二年ハルピンへ。十八年曹長になり関東軍第三軍副官部に勤務していました。二十年一月には延吉へ移動、これが後に分かったことですが、生死の明暗を分けたのでした。

終戦間際になってロシア軍が侵攻したため、陣地へ配置され、残された家族は一か所に集められました。八月十五日、終戦の詔勅が下り敗戦となり、十六歳以上の男子は全員武装解除させられ、使役につかされたのです。父は日本へ帰れると思っていたのにロシアへ抑留されたのです。「カクシャン収容所」です。モスクワ近く、エラブカ周辺とのこと。「ほの暗き虜舎に偲ぶ故郷の春」と詠んでいます。鉄道建設、森林伐採などです。

集められた家族三千名の一団は持てるだけの荷を持って、各地転々とする生活を送りながら分散されていきました。

放浪生活中、夏は顔中びっしりのハエに泣きもせず（というより泣く力もない）、冬は凍死しないように持ち物全部身につけるという有り様。先行きを悲観して一家心中をする者、病死する者、次々と気力や体力の弱った者から亡くなっていきました。

まだ乳飲み子だった私は常におんぶされた母の分身だったことで何とか生命を保っていたので

しょう。

おしめ洗いの時、凍てついた地面に足をとられ、あやうく深い井戸へ飲み込まれそうになったりもしたそうです。

食べられるあらゆる草を食べて飢えをしのぎ、なんとか生命をつないで、最終集結地コロ島より引揚船に乗ったのは二十一年十月。その頃には、もうほとんどの子どもはいなくなっていたと聞かされています。

コロ島に集結した満鉄等商社関係者、軍人家族、開拓団家族。貧すれば鈍すると言いますが、生活の差からくる悲しさがありました。亡くなった方のおしめを頂くなど、いろいろな方々に庇われながらたどり着いたのです。

引揚船の中でも次々と亡くなり、海へ流すしかなく、博多入港目前に病いが発生、しばらく保留されたり、どんなに惨酷な体験でしょうか。

やっと博多へ上陸できたときの母は、全財産と引き換えに唯一残った私と、おしめ・ボロ切れ。最後まで手放さなかった薄い下駄の入ったリュックを背負って地下足袋という、ホームレスの人よりもひどい悲惨な姿だったそうです。

親兄弟のいる故郷、富山へ帰りたい一心で頑張った母のおかげで生還できた私です。両親の元で過ごすうち、父も無事二十三年にシベリアから帰ってくれました。

生活のためツテを頼り、親子三人で上京、会社の留守番として住み込み社員として働きました。東京神田で無一物からの貧乏暮らしも、どれだけ恵まれたことかと感謝したと言います。

私は三歳になっても歩かず、神田で股関節脱臼と診断され、完全には治りませんでした。それでも元気に育っていき、その後、急性中耳炎、くも膜下出血と緊急手術も耐え、幾度も死線を越え、今日まで生かされてまいりました。

戦後七十年、これほど長い間、争いのなかった歴史、先人達の大変な思いを積み重ねて復興をしてきた歴史、これを大切にしていかなければなりません。

戦争は二度としてはなりません。

戦争を利益に変えてはいけません。

今年九十二歳の母、七十歳の私。生かされた生命、少しでも人の役に立てるよう、残り少なくなった人生をもう少し送りたいものと願っております。

旧満州からの逃避行で父母など五人が犠牲に

千葉県柏市　辻井早苗（五十八歳）

八月十五日の終戦も知ることなく戦禍に追われ、飢えと疲労に耐えながら必死に野山をさまよった。多くの犠牲者を出した引揚者達の逃避行があったことを忘れてはならない。生前父が綴った回顧録から一部分を書き記した。

小泉等の一家十人は、昭和十六年北海道から旧満州へ開拓団として東安省密山県朝陽村へ入植した。ソ連との国境近くと聞いている。二十年当時の家族は両親と二十一歳の長女を頭に三男六女、私の父・等は次男で当時十八歳、末っ子は生後十一か月であった。

二十年八月九日未明、国境方面で突然航空機の爆音と銃砲声を聞く。何事が起きたか不明。午後九時頃、国境警備隊黒台隊より「全員一寸《いっすん》でも後方へ避難せよ」との命令があった。大慌てで避難準備をする。馬車に食糧を積み、歩行のできる者は歩いてわが家を出発、集合場所にて他の開拓団家族らと合流した。

父ら青年団員は全員武装、自分は騎兵銃と小銃弾百五十発、自決用に手榴弾一個を持つ。避難民（およそ九百名）の護衛にあたった。

夜中過ぎまで照明弾が無数に上がり真昼のような明るさの中、ソ連の戦車が縦横無尽に走り回り、銃、砲弾を浴びせる。空からは戦闘機の攻撃を受け、死亡する者、負傷する者、戦車のキャタピラで踏み潰される者多数。危険を避けるため、必死に叫ぶ。「にげるんだぁ～、にげるんだぁ～」と繰り返すしかなかった。私は血飛沫を全身に浴びていた。地獄絵図そのものである。

老幼婦女子の行列のため、乳幼児は大変だ。歩ける子どもも裸足の足が痛いと泣き、腹が減っ

渡満に際し、北海道で撮った「小泉一家」の家族写真。この10人で海を渡った

たと泣き叫ぶ。それでもひたすら歩くしかないのだ。

雨で水田のようになった所を進む。足元を見ると、死体が累々と重なっていた。水が飲みたいと水辺に近寄ると水面にも人馬が何十体も浮いていて悪臭が鼻を突く。自分の目の前に、百キロ爆弾が落ちた。一巻の終わりと覚悟したが、運の良いことに大量の泥水をかぶっただけで済んだ。

もう一人の青年団員と二人で偵察に出ている時、一機の戦闘機に見つけられ攻撃を受けた。左足を負傷、消毒薬もないので患部に炭酸カルキを砕いてふりかけ、サラシで包帯をする。ビッコを引きながら歩く。

途中で、弟昇（当時七歳）が家族とはぐれた。後方で弟を捜すが見つからず諦めていたら、半時もしないのに身代わりのように男の子が仲間にはぐれて母親の前に現れた。周囲の人々は猛反対したが、母は「昇も誰かの世話になっているに違いないから」と一緒に連れ歩くことになった。

流れの速い川にさしかかった。川幅五メートルぐらいに立木を倒して渡す。原生林を切り倒すのに鋸は無く、日本刀や銃剣で削って三本を倒し川に渡す。いざ渡り始めると足を滑らせ川に流されていく者が出る。助けようとした者も流される。呆然と眺めるだけであった。

八月三十一日正午過ぎ、ヤプロニ駅に着くと同時に捕虜となり、武装解除させられる。収容所に入り、日本の八月十五日の敗戦を知る。この収容所で途中ではぐれた弟昇と再会できた。母の言うとおり知り合いの軍人に連れられて先に来ていた。一緒に連れ歩いた男の子も家族に引き渡した。「情けは人の為ならず」。

その後、末っ子の孝、父、母、妹春見（4）が次々死んだ。二女照江（16）は渡満後、東安市で看護婦になり一人家族と離れ別行動であった。六月十六日撫順市から博多港へ引揚げ、途中大阪駅にて死亡。衰弱死か、公的書類なし。おそらく家族の安否も知らなかったであろう。彼女の無念を思う。

引揚船に乗って北海道へ帰り着くまで一年かかった。その後もずっと死に物狂いで生きてきた。弱い者が犠牲になる戦争は二度と起こしてはならない。父達の思いを私は引き継いでいく。

引揚げ時、命をつないだ「薬缶」は我が家の宝物

福島県いわき市　中根孝雄（七十一歳）

私は昭和十九年年七月十四日、旧満州国安東省の南満州鉄道病院で生まれました。普通だと大きな産声をあげるはずですが、臍の緒がからまっていたからか、しばらく泣かなくて背中をたたかれてようやく泣きはじめたとのことでした。翌年八月敗戦。私が三歳の頃、引揚げとなりました。もちろん記憶には全く残っていません。両親の話や近所や親類の人々の話をもとに記述してみました。

父中根島雄は磐城中学を卒業した後、昭和六年十二月一日に奉天独立守備隊に入営しています（この部隊が三か月前に満州事変を引き起こしていた。室井兵衛編集「満州独立守備隊」にあり）。初めは馬賊討伐などに出ており、戦闘にも八回参加しています。その後召集解除で武器を扱う会社に勤めた後、学校組合に勤めていたころ結婚したようです。

母信枝は父とハトコの関係で、祖父秀次郎に連れられて昭和十二年満州へ来て結婚し安東に住みました。父は贅沢もせず真面目に働き、かなりの蓄えを作ったそうですが、敗戦で無一文になったのです。

勤務先の人たちとグループを作り引揚げたと思いますが、断片的な話をつなぎ合わせるしかできません。

ご飯は引揚げの時、わずかに持ってきた米を薬缶に入れて塩水で洗い、燃料は、薬缶の下に三本のろうそくを燃やして炊いたと聞いています。このときの薬缶が我が家の宝物として今も大切に保存しています。

私たち多勢の引揚者を、敵国だったアメリカの進駐軍がやさしく迎えてくれ、私をおんぶした母の手をしっかりと引いてくれたそうです。そして冷やしラーメンを大きなザルにいっぱい提供してくれました。私も母の肩から手を出して、おいしそうに食べていたとのことでした。

3本のろうそくでご飯を炊いた薬缶

舞鶴港にたどり着いた私たちは、父の実家の沢帯地区に到着しました。父はリュックサック一つと両手に荷物を持ち、母は私をおぶってそれこそ着の身、着のまま同然でした。近所の人々は、私たちをちょっと変わった様子の異国人みたいな、ものめずらしい視線で見ていたとのことでした。

やがて、実家の隠居部屋を間借りしての生活が始まりました。あの時が貧困のどん底だったかと思います。食べるものがろくになく、毎日、少しのごはんにサツマイモや菜っ葉類を混ぜたお

引揚げ後、妹が生まれ、貧困の中で暮らしたころ
（昭和25年ごろ）

じゃご飯で、とてもひもじい思いをしました。

私たちは、まわりからほとんど相手にされず、ものなどなくて困っていても、なかなか貸してもらえず、常に侮蔑のまなざしを向けられる毎日でした。皆さんの中に溶け込めるまでには、何年かかったことでしょう。

父はいろいろな仕事をした後、やっと郵政事務官の職を得ました。わずかな土地を実家から頂き、母が主に田畑を耕しました。やっと生活の基盤ができ、私を大学まで出してくれました。こうして福島県の小学校教員となり十一年前に、いわき市立小学校校長として無事退職することができました。

激動の時代に生まれながら、幼少のため記憶の欠落部分を補完するべく学習をしながら「いわき自分史の会」へ席をおき、我が道のりをつむいでいます。

博多港に引揚げ、島原で全財産のリュック盗られる

東京都　久保田　智　子（七十九歳）

私たち家族は、祖父、父母、子ども四人の七人で、旧満州の葫蘆島から博多港に引揚げてきた。父林透（45）は錦州市赤城街満鉄官舎に住み、医務室に勤めていた。故国へ到着したのは敗戦の翌年、五月二十三日。私は妹弟のいちばん年上で、十歳の時である。福岡県の博多に着いたものの帰る家はない。とにかく父の生まれ故郷、愛知県岡崎市へ向かうことになっていた。

博多湾の埠頭には大勢の人々が群がり、家族の連絡先を書いた紙やプラカードを高く掲げて、必死の形相で叫んでいた。船上からそれを見て、あまりの喧騒に呆然とした。大陸生まれの私にとっては、まさに「異国」に来たような不安感だけが広がった。

湾内には無数のクラゲが漂っている。黒い斑点のもの、青白いものなど、大小さまざまなクラゲがプカプカと揺らめいて、まるで「死者の魂」のように不気味だった。大日本帝国の侵略で無念の死を遂げた多数の中国人。また、苦難の逃避行の末、母国を目にした直後に、海に身を投げた女性もいたからだろう。それなりの事情があったに違いない。

大群衆の喚声の中から奇跡的にも甲高い声が響いてきた。「チク姉さん！」と。それは忘れ難い母の弟の声。引揚船が入港する度に迎えに来ていたという。長崎県島原市の親戚の一間を借りる用意もして待っていてくれた。しかし下船の手続きではトラブルが続出し、倉庫では頭髪から背中の中までＤＤＴの粉末を吹き付けて消毒された。そして掌に「検疫済」の暗緑色の判をベタリと押され、強い抵抗感と屈辱感を味わった。まるで屠殺される豚のようではないか。「内地」（旧満州では日本のことをそう呼んでいた）の第一印象である。

やっと辿り着いた島原駅のホームには、母の妹が出迎えていた。涙、涙の再会。その最中に、やっと背負ってきた貴重な荷物を盗まれてしまった。父が必死で探し回ったが出てこない。引揚者は一人千円とリュックサック一個だけが持ち帰れたのだから、どれほど無念だったか分かるだろう。父母が、「いい所だよ」と話してくれた内地は、泥棒がいる国だった。

戦争の傷痕も見えない、清水が流れる静かな町で、私たちの苦しい耐乏生活が始まった。登校初日、母と妹と私は校長室に呼ばれて「戦後の混乱で授業を受けていないから、一学年下から始めてください」と言われた。珍しく私は猛烈に腹が立った。「一年下からやるくらいなら、学校には来ません」と言い放ったので、母が慌てて持ち帰った「通知簿」を校長に見せて「まあ、いいでしょう」ということになった。妹は、もう一度一年生で可哀そうだったが、本人はケロリとしていた。こうして私は島原市第一国民学校の五年生になった。身長一三二センチ、体重二六キ

昭和24年12月、大村市桜馬場国鉄官舎前で6人姉妹弟

ロ。ソ連兵の迫害から逃れるために男の子と同じ断髪姿で、色眼鏡も掛けていたから、よほど珍しかったのだろう。通学路の女学校の塀には、毎朝、見物人が鈴なりになっている。母は、「悪い事をしたわけではないから、恥ずかしがることはないよ」と励ましてくれた。

すぐに猛烈な食糧難に陥った。食糧手帳がなければ配給は受けられないが、あっても一週間分に鰯が一匹だったりして、米や麦はない。私たちは、あらゆる雑草、芋の葉や蔓、海藻、貝などを採取し、少しの芋を入れた「目玉の映る薄いお粥」で飢えをしのいだ。学校での給食はない。私たち姉妹は「欠食児童」だった。昼食の時間には校庭の片隅の木陰で、じっと飢えを抑え座りこんでいた。

島原市では、引揚げた年の十一月六日に三

男の憲治が生まれた。それは間借りしていた板張りの土間近くの場所で、「こんなに貧乏暮らしなのにね」と、私にまで近所の人々の悪口が聞こえた。母は肩身の狭い思いをしていたが、後になって「あんなに言われても、産んでよかったよ」と、嬉しそうに漏らす子煩悩な両親だった。

父は翌年の七月、長崎鉄道診療所事務係に採用されて、単身赴任で長崎に行き、約九か月後に、家族は大村市桜馬場国鉄官舎に入居できた。木造二階建ての長屋式建物で、粗末な急ごしらえの家でも、私たちにとっては手足を伸ばせる大事な「わが家」だ。ここで三女の妹美夜子が生まれて六人姉妹弟が揃ったが、貧乏暮らしは付いてまわった。

教科書は、軍国主義のページを墨で真っ黒に塗りつぶして使った。やっと届いた新しい教科書は、全紙を折り畳み、切って使う粗末な紙。それでも「平和」の匂いがして、とても嬉しかった。昭和二十一年十一月三日「日本国憲法」公布。私は新制中学一年の社会科で手にした『あたらしい憲法のはなし』(昭和二十二年八月二日に文部省が発行し、二十六年度版まで使用された)を忘れてはいない。「国際平和、民主主義、主権在民」「戦争放棄」などの挿絵も、今こそ見てほしい。

集団脱走を決行、四歳児の満州引揚げ

東京都　池　田　秀　子（七十四歳）

終戦時、四歳であった私は二歳の妹と共に母親に連れられ、満州の新京（長春）から朝鮮の价川へ集団疎開し、さらに38度線までの数百キロを歩いて日本へ引揚げました。父水野新吾（36）は満州国生活必需品会社に勤めていましたが前年に赤紙で召集されていました（23年シベリアから帰国）。

辛苦を舐めた経験について、母貞子（29）は平成十七年、多くを語らず八十八年の生涯を終えました。時折母が口にしていた事柄で、私の心の奥深くに刻まれた断片的な記憶を補いながら、改めて生き抜いた道のりを記してみます。なお、妹は引揚げ時の記憶が全くないと言います。私は当時の記憶を持つ最年少者の一人でしょう。

大勢の人が新京駅前の広場に集まり、その中で一晩、妹と共に母に寄り添って座っていた記憶から始まります。父の勤め先の留守家族の集団、数十名と一緒でした。平穏な暮らしの中で、ソ連参戦という突然の出来事に慌て、全員が着の身着のままの状態でした。

無蓋貨車に乗せられたシーンが蘇ります。次の記憶は、板張りの部屋ばかりがある元刑務所の建屋での集団生活です。数日後、そこで敗戦を知ったのです。

国際条約で敗戦国の民間人は速やかに故国に返すことが決められており、大人たちは直ぐに帰国できると思っていたようです。

しかし留守家族集団代表の団長さんが何度掛け合っても、進駐してきたソ連軍は帰国を許可しません。

昼間、母親たちは朝鮮人の所へ働きに出掛けます。子供たらは看護婦さんに連れられ、広々とした田園風景のなかで食用の雑草を摘むなどの日々を過ごしていました。

しかし夜になると、数人の武装したソ連兵が部屋に入って来て、「マダム、ダワイダワイ」と叫びます。幼心にも怖い強烈な記憶です。母がそっと妹を強くつねり、大声で泣かせると、相手も逡巡し、避けて行きました。

そのような集団疎開生活が价川で一年続きましたが、一向に埒が明きません。団長さんの決断で日本へ向けての集団脱走を決行します。一日に七里（約28キロ）を歩く逃避行の始まりです。

妹を背負った母に手を引かれ、来る日も来る日も歩きます。出発時に母から渡された数足のわら草履がリュックに入っています。好きな色の鼻緒の草履を最後まで残したことを良く覚えています。

行く先々で大手を広げた朝鮮人に阻まれました。指輪や腕時計を手渡し通過しました。同行の子供たちが次々に死んでいきます。「次はお宅の番よ」と周囲の人から母は何度も言われました。

大きな河には橋がありません。母は胸まで水に浸かりながら、私と妹を一人ずつ抱えて渡ります。一か所渡るのにも、三度も渡らなければなりません。やっと母が渡り終えると、それを待っていたかのように皆が歩き出しました。

途中何度も、母は朝鮮人から「自分の嫁にならないか」と誘われましたが、頑然と「子供たちと一歩でも日本に近づきたい」、「死ぬなら三人一緒に死にたい」と断り続けました。夜は毎晩が野宿でした。ただ、広い河原で満天の星を眺めたことを思い出します。

米ソの支配境界線だった38度線までたどり着くと、米軍が用意した釜山行きの列車に乗ることができました。その際に米軍兵が子供たちにミルクやチョコレートを配ってくれ、嬉しかったことが印象に残っています。釜山港での記憶は確かでありませんが、博多への帰国船のなかで、私は栄養失調でお腹が膨れてきました。ところが、船中でコレラ騒ぎが起こり、博多港に停泊したまま、乗客は下船できません。危篤の私は母や妹と一緒に、特別に小舟で海浜の病院に収容され、一命を取り留めました。療養中に見た周囲の松林や白砂の景色が今でも目に浮かびます。

翻って考えてみますと、たしかに怖い記憶や嫌な思い出に満ちていますが、不思議にも幼心には、悲壮感よりも母親と常に一緒にいる安堵感のような気持ちが強かった気がします。正に、どのような状況下でも私たち姉妹を庇い続けた母の強い信念と行動の賜物です。

妹と上海から大連に行き暴徒の渦に巻き込まれる

大阪府堺市　野木宏子（九十二歳）

父神阪清衛は鐘紡（都島）に勤めていました。転勤で上海工場に行き、北四川路の鐘紡社宅に住んだのです。私は金蘭会高等女学校を卒業し、昭和十六年ごろ家族と上海に渡りました。そのときは鎌倉丸という客船で、食事もすごく豪華なものでした。

父はまた転勤命令が出て十九年ごろ台湾に行きました。私はその前の年に上海で野木一郎さんと結婚していましたので、上海に残りました。でも結婚後三か月目に主人に召集令状が来て出征したのです。私は上海で娘を出産し心細い思いをして暮らしていました。

そのころ妹も上海で男の子を生みました。妹の主人本田正次郎さんも出征してしまいましたので姉妹助け合って上海で一緒に暮らしていましたが、妹の主人が満鉄社員だったので、その家族はみんな本社の大連に集められるというので、妹も大連に行かねばならなかったのです。私は一人で上海に残るのは心細いので、妹と一緒に大連に行くことにしました。

二十年になっていたと思います。上海から妹と船に乗りました。まだ戦争中だったので、昼は船を動かすと危険なため、夜の暗闇の中をそろりそろりと機雷を避けて進んだのです。甲板に上がって見ますと、船の少し離れたところには角の生えた機雷が浮いているのを見ました。何度もぶつかりそうになり、そのたびに、船が折れるのではないかと思えるほどの急転回で機雷を避けながら進んだので、普通ですと一日で行けるのに二日以上もかかってやっと着いたと思います。

大連では満鉄の社宅に妹と一緒に住ませてもらいました。私たちは何も知りませんでしたが、満鉄では戦争の状況が悪化してきているので、社員の家族を大連に集めたようです。まだ私たちが移住したころは平穏でした。

ところが一夜にして天地が逆転したのです。八月九日、ソ連が日ソ中立条約を一方的に破棄し、満州や朝鮮に乗り込んできたのです。特にはじめのころのロシア人兵士は、囚人のような暴漢で、路上での暴行はもちろん、日本人の住居に押し入り、縦横無尽に暴行を働き金品を強奪したのです。抵抗すれば何をされるか分かりません。私たちは天井裏に隠れるようにしたり、隣同士逃げられるよう隠れた通路を作ったりするのが精一杯でした。

治安は乱れ日本の警察も軍隊もどうなっているのか分かりません。ソ連兵だけでなく現地の住民も、ここぞとばかりに強奪を繰り返すのです。戦うだけの武器もなく、あったところで太刀打ちできる相手ではありません。

私たちは万策尽き「こうなったら、残された道は自決しかない」と考えていました。そして青酸カリが配られるのを待っていました。すると青酸カリは急にストップになり、ラジオから陛下のお声が流れてきたのです。「耐えがたきを耐え、忍びがたきを忍び、生き延びよ」とのお言葉だったのです。こうして私たちは生きて祖国へ帰るのだと立ち上がったのです。陛下のお言葉に励まされたのです。

しかしそんな考えは甘かったのです。戦争によるしっぺ返しはそれからだったのです。敗戦と同時にソ連兵が大勢なだれ込んできました。七十歳過ぎた老婆まで強姦されたのです。そして人殺しなど恐ろしい事件が次々起きました。恐怖の坩堝です。私たちは一か月というもの、窓に釘を打ち、部屋に閉じこもっていました。銀行も郵便局も閉鎖になり、お金も出すことはできず、衣類は大方上海に預けたままで少ししか持ってきていなかったのです。その衣類を一枚ずつ道端に立ち寒い雪のちらつく中で中国人に買ってくださいと頭を下げお金にしたのです。

そのころ私はまだ二十二歳でした。夫は終戦になってもどうしているのかさっぱり消息も分かりません。道路に立って衣類を売っているとき中国人が寄ってきて、妾にならんかとささやかれ、腹立たしく悔しい思いをしました。

そんなとき偶然にも女学校時代の友に会い、本当にこんな外地で出会うなんてとお互い喜び合いました。その友は姉夫婦の営む飲食店を手伝いに来たそうです。頭の髪を切り、丸坊主になって食料を運んでくれたのです。体格のよい人なのでまるで男に見えました。当時は女だと強姦などひどい目に遭うので一人では外出できない状態でした。その友にはどれだけ感謝しても足りない気持ちでいっぱいです。

私たちの引揚げは遅々として進まず、上海に残っておればもっと楽に暮らせたのにと悔やまれますが所詮は後の祭りでした。

大連はこんなことばかりで良い思いではありません。戦に負けるとこんな悲惨な目に遭うものかと痛切に感じ、戦争をやってはいけないと痛感したものです。書けばきりがありませんが、いろいろな辛さを乗り越え私は今九十二歳になりました。家は孫が建て替えてくれ新しい家で幸せに暮らしています。幸せを感謝しつつ、孫に書き残したいと思いました。

台湾の製糖会社社宅で受けた爆撃恐怖体験

兵庫県宝塚市　中塚ハルコ（七十八歳）

父渡辺忠吉は明治三十四年、愛媛県伯方島で生まれ、東京農大を卒業し、台湾の大日本精糖へ就職します。この会社は佐賀出身の藤山雷太が渋沢栄一に推挙され、いくつかの精糖会社を合併して作られた国策的な会社だったようです。記録を調べますと昭和十年には長男の藤山愛一郎さんが社長になられています。

会社は南東県の中寮郷にあり、私が彰化市の大和国民学校に入学した昭和十八年には父は課長になっていたようで、庭付きの立派な社宅に住んでいました。

昭和十六年十二月には母久枝から「アメリカとの戦争が始まった。えらいことになった」と聞きました。内地では食糧をはじめ、軍需資材の欠乏で金属の拠出など大変だったようですが、私は幼かったこともあり、さほどの実感はありません。しかし二年生になると防空頭巾を持って学校へ行くようになり、敵機が近づくと空襲警報が発令され、防空壕へ避難しました。三年生になると空襲が激しくなり学校に行けなくなり、戦争を身近に感じるようになりました。それは父の精糖会社が爆撃を受けたからです。

台湾の空襲が本格化するのはマッカーサーが「アイシャルリターン」の言葉通り、十九年十月二十日リンガエン湾に上陸してからです。この上陸作戦の三日前、アメリカ軍は台湾にある日本の航空基地を空爆、これにより台湾沖航空戦が起きましたが、日本側は約七百の航空機とパイロット多数を失っています。

私たちは、社宅前の公園に、大きな防空壕を会社が作ってくれました。それとは別に我が家では、専用の壕を公園奥の松林に作っていました。丘陵地を利用し、穴は爆風を直接受けないよう、カギ形構造になっていて二〜三畳はあったと思います。

会社が空襲されたのは三年生になった二十年の四月ごろと思います。そのときのことは忘れられません。私は母と一緒に我が家の防空壕に入り、二・五トン爆弾が投下され、爆発するたびに起こるこの世のものと思えぬ巨大な悪魔の轟音と地響きに震え上がり、母にしがみついていました。母も恐ろしさに震えながら、私に親指で耳をしっかり塞がせ、ほかの指で目を覆わせ、抱きしめていてくれていました。焼夷弾で燃え狂う炎の中を逃げ惑う体験ではありませんが、穴の中に閉じこもり、あの轟音・地響き・爆風の三重苦は九歳の女の子の忍耐限界値を破壊したものでした。まさに地獄の体験で、死の恐怖だったのです。

同級生の住む社宅は家のそばに防空壕を作ってあり、直撃を受け、母親、姉、妹さんが亡くなっていました。仲良しだったので、今でも思い出すと涙が出ます。

製糖工場は大工場のため軍事施設として狙われたのでしょうが、後年調べてみますとそのとおりでした。私は砂糖ばかり作っているものと思い込んでいたのですが、アルコールなどの燃料も作っていたことを知りました。そういえば、砂糖はよく燃えるのです。爆撃を受けた工場から火が消えたと思ったら、また燃え出してなかなか沈火せず、何日も燃えていたことを覚えています。父も「いつになったら消えるのだろう」とこぼしていました。

それからもアメリカ軍の戦闘機が何度も来るようになりました。偵察だけでなく人を見れば機銃掃射してくるので危険なため、山奥の会社の寮へ引っ越しました。さすがに敵機は来ず、私たちはオニヤンマ、ヒキガエルを相手に遊んでいました。

八月十五日正午、ラジオの前にみんな集まり玉音放送を聞きました。雑音でよく聞こえませんでしたが、「耐えがたきを耐え、忍びがたきを忍び」だけは覚えています。「あれが天皇陛下のお声か」と思ったものです。大人は「日本は戦争に負けた」と泣いている人もありましたが、誰かが「もう逃げなくてもよいのだ」と言われたのが印象的で、みなの顔がホッとしたようでした。

それから間なしのことです。「社宅にソ連兵が入ってくるので、女、子どもは疎開するように」と言うので、私たちは、母の実家のある台中市へ疎開しました。そこの国民学校へ行きますと、もうソロバンを習っていたのでびっくりし、帰って祖父の大きな五つ玉ソロバンで教えてもらいました。でもそれ以後、通学した記憶がありません。

母と一緒に元の社宅へ帰り、引揚げの支度を懸命にしていました。持ち物は決められており、量がかさばらないよう布団も薄く作り直しました。余分なものは没収されます。

引揚げは、二十一年二月から実施されました。軍人軍属は十五万七千人、民間人は三十二万二千人で私たち民間人は第一次が二月二十一日からでした。何次かは不明ですが台北の港から貨物船に乗り込みました。三千人ぐらい乗っていたと思います。私たちは船底のほうでみんな船酔いがひどく、死んだような状態です。父と弟が鍋をもって食事をもらいに行ってくれましたが、おじやみたいなものだけでした。私は三日間、食事はできませんでした。

途中、子どもさん二人が亡くなり、重石をつけ海に埋葬、みんなで冥福を祈りました。私たちは田辺港で下船し、小屋の中でＤＤＴを頭からかけられ全身真っ白のまま駅に向かって歩きました。どんな姿だったでしょう。すし詰めの列車で父の家族の待つ尾道へたどり着いたのは桜のころでした。

皆さん、心温かに迎えてくださり、農家のため、ひもじい思いはせずにすみました。学期が始まったところで私は四年、弟は二年に編入、父母のおかげで無事成長できました。

もう二度と戦争をしてはなりません。

満鉄を退めたばかりの夫に召集、四人の子を連れて帰る

岡山市　小谷幸子（七十歳・次男直哉の嫁）

これは平成二十年二月七日、九十七歳で亡くなった姑小谷智恵子の「想い出日記」に書かれていた文章です。

《忘れることのできない昭和十九年三月五日、主人小谷義男（33）に赤紙がきた。子どもは長男拓三（6）、次男直哉（4）、長女靖子（3）、次女玲子（1）の四人だった。主人は「自分が召集されるということは日本があぶない。一日も早く内地へ帰るように」と言い残し北満へ征った。

私は釜山にいる兄を呼んで荷物をまとめた。三月九日四人の子どもを連れて隣組の人達に見送

られ、奉天を後にした。子どもを連れているので少しでも楽なようにと一等車にした。けれどかえって一等車は長旅の人が多く満席だった。不慣だったが床に新聞を敷いて座らせた。一昼夜半もかかったので一歳の玲子が泣き叫び、私も一緒に泣きたかった。

やっと釜山まで帰り、兄の家で数日過ごし、釜山から四人の子どもを連れて船上の人となった。その頃関釜連絡線は機雷で終始船が沈没していたようで、私も死ぬ覚悟だった。春は船が一番激しく揺れる時期で私は酔いと疲れで身動きできなくなった。長男が下の子どもたちをトイレに連れて行ってくれたりし、どの子も困らせなかった。

出征時の父（33歳）

下関に着いたのは夕方六時頃だったと思う。船から降りた時には、やれやれ助かったと子どもたちを抱きしめた。帰省者が多く駅は満員、長い長い列に並び三時間もじっと待っていた。子どもたちも疲れてへとへとなのに、黙って文句も言わないでいた。またしても涙がこぼれた。九時半頃だったか山陽線上りのベルが鳴った。やれやれ乗れると喜んだが、高い石の階段を昇って長いホームの端まで走らなければならない。人は我先にと走る。子ども連れは一番最後、たどり着いてみればもう満員。次の列車はいつになるか分からない。無理やり子どもたちを割り込ませ列車の連結器の所の鉄板に新聞を敷いて座らせた。今思えば危ない所へとぞっとする。でも仕方なく辛抱していた。すると近くにいた人が見るに見かねたのか駅員さんに寝台が一つでも空いていないかと尋ねてくれた。一つあったと知らせに来てくれた。子どもたち四人を一つのベッドにやっと寝かせることができ嬉しかった。私はそばに立ったまま辛抱した。子どもたちだけでも寝かせられたので本当に嬉しく頼んでくれた人に感謝の思いでいっぱいだった。

岡山駅に着いたのは翌朝七時頃だった。ホームには屋根もなく山土が積まれていた。

伯備線に乗り替え、高梁駅よりバスに揺られて懐かしい山並みが見えてきた。バス停近くまで来ると父の姿が見えた。いつ着くか分からないバスを何度も迎えにきたのであろう父の姿を思うと胸が張り裂けそうだ。

結婚時の母（26歳）

バスが止まると父が中に入って来て「小谷智恵子は乗っとらんかぁー」と大きな声で言った。すぐ返事をしようと思っても万感胸にせまって声も出ず嬉し泣きに泣いた。

疲れ果てて見る影もない私たちの姿だったと思う。丁度お彼岸がくるので母が草団子を作っ

て待っていてくれた。毎年春が訪れるたびに想い出すのです。》
四十年以上も同居した姑がこんな思いをしたことを、私一人の胸の中にしまっておくのはあまりにも切ない。せめて孫たち、ひ孫たちに残しておきたいと思って投稿しました。

旧満州の地で〝石もて追われる〟墓参り

岡山市　日高　一（八十四歳）

「石もて追われる」という言葉をご存じだろうか。非常識なことをして〝この野郎！〟と周囲から石を投げられ、すごすごと去って行く様子を表現した言葉です。近年ではほとんど使われませんが、私が少年時代には、よく聞いた言葉です。

終戦当時、私の家族は八人でした。父日高浩（37）は興農金庫間島支店長でしたが、満州で関東軍に現地召集され、内地の茨城県に駐屯していました。祖父録三郎（78）、祖母千恵（70）、母光子（37）、長女孝子（5）、三男治邦（2）の五人は敗戦後の混乱の犠牲となりました。旧満州で大陸の土となったのです。私（14）は中学二年生で、国民学校四年生の次弟正二（10）と二人で日本へ引揚げました。戦後、墓参（墓があるわけではない）に行くたび「石もて追われる」思いを噛みしめています。

昭和六十年四月、母や弟妹たち家族五人が眠る中国吉林省延辺朝鮮族自治州の州都延吉市《いえんちい》（旧間島省間島市）を戦後初めて訪ねました。在満間島中学校（寺田佐平校長）の友人と二人連れで、北京から夜行列車に乗り、長春（吉林省の省都）で乗り換え、引揚げから四十年ぶりに延吉駅に降り立ちました。同行の友人も戦後の混乱で両親を失っていました。

延吉には五日ほど滞在しましたが、街はすっかり変わり、祖父母と妹を葬った墓地は公園に、母を埋めた川原は河川改修で整備され、末弟が埋められた旧関東軍飛行場べりの戦車壕は工場や住宅が建ち並ぶ一角に変わっていました。それぞれ埋葬したと思われる所でしゃがみ込み、線香に火をつけて手を合わせましたが、背中に刺すような視線を感じました。

延吉市滞在中、地元新聞社の延辺日報社に立ち寄り、大変親切にしてもらいました。終戦まで住んでいた住宅を捜してくれるなど協力的でした。私もつい気が緩み、好感を持っていた総編集の肩書を持つ人に、墓地や河川敷などにあった多数の日本人遺骨はどこに移したのか尋ねてみました。途端に優しい顔が硬直し「侵略者に、そんなことを言う権利があるのか」と激しく叱正されて二の句が継げませんでした。

その後も延吉へ二回、旧満州のハルピン、長春、瀋陽、大連などには旅行ツアーで二度ほど訪れましたが、いずれも慰霊行事は最小限度、早朝の公園などで人気の無いのを見計らって線香に火をつけ、手を合わせるのが精一杯でした。

2004年7月、中国吉林省延吉市（旧間島市）を流れるフルハト河左岸延吉橋下流で現地の土になった家族の霊を弔っているところ。かつて、このあたりの河原には日本人の土盛り墓が密集していた

案内してくれる現地旅行社のガイドさんに、慰霊の希望を伝えると「私は一緒にいられません。少し離れた所にいますが、何か不穏な空気を感じたら連絡しますから、すぐにやめて下さい」と毎回同じことを言われました。それだけ日本による侵略と植民地支配が、現地の人たちの心を傷つけているのでしょう。一つ一つ旧満州時代に見聞した事例を紹介するスペースはありませんが、隣国の軍隊が権益をタテに紛争を起こし、占領地に傀儡国家を造って支配し、収奪を繰り返したのです。そこに住んでいた人々の怒りや悔しさが私にはよく分かります。

旧満州は面積約八十万平方キロメートルで日本の二倍余り、満州国設立時の人口は約三千万人。終戦時の在留日本人は約百五十万人、内二十五万人がソ連侵攻と戦後の混乱で死亡しました。当時満州にいた日本人は、大半が国策に従って海を渡った人たちですが、その子どもたちも侵略者、植民地支配者の一員なのです。現地での遺骨収集や供養はおろか、簡単な慰霊さえ「石もて追われる」立場なのです。

安倍晋三さん。「侵略や植民地支配は無かった」などとは言わないでしょうね。在満邦人は全員敗戦で私有財産を失い、場合によっては家族の命まで取られました。一家全滅も珍しくないのです。言いかえれば国に代わって侵略、植民地支配の賠償をさせられたようなものです。「覆水盆に返らず」ですが、二度とこのような事が起こらないよう、世界に冠たる平和国家であり続けることを切望してやみません。それが七十年前、彼の地で犠牲になった人々の願いなのです。

ムダではなかった「ふるさと広東」での体験

神戸市　山崎　たみ子（七十七歳）

昭和十四年四月、満一歳の私は母貞子と姉香代子と神戸港から鎌倉丸に乗り、父森本政一の待つ広東へ渡った。広東市肇和路《ちょうわろ》39号。二十年九月初旬に脱出するまでの住所である。西江の下流珠江に囲まれた英仏租界沙面《しゃーめん》は、東西に英仏橋が架かりターバンを巻いたインド兵とベレー帽のフランス歩哨兵が立っていた。父はマッチの貿易を手広くやっていた。

沙河は完全な日本人社会で大手商社、銀行、製薬会社などの社宅があり、自宅は上下鉄筋二戸住宅で、水洗便所、シャワー付風呂場が備わっていた。庭にはパパイアの大木が。

十六年十二月八日、沙河の最高所、水道タンクのてっぺんに日章旗が翻った、と両親から聞いた。十九年後半に入ると平穏であった市内にもB29が飛来し、空襲警報が鳴り響き、空中戦が繰り広げられ火を噴きながら墜落する機体を目にするようになっていた。

十九年〜二十年にかけ二度の乳嘴突起炎の大手術を受けた私は、日本人国民学校の入学式に出席できず夏休み前の数週間を、沙河教会内の分校（二十名余）で学ぶ。朝礼時は東方遥拝、木製手榴弾の投げ方を号令に従い教わった。

一年生のヨミカタ㈠、アカイ　アカイ　アサヒ　アサヒ、ハト　コイ　コイ、コマイヌサンア　コマイヌサン　ウン、ヒノマルノハタ　バンザイ　バンザイ、ヘイタイサン　ススメ　ススメなど。ア　ウンが仁王、狛犬の開いた口と閉じた口、阿吽を指すと知ったのは、随分あとのことだ。六歳児に先生は、どう説明されたのだろうか。

敗戦間近の市内の主要道路に立ち、手に手に小旗を打ち振り「兵隊さんありがとう。万歳万歳」と叫んだ。軍馬に跨り立派な軍服を纏った将校の後ろには、地面につきそうな重い荷物を振り分けにした馬。その両脇には疲労色の濃い歩兵隊が、さらに後ろに砲身を載せた砲車を馬が引っ張り、兵士が後押しする隊列が続く。

赤銅色に日焼けした顔から白い歯が覗き、笑みがこぼれた時の兵隊さんが忘れられない。

十九年に入って父は庭内に一トン級の爆弾に耐え得る防空壕を作った。普段はかくれんぼの遊び場だったが、警報発令の時点で既に近所の人で満員。やむなく引き返すのが常だった。

郊外の72烈士の墓苑を訪ねた帰途、機銃掃射を受け、車外に飛び出て側溝に身を伏せたのが、唯一の戦争体験となった。恐怖感で体が震えたのは一度だけだったが、しっかりと記憶している。

右から長女香代子、４女由利子、３女ひろみ、次女の私
（昭和18年４月３日、自宅応接間にて）

二十年八月十五日、子ども心にも異常を感じた。短波ラジオから流れた音声、玉音放送は雑音でほとんど聞き取れなかったが、集まった大人の涙を見て敗戦、つまり終戦を知るところとなった。翌日には拳銃を手にした重慶軍将校が侵入し、金目の物、全てを運び出し、軟禁状態にした。

地球節に産まれた五番目の初男児は、八月二十三日に先天性難病で死去。敗戦直後の混乱の中で、遺骨と死亡届は播州龍野に届いていた。

九月初旬、不意に来たトラック。住み慣れた広東に別れを告げる暇もなく、八歳、七歳、四歳、二歳の女児と両親が乗る。無事に家族全員が帰国できるようにとの思いしかない両親にとって、持てるだけの荷物と言われても、無に等しかった。耳の後ろに穴を開けたまま脱出した私の必需品、オキシフル、ガーゼ、ピンセットをリュックに詰め込み、背負って発つ。

数時間後に龍譚に到着。短期逗留し長州島へ。軍属と民間を合わせ六千人という大テント村が出現。アンペラやドンゴロスで仕切られた野外便所の落し紙は、通貨儲備券《ちょびけん》に代わった軍票であった。「勿体ない」と呟いた。

天と地に激変した生活環境の中で、悪性の乳嘴突起炎の傷口は、いつの間にか完治する。

二十一年三月、ようやく貨物船「リバティー号」に乗船。船底に放り込まれ玄海灘の大時化で人間が転げ回る。朝夕二回の玄米粥は激しい下痢と栄養失調を引き起こし、連日、毛布にくるまれた遺体が悲しい汽笛を合図に水葬された。傍らには、魚雷や機雷が浮いていた。

二十一年五月二十一日、奇跡的に家族六人は龍野へ。その後、二十三年から六十年余を温暖の地、明石に住んだ。戦後七十年、四月三日に喜寿を迎える。戦中戦後の数年間は、決して無駄ではなかった。

戦争に敗れ、多難な父母の人生に学ぶ

千葉県松戸市　坂井黄美子（七十一歳）

母五十嵐富貴子は去年の十一月に九十五歳で、父五十嵐利貞の待っているあの世へ旅立ちました。

戦争に翻弄された父と母の人生を、今年は戦後七十年ということで、娘の私が書いておこうと筆を取りました。

母は毎年八月十五日になると「戦争はいけない。絶対やってはいけない」と私や孫に言っていました。

父は中国にあった東亜同文書院を出て、国策であった満州国建設のため奮闘していた若き官吏（金川県公署副県長、通化省公署警務課長など）でした。母の兄が中学時代の友人ということで、結婚式に初めて顔を合わせ、式の後はすぐ二人で満州国に渡ったそうです。正直、母は見ず知らずの遠い満州国になんか行きなくないと泣いたそうです。母二十二歳、父三十一歳のときです。

満州国での生活は中国人のボーイや料理人がいて母の事を「奥さま、奥さま」と呼んでくれ「私たち中国人、戦争に負けた。仕方ないね」と言っていたそうです。昭和十八年七月に私が産

結婚式で初めて顔を合わせたという父五十嵐利貞（31）、母富貴子（22）の結婚式（昭和15年4月25日）

まれ、二十年六月に弟が産まれ、父も母もまさか戦争に負けるとは思わなかったそうです。

昭和二十年八月十五日終戦。ソ連兵が中国本土に押し寄せ、あっという間に満州国は消え、母は何がなんだか解らぬままに、二か月の弟を背負い、二歳の私の手を引き、おむつとわずかな身の回りの物を持ち、官舎の前で「残務整理が終わったらすぐ帰る。必ず追いつくから二人の子どもを頼む」と、父の言葉を信じ、泣く泣く車に乗り、私は「お父はまだ? お父はいつ来るの?」と何回も聞いたそうです。母は一年近く逃げまどい、這々のていで引揚げてきました。

その間二回、死ぬかと思ったそうです。一回目はすごい下痢になり、体が動かず二人の子を残して死ぬのかと本気で思ったこと。もう一回は歩くのに疲れて子ども二人と中国の土地で死んでもよいと思ったこと。二回とも一緒に引揚げてきた仲間に助けてもらい、なんとか日本の地を踏むことができたとのことです。

父の実家に戻ってきたものの、弟夫婦も子ども四人連れて中国から引揚げて来て、長兄夫婦も二人の子どもがいて、母は肩身の狭い思いで慣れない百姓をし、ひたすら父の帰りを待ちました。一年経っても二年経っても、父は戻ってきません。五年経った頃、とうとう亡くなったこととなり葬式をあげ、親類で相談の結果、弟は父の実家の養子となることになり、母は私を連れ母の実家に戻りました。生きるために働かねばなりません。母の兄二人が医者をしていたので、母は病院で雑用を朝から晩までし、私は祖母が世話をしてくれ、さほど寂しい思いもせず、父のこともだんだん忘れて育ちました。

ある日、弟の学校の担任から電話があり、「何しろお風呂も入れてもらえず垢だらけだし、病気をしてもお医者さんに行ってないようだし、暴れ回って困る」と言うのです。母はびっくりして父の実家に行ってみると、一年ほど離れていただけなのに、すっかり人相も変わり、あの可愛い弟の姿はありませんでした。すぐ引き取り三人で一緒に暮らしましたが、弟は一生、母と私を疑り信用しません。戦争の大きな犠牲者となりました。母も弟をわずかでも手放したことを一生悔いていました。母は狂ったように働き、再婚の話もありましたが、私と弟のために断りました。

なんとか弟も私も結婚をし、やっと母にも静かな時が来ました。七十五歳でした。母は常に「お父さんは中国語ができるし、友人もたくさんいた。絶対帰ってくる」と信じて生きてきたようです。

父と母の人生は何だったのでしょう。戦争は絶対してはいけません。お母さん、あの世でお父さんに会えましたか？　私はしっかり私の道を生きていきます。

戦死した父と夢の中で会う

千葉市　田村治子（七十一歳）

ここに一枚のセピア色した写真が残されています。裏にはきれいな文字が記されています。昭和二十年五月　大林敏治三十三歳　芳江二十八歳　治子二歳　元太郎三か月。父が満州の奉天から出征する前に撮ったものです。父の目はきりっと覚悟して真正面を見つめています。父の腕の中には何も知らない二歳の私が、母の腕の中には産着の弟が抱かれています。私も弟も奉天で生まれました。父は満鉄関係の会社（丸信運輸奉天所長）に勤務していました。私たち家族は三階建ての社宅に住み、豊かに暮らしていたそうです。ところが突然、二十年の五月に現地で父に召集令状が届き、歩兵二一四六連隊陸軍兵長として琿春に配属されました。八月に入り、ソ連が参戦、

父大林敏治出征の時（昭和20年５月、奉天にて）。父に抱かれているのが私

社宅にドドッと上がってきました。若い兵士は乳飲み子二人を抱えた母の、息をひそめて祈っている姿を見て、五月人形だけを取って何も危害を加えず降りて行きました。

まもなく終戦となり、父は帰ってきませんでした。翌年の五月にやっと日本への帰国が決まりました。母は、中耳炎で高熱にうなされている弟を抱き、私の手を引いて列車に乗りました。屋根の無い貨車の中で雨にぬれて、弟が死にそうになった時のことです。隣の車両から、蒋介石軍の将校が私たち母子を屋根のある車両に移してくれました。

葫蘆島から引揚船に乗ると、今度は私が赤痢にかかりました。その時は、親切な船員さんにミルクを分けていただき助かりました。この三つの天の助けの話は、何度も母から聞かされました。最後には必ず、「あなたは、危ないところ何度も不思議に助けられたのよ」と付け加えました。死んで列車から捨てられたり、海に投げられた子ども、親と離ればなれになって中国に残された子ども達の話もよく聞かされました。それらは、私が見てきた体験であるかの如く、私の胸の中に残っています。

私たち母子三人が帰って来た愛媛県松山の母の実家は長屋の狭い家でした。母の弟一家四人と祖母と私たち母子八人の生活は、貧しくつらい日々でした。叔父が結核のため、国立病院に入院して、男手のないわが家の生活費は、母一人の肩にかかっていました。

ある日、母は黒い男用の自転車をどこからかもらってきました。私と弟を小学校の校庭に連れて行き、何度も転びながら練習を繰り返しました。二人の小さい手が後ろを支えると、いつしかスイスイと母は校庭中を走り回りました。あの日の美しい夕焼け空は、今でも忘れられません。

その自転車の荷台にメリヤスの衣類をいっぱい積んで、母は行商に走り朝から晩まで働きづめでした。一年の内に休むのはお正月だけで、その日には映画を観に連れていってくれたのです。また学校の参観日に来られない母は、モダンなワンピースを一晩で縫い上げて、私の枕元に置いてくれました。朝、目がさめた時の跳び上がるように嬉しかった光景は、映画にでもしたい一コマです。

やがて母は、松山の商店街のど真中に店舗付きの家が見つかり洋品店を始めました。

昭和三十三年、私が中学三年の時に、父の戦死の公報が届きました。私にはその現実をどうしても受け止めることができませんでした。父に会える日を待ちに待って、希望をつないで十五歳まで一生懸命に生きて来たのでした。「父をたずねて三千里」を夢見て、いつか日本国中を捜しに行こうと心の中で描いてきたのです。行方不明のまま、留守家族として生きてきました。何の証拠も無く、遺骨もなくお葬式を出すことに、悲しみを通り越して憤りが込み上げ、お坊さんの読経の間中、何も入っていない骨壺を投げ出したい衝動を抑えるのに必死でした。戦争ゆえの悲劇と人生の矛盾をどこへぶつけたらいいのか、答えのない道に嘆き苦しみました。

十七歳の夏、私は不思議な体験をしました。虹の橋を渡る父が「治子、大丈夫だよ」という声が聞こえました。やっと天国にいる父に再会できました。

忘れられない「蘭花特別航空隊」

松江市　吉川郁子（八十二歳）

終戦前の何年か、私は奉天（瀋陽）の北陵に住んでいた。そこは奉天の郊外で、北陵というのは、満州族の皇帝ヌルハチの陵があったからである。奉天には時代ごとに皇帝の陵が東西南北にそれぞれあった。東陵も南陵も学校の遠足には格好の場所で何回も行った。北陵は大きな森に囲まれた陵だった。戦後訪れる機会が二度あったが、一大観光地として昔日の面影はないほど整備され、大勢の観光客が押し寄せているのを見てあまりの変貌ぶりに驚いた。記憶の中の北陵は、塀は戦禍に崩れ落ち荒れるがままの廃墟だった。陵を囲む森は大きな松の木に覆われていて、その木には「明治〇〇年〇月〇日、日本国〇〇部隊〇〇県〇〇郡〇〇村何の太郎べえ、ここで、大休止」と彫ってあった。三十年の歳月は木の肌を盛り上がらせ瘤のようになっていたが、「ああ、昔、ここで戦争があって兵隊さんが休んだのだなあ」と日露戦争を身近に感じたものだった。

市内には日露戦争の戦跡が至るところに在って、この森もそんなに珍しいことではなかったかも知れないが、遊び場として日常訪れていたので、忘れられない場所だ。

北陵の森の道路を隔てた東側には張作林だか、張学良だかが建てた大学が残っていて何に使われていたのか廃墟ではなかった。そこから何キロも先の果てしない草原はこれまた果てしない飛行場だった。その一つは満飛（マンピ）と言って航空会社だった。父冨永武夫が日本へ出張する時そこの飛行機で行ったから、日本のことは知らないが、満州には既に民間航空会社があったということか。

その隣に父の勤める会社、満洲航空会社があった。軍事機密だからよく分からなかったが、広い飛行場を持ち飛行機を作ったり修理したりする会社だった。社宅の側には養成工の学校と宿舎があって、若い少年工が勉強していた。ある時から少年工に加えて、新しい少年たちを五人、十人と見かけるようになった。そしてその人たちは、少年工より少し年上の人で、何を毎日しているのか、よく分からなかったが、小中学生の私たちにとってはとても親しいお兄さんたちだった。私たちには分からない大人びた会話、せがむと運動場にある高鉄棒で見事な大車輪を見せてくれた。前転でも後転でも鮮やかにやって見せるお兄さんたちは子供たちの憧れでもあった。

その人たちが少年兵であると知ったのは、会社の診療所に勤めていた父が、ある日「今日ほど辛い日はなかった。治療に来ていた少年兵が、『いろいろお世話になりましたが、明日発ちます、もう薬はいりません』と言った。『そんなことはない、最後まで生きる努力が大切だ』と言うのがやっとだった」と語った。ああ、あの人達は、そういう人達なんだと初めて知った。そういえば、飛行場には、黒く小さい飛行機が飛んで来てはどこかへ飛んで行っていた。死を前にした兵隊さんとは、夢にも思わず、兵隊さんの後をぞろぞろ繋がって歩いた日のことを昨日のように思い出す。

兵隊さんたちが、どこへ飛んで行って果てられたのか、あるいは、御無事で生涯を全うされたのか、それは知らない。部隊の名は「蘭花特別航空隊」、関東軍の誇る精鋭部隊だと、後から聞いた。

終戦間近の奉天郊外に咲いた悲しい徒花《あだばな》のことは歴史に残っているのだろうか。終戦の日、残念ながら、私は営口（えいこう）というところに疎開していて詳細は知らないが、飛行場では、たくさんの飛行機が自爆して夜空を焦がし、その中にはあの少年兵たちもいたと聞いた。
最後の満州国皇帝溥儀が新京から逃げて来て降り立ったのもこの飛行場である。

十九年、吉林省廟嶺京都開拓団に入植、混乱の渦に

京都府城陽市　相井道夫（八十三歳）

昭和十九年六月から二年間、吉林省樺甸県廟嶺で京都開拓団の一員として生活した。戦時中、中国大陸には豊富な資源と肥沃な土地があり、そこで農地耕作すれば毎日食料は腹一杯に食べられるし、男は徴兵免除が受けられ、家族は一緒に住めるからと、京都の行政から渡満の勧誘があった。京都市内で食糧難に苦しんでいた私達の家族と軍隊への徴兵を心配していた父相井道次郎（39）は、その甘言に釣られ、妻種子（32）と私、幼い四人の妹を連れ、開拓団に志願し入植した。しかし現地の実状は宣伝とは異なっていたが、当初は日本軍の支配する満州国で平穏な暮らしができた。

私達の開拓団は、満州でも北朝鮮との国境に近く、樺甸の町から三十数キロ離れた山間部の僻地にあり、中国・朝鮮の人々が住んでいた。その地域に私達は九つの現地人集落に数家族ずつ分かれて配置された。短期間だったが現地人と仲良く暮らそうと努力したものの、親しい交流は

難しかった。当時日本や関東軍への強い反発、満州国行政の未熟さもあって、現地人は日本人に口を閉ざし憎しみを持った状況だった。

翌二十年七月頃から若い男性に軍隊への召集令状が来た。日本での約束は反故にされ集落には老人、女性、子供らが取り残される結果となった。八月、日本敗戦の噂が巷に流れた。深夜、他国の軍用トラックが兵隊を乗せ街道を爆走する。私の家で中国の子供が『日本人帰れ』と騒ぐ。現地住民が土足で家に入り家財を物色する異常な事態が起こった。この状況に不安を抱き集落の家族が相談して開拓団本部に移動した。前後して、九十キロ奥地の高知県

吉林省樺甸県廟嶺の京都開拓団本部での集会（旧本部役員の中本氏提供）

開拓団の人々が廟嶺へ避難して来た。このとき初めて日本の敗戦を知る。しかし中央官庁から何ら指令もなく、京都の団長が吉林に出て不在のため団には何の処置、対策もなかった。

九月七日、状勢が急変する。周囲の山頂に現地人が集まるのが見え、午後には大集団となった。「今夜、日本人を襲撃」の現地人情報が団本部に入る。日が沈んでから、避難場所の学校を出て背の高い高梁畑を奥深く進む。「止まれ。隠れろ」の号令で、畑の中に家族ごと纏まり畝に蹲《うずくま》る。辺りは真っ暗だ。数百人いたのに物音は全く聞こえない。闇夜の静寂。突然本部と目前の集落から暴民の大喚声が起こった。同時に本部から火の手が上がる。彼らの怒号、物を破壊する音、落下音、ガラスの破壊の鋭い音が夜空に響く。恐怖のどん底に落ちる。前に抱えた妹と共に地面にひれ伏す。息を凝らし身を縮める。炎は一段と拡大し、本部から遠く離れたこの畑も明るくした。「彼らに見付からないように。ここまで襲って来ないように」と必死に祈る。火事は一晩中続く。私は襲撃の終わるまで祈り続けた。東の空が白み始めた頃、暴民は去る。

学校に戻った。家財、衣類は全て掠奪されていた。翌八日は「子供は一歩も外へ出るな」と指示され教室で寝る。夜、人の泣き声で目を覚ます。「大人も赤ん坊も着ている服を全て脱がされ丸裸にされた。裸では歩けないので、夜に川伝いに逃げて来た」と楊樹村の人々が泣いていた。

八、九日の夜と昼、太平屯では暴民に銃で襲われた人々が、日本人の遺体の横たわる道を、血まみれになって男女と子供が必死に逃げてきた。

「この状態では開拓団員は皆殺しになるかもしれない」と意見が一致。十日未明、秘かに千三百人が集団で廟嶺を脱出する。脱出後三日目、道中でまた襲撃を受ける。槍、鎌、鍬を持った集団が手荷物を奪い、着ている衣服を脱がせ、金を捜して奪い取る。抵抗した人は殺された。全ての避難民が下着一枚の姿になっていた。道すがら、恐怖に脅え「怖い怖い、皆からはぐれない、日本に帰りたい」の一心で飲まず食わず歩き通す。夜は道端の窪みに入り、身を寄せ合って仮眠する。この避難行が六日間続いた。十五日夕、吉林市へ着く。その夜、ソ連占領軍の卑劣な暴行に多数の女性が被害を受けた。

翌朝、ようやく仮収容所に保護された。

十月無蓋貨車で移動し、撫順市の難民収容所に入る。その後九か月間、冬の寒さ、病気、栄養不良などの悲惨な生活が続く。

翌二十一年、幾多の人の尽力により、九州博多へやっと引揚げることができた。

「緑豆」のおかげで生命をつなぐ

鳥取市　谷口正子（八十五歳）

平成二十七年八月十五日は、日本人がそれぞれの地で終戦を迎えて七十年となります。外地でも、中国、南朝鮮、台湾など早い時期に日本へ帰国できた幸運な人たちのあるなかで、旧満州（関東州を含む）では八月九日、条約を破って囚人兵を先頭に攻め込んできたソ連兵の大軍に、軍をはじめ開拓民、一般住民は住む所を追われて行く先もなく、多くの犠牲者を出しました。

働き盛りの男性はシベリアへ送られ、女性は髪を切り、残留孤児の悲劇を生んで、たくさんの人が冬空の下、寒さと栄養失調のために命を落とす惨状となりました。

当時私は大連に居住し、大連弥生高女の生徒でした。四年生になった四月から学徒動員で軍のある機関に勤務していましたが、終戦とともに動員を解除され、学校の指示で自宅待機となりました。

開拓団の人たちの惨状が伝わってくるなかで、八月下旬、ソ連兵の先頭部隊が大連市に入った時は、見上げるような大きな体でマンドリン銃を抱え、夜になると数人で車に乗り込み、民家に押し入って略奪、暴行の限りを尽くし、私たちは男子中学生の姿に変装し隠れていました。

ダワイ、ダワイと手あたり次第持ち去るソ連兵に、地元の中国人たちからも『大鼻子《タアピーズ》（大きな鼻の人、ロシア人の事）不行《プシン》（だめ）』と嫌われるほど悪事の限りを尽くした行状も、秋の深まりとともに治安が治まりはじめました。噂では米国の視察があり、治安の改善を指摘されたという話で、司令官が代わりました。

十月末に再開された女学校は、動員開始から七か月ぶりに友人に会えると楽しみにしていましたが、髪を短くした人、消息不明の人といろいろ心配のあるなかで無事を喜びあい、お互いに元気が湧いてきて、七十年経った現在でも変わらない友情が続いています。

翌年三月、出席日数が不足していましたが卒業証書を頂き、女学校最後の卒業生となりました。夢も希望も、明日の生命の保証もないという状況の中、教育関係者のご尽力に、心から感謝しております。大事な卒業証書でしたが、引揚げる際の荷物検査で手元に返ってきませんでした。

苦しい生活が続くなか、日本人は八畳に数人、六畳に三～四人と、一軒の家に数組の家族が入居させられるようになりました。この頃はめぼしい物は略奪されたり、売り払って食糧となっていましたので、移動はスムーズに行われ、ご近所に知らない方が増えていきました。

終戦から月日が経つと、売る物もなくなり、深刻な食糧不足に加えて、帰国の船がいつ来るのかも不明で、皆の胸は不安でいっぱいです。食料不足も一層深刻となり、代金を払っても品物が無い、という事態も出てきました。

その時やっと手に入ったのが「緑豆」でした。「家族の命の綱」です。うす緑色の小粒の豆は、サラサラと手に優しく、少し丸みのある角をもった美しい豆で、初めて見ました。食塩を少し入れて煮ると、小豆にそっくりのよい匂いが立ちこめて、びっくりしました。この時まで私は「緑豆」という豆の存在を知らず、ましてこの豆が「もやし」の生みの親であり、「ビーフン」など中華料理の食材に、なくてはならない豆であることを、初めて認識した次第でした。帰国がいつになるか分からないので、一日二食、少しずつ噛みしめて食べていました。

ある日私が外から帰ると、母が「今、保安隊（中国の警察）が来て、『この家は、毎日ぜんざいを食べている』と密告があったので調査に来た」とのこと。少量の塩で煮た緑豆の鍋を差し出すと、一口食べて「明白《ミンパイ》（分かった）」と帰ったという話に、顔を見合わせて苦笑いをしました。

当時中国では密告制度があったのでしょうが、同じ日本人として、裏切られたような寂しい気持ちになったことが忘れられません。

日本の佐世保に引揚げ、鳥取へ着いたのは二十二年三月十五日でした。あと半年も遅れたら、母も私も満州の土となっていたでしょう。その頃は、「もやし」も「ビーフン」も見なかったのですが、今スーパーで大安売りのもやしの袋の山に、「あなたのお母さんに、昔お世話になったのよ」と、心の中でそっと思いながら歩いています。

また鳥取は、全国でも珍しい「小豆雑煮」でお正月を祝う風習があります。毎年小豆の煮える香りに「今年も世界の国々が平和で、仲良く暮らせますように……」と、当時を思い出しつつ戦後七十年に続く平和を願っています。

第3部
亡き人たちの証し

厚生省主催の慰霊祭の行われたフィリピン・コレヒドール島（平成8年12月）
【本文214ページ、久保寺西子様】

父戦死のコレヒドール島を訪ね胸つまる

神奈川県藤沢市　久保寺　酉　子（七十歳）

平成八年十二月、厚生省主催のフィリピン―マニラ周辺戦跡慰霊団に参加し、父青木長《すすむ》が二十七歳で戦死したコレヒドール島を訪ねた。百名近い遺族の思いを乗せて飛行機は冬空の日本を発ち、四千キロを四時間で――。そこはフィリピン。道路の両端にヤシの実がたわわに実り、左手にマニラ湾が見えてきた。

バスの窓からコレヒドール島は見えないけれど、湾の中に浮かぶたくさんの貨物船が遠い昔の戦艦の姿に思えてならなかった。マニラ湾の夕陽は美しく父も眺めたであろうこの夕陽を思う時、父と同じ瞬間に生きている気持ちになり感慨深かった。

出征時の父青木長《すすむ》（27歳、震洋特別攻撃隊第九震洋隊中嶋部隊所属、海軍上等機関兵曹）昭和19年横須賀市久里浜にて

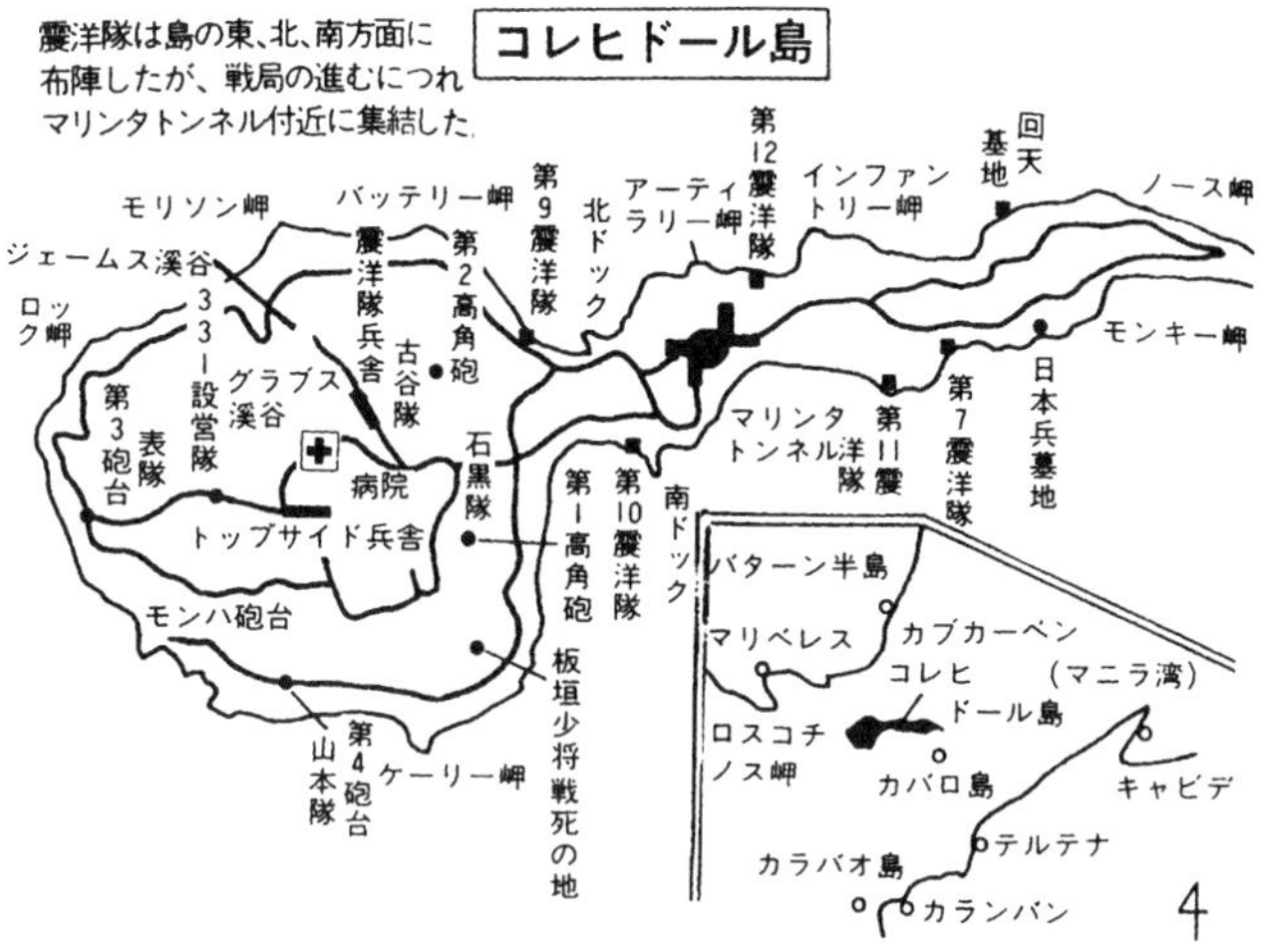

ホテルに入り最上階よりもう一度マニラ湾を眺めた。バターン半島の先、マニラ湾の中にコレヒドール島が望めた。荘厳な夕陽の中に、永い間のことが走馬灯のように浮かんできて涙が止めどなく流れた。

翌日マニラ市内での慰霊祭を済ませ、船でコレヒドール島に渡った。父は永く海軍に籍をおき、ほとんどが南方での勤務だったが昭和二十年一月、退艦許可が下り、田浦水電学校へ五月から特攻兵器震洋の教育と訓練に入り、九月部隊編成となり第九震洋隊中嶋部隊に所属し、十月一日フィリピン方面へと出撃した。上海を経由し困難の中、十月二十五日マニラに到着するも空襲が始まり上陸できず、その夜のうちにコレヒドール配備につく（同じ頃、戦艦武蔵の生存者がコレヒドール島に収容され、守備として残られた記録もあり）。

二十年一月から二月にかけて米軍の総攻撃が始まりマリンタトンネル内にいた海軍は玉砕し、この島の戦争は終わった。破壊されたままのトンネルは、光と音のショーで当時を再現していた。弾痕の跡も生々しく、とうてい生きては帰れるすべのないことを感じ悲しかった。状況を報告する手段もなく全滅した部隊は、その記録さえ残っていない。慰霊祭は日本兵墓地がみつかった場所で行われた。多くの慰霊碑の立ち並ぶ中に「武蔵乗員集結の地」の碑も立っていた。静かで厳かな慰霊祭が行われた。後から「ふるさと」を歌ってくれる人があり、また涙があふれた。

戦後五十年の節目の年に、ゆかりの方が父の出撃直前の集合写真を送って下さった。数々の偶然とも思えないことも多くあった。悲惨な戦場となったこの小さな島も、傷跡をかくし労わるごとく緑豊かで美しかった。物言わぬ島の片隅で草笛を吹く人がいた。ふるさとの懐かしいメロディであった。短い時間ではあったが、ようやく念願が叶い心が少し軽くなった感じもして島を後にすることができた。

それから二年ほどして、震洋会の皆様と再び島を訪ねることができた。コレヒドール島最高指揮官板垣大佐の娘さんの参加もあった。厚生省が調査に入る以前に島に入られ、荒涼とした中で遺骨収集された時の様子などいろいろ話して下さり思い出深い旅となった。横須賀市田浦駅近くに海軍水電学校跡地という碑が残されている。平成二年震洋会から二百八十ページに及ぶ震洋特別攻撃隊の写真集がたくさんの資料と証言と共に発行された。「震洋」とはベニヤボートに二百五十キロ爆弾を装着し体当たりするという特攻秘密兵器のこと。部隊数―百十三、沖縄、小笠原、フィリピンへと配備されたが、戦況の悪化から出撃の機会もほとんどなく、成果を上げられたのはほんの一部でしかなかったと記録にはあった。

わが子（私）の誕生を目にすることもなく、母孝子（24）の身を気遣いながら出撃して行った父の思い、限りある日々を共に過ごした父と母の大切な九か月、若い日の父との楽しい思い出を共に手記として母は残していた。

父なきあとの母の苦労と寂しさを思うと、平和であることの大切さ、当たり前であることがどれほど尊いことかを身にしみる。

その母も三十三歳の若さでこの世を去った。

両親の思いを胸に、かけがえのない日々を大切に暮らしていきたいと思います。

父、二度目の応召でビルマへの途中で戦死

佐賀県唐津市　嶺川和子（八十一歳）

昭和十九年、当時佐世保市湊町に住んでいた私は光園国民学校四年生、父北島正夫は陸軍衛生

中尉を退役し市役所勤務、母は祖父母が明治時代に創業した旅館「萬歳屋」を祖母と営んでいました。私たちの住居でもあります。

昭和十六年四月、国民学校となり入学、十二月八日太平洋戦争勃発。

年毎に世の中が変わって来ました。衣類の切符制度、食糧の配給、学用品は店頭に少なくなり、菓子類は店頭から消え、パンでさえ工場の出入り口に並んで買うありさまでした。街の店のウィンドウには品物の代わりに「欲しがりません勝つまでは」のポスターが張られていました。街の歩道には、防空壕が掘られ、入ったこともありました。

四年生の一学期が終わる頃、学童疎開の話があったようで、父母は私と弟のことを心配し、まず私を武雄市東川登町楠峰の伯父北川政富の家への縁故疎開を考えたようです。

夏休みになったある日、母は私を連れて楠峰へ行き、しばらく伯父叔母と話をしていましたが、母は私をおき、その日のうちに佐世保へ帰って行きました。

伯父伯母の家には、当時、国民学校に勤めている従姉と、同じ年のいとこ、年下の従弟がいました。楠峰の地は、武雄駅からも三間坂駅からも歩いて二時間ぐらいはかかる山の中腹にある集落です。私にとっては初めての田舎ぐらし、従姉は妹のように接してくれ、同じ年のいとことはいつも一緒、自然の中での暮らし、山遊びや草花のことなど教えてもらい楽しい日々でした。伯父は私の健康に気を配り、毎朝の乾布摩擦をさせたり、食べ物への気配りなどしてくれました。

前列左から母トメヨ、弟、祖母トク、私。後列父北島正夫と叔父北島六郎

二学期、東川登国民学校へ転入。通学は、山道を下り小川を越え堤の横の道を通り、田の間の道を通って行きました。

幾日過ぎた頃でしょうか、無性に佐世保のわが家に帰りたくなりました。このことを伯父に伝えると「危ないから疎開して来ているのに！」としばらく考えていましたが、同じ年のいとこと一緒に行くことで許してくれました。

その日、伯父は私たち二人を三間坂駅まで見送ってくれました。

佐世保のわが家に着くと母は私たちを見るなりびっくりしていました。父に召集令状が来ていましたが、私に知らせる間がないのでそのままに——ということになったばかりのところに、私が現れたということだったのです。

父は四十四歳で一度目の召集はマニラ陸軍病

院勤務で二年足らずで帰って来ました。今度は二度目の召集でビルマでした。

その日のうちに伯父の家へ帰るため父が佐世保駅まで送って来ました。佐世保駅は人でいっぱいで、思うように切符も買えません。父は駅長室まで行って切符を手に入れて来たようでした。人のごったがえす駅、やっと改札口からホームへ、ホームも人・人・人。押されながら列車の乗り口へ、その間、改札口でじっと見守る父の視線を背に感じながら進みました。そして列車に乗る直前、視線を父の方へ。父の姿が改札口から私の方へ向いていました。私はその父の姿を今でも忘れることはできません。

それから幾月たったのでしょうか、母から伯父へ手紙が届きました。私はその封書を伯父に手渡し、開封するようしつこくせがみました。伯父はしばらく困っていましたが、その場で開封し、声を出して読み始めました。それは、父の戦死の知らせでした。「昭和十九年十一月十三日、マニラ港外で船とともに撃沈され死亡」とありました。私はその場でじっと立ちすくんでいました。

その後、弟と祖母が楠峰に疎開して来ました。二十年六月二十九日未明、佐世保市街の空襲で旅館も焼失し母も楠峰に来ました。それから三十一年七月まで伯父の家の離れで生活しました。

母は昭和二十二年頃から衣類などの行商をして、弟と私を一人前に育ててくれました。母は帰りが遅いので小学六年生頃からずっと夕食の準備は私がやって母を助けました。

ノモンハンでの正一叔父ほか我が家の戦死者

大阪府東大阪市　後　藤　和　夫（八十二歳）

私の母すずえ（故人）の末弟山中正一おじさんはノモンハン事件で戦死した。昭和十四年五月～九月、日本とソ連が国境紛争で戦い、日本の惨敗に終わった〝戦争〟である。当時私は東桃谷小学校の一年生であった。

母の実家は愛知県中島郡字中島にあり、私もよく行った。母の弟である後継ぎの義《よし》さんの家である。義さんは、弟の正一さんが下士官だったので、彼の軍刀を持ち出して抜いてみせたり、持たせてくれた。その時、正一さんが帰って来た。もう電燈がついていた。何に腹が立っていたのか、かぶっていた鳥打帽を畳に叩きつけた。後で母に訊くと「夫婦になる約束の女性と、町の映画館に居たところを、すぐ帰れと呼び返されたので怒ったのだろう」と言った。その内容が何であったのか聞かなかったが、今思うに召集令状ではなかったか。

ノモンハン戦が始まり、正一さんは召集され、七一連隊第二中隊へ入隊、福山で大隊を編成、戦地へ派兵され、八月二十三日に戦死された。陸軍曹長。正一さんの遺骨を福山に受け取りに、義さんとその兄の愛三郎おじの二人が、大阪市生野区北生野町四丁目の私方に一泊し、帰路も寄られた。

白木の箱が我が家へ着くと、慰霊の人達がかなり来られ、警官があごひもを掛けて整理されていたのを覚えている。義さんは「部隊長から手紙が来て、弾丸が額を貫通したと書かれていた」と父に語った。その夜、私も遺骨を見せてもらったが、細い黒い棒のように見えた。「これが正一さんの骨だぞ」と父は私に言った。

翌朝、一番の省線（現在環状線）で大阪駅に出、東海道線に乗った。当時は名古屋まで五時間かかった。おじ二人と母と私の四人だった。車中、義おじは首から白布で遺骨を包み、胸で抱きしめていた。途中駅で列車が停止した時など、二本も離れたプラットホームに立つ人たちから深々とおじぎを頂いた。それほどに当時は戦死者が少なく崇高に扱われた。

それから二年後の昭和十六年十二月八日、日本は大東亜戦に突入した。私は国民学校三年になっていた。戦争末期、優しかった義おじさんも四十歳前に召集されて、ニューギニアで戦死された。愛三郎おじは年を取っていたので兵役はまぬがれた。出征されている別の弟の子どもが空襲で死んだので、亡骸を背中にくくりつけ、自転車で遠路親元へとどけられたそうだ。

大東亜戦では、私の第四兄正雄も、輸送船で移動中魚雷攻撃を受けて戦死した。北朝鮮羅津東南方七〇哩の地点だった。まだ数え二十歳だった。楽しみと言えばタバコと読書だけ。それも昭和二十年八月七日、終戦のわずか一週間前の死だった。後年、私は次の歌のような詩を作ってみた。

「海征かば水く屍　山征かば草蒸す屍と軍嘶す　そんな昭和に兄は戦死す」

帰って来た遺骨は石ころだった。

今、世界各地で人が人を大量に殺している。日本でも自衛隊法が改正されようとしている。

みんな鬼籍に入ってしまったが、あのおじ、おば達の持っていた人間の優しさが懐かしい。

今、人達は何を求めているのだろうか。

父母たちの戦争体験から学ぶ「命のバトン」

熊本県大津町　福永洋一（六十三歳）

父母がいなかったら私はこの世にいない。こんな当たり前なことをしっかり考えさせられたのは、父母の戦争体験からである。

まず父福永孝だが、台湾新竹師範（矢野速吉校長）を出てすぐに召集令状が届く。一旦郷里の鹿児島（国分市湊）へ戻ることが許され、再び台湾へと渡る途中で敵の魚雷によって船が沈没。浮いている物に掴まりながらおよそ十三時間海に投げ出されたままだったという。父は、意識を失いかけた時、熊手のようなもので背中を引っかかれるような感触を覚えたそうだ。気がついたのは救助船の中だった。生前、「あと数分遅れていたら、海の藻屑と消えていった多くの人たちと同じ運命をたどっていただろう。そしたらお前たちも生まれとらん」と、よく言っていた。酒やタバコが過ぎる父に、家族が「長生きゃでけんばい」と注意すると、「一度は失くした命じゃっで、いっちょん惜しゅなか」が口癖だった。が、当時の平均寿命七十九歳までしっかり生きた。

一方、国分市敷根の野崎医院で看護師だった母は、敗戦の年、往診の途中で機銃掃射を浴びせられ、間一髪で助かった経験を持つ。四月頃の夕刻、患者さんの家から病院へ帰る途中、突然空襲警報のサイレンが鳴る。母がいた近くの崖下には当時敷根国民学校の校舎があり、それが兵舎に見えたのか何度か攻撃目標にされたらしい。その時もそれを標的に飛行機が急降下してきて、母はとっさに道路下の麦畑に飛び込んで伏せた。ババババババ！と母の頭上に機銃弾が落ちてきて、「これで死ぬのだ。私は十八歳でこんな麦畑の中で一人で死ぬのだ」と実感したという。気がつくと、母の体は土砂をかぶっており、白衣の裾には穴が空いていた。道路には大きな穴が空いて、牛が一頭その脇で死んでいた。そのまま歩いて行くと、一軒の家の防空壕の入口で、逃げ遅れたのか、五十歳くらいの女の人が倒れていた。よく見ると、右手が肘の所から吹き飛んでいたという。その連れ合いさんは頭が血だらけで隣りの民家に運ばれ、医院の先生があたふたと治療をされている最中だった。状況から機銃掃射とともに爆弾も落とされたと思われる。

もう七十年も前の戦争だが、毎日ニュースで流れてくる同様の映像を見ながら、母は当時のことをいろいろ口にする。

「シベリアに抑留されてた兄前畑正春はひと言もそん話をせんじゃった」。また「戦争に敗けたら進駐軍が来るちゅうて女・子どもは山に逃げたもんよ」等々。

戦後間もない頃だったせいか、小さい頃、お彼岸や盆暮れだけでなく、よく墓参りに連れて行かれた。その度に「こん人はよか人じゃった。まだ若かったのに二年くらいしてお骨になって帰ってこらした。骨壺の中には石ころ一つ。親んしもかわそかったねえ。戦争はもうこりごり……」と呟いていた。

日韓併合の後、警察官として朝鮮半島へ渡り、一九二六年に彼の地で殉職した父方の祖父福永才蔵のことを「あんたげえんじいちゃんも犬死によ（交番に勤務中、抗日運動の人に撃たれ三十八歳で殉職）」と言ってはばからない母だったので、戦争を憎む気持ちは子ども心にも強くあった。

父母の戦争体験を耳にする度に、父があのまま亡くなっていたら、母があの時死んでいたらと思うようになり、その途端、頭が真っ白になって何も考えられなくなってしまう。その不安や恐さが、戦争って何かを一つひとつ確かめたいという私の原点になっている。つまり、私には身近な人たちの戦争にまつわる生き死にを見つめることが、生きる意味や生き方、社会のあり方を考えるきっかけになっている。まさに父母の戦争体験こそ大事な「ルーツ」であり、そこから学んだ反戦平和こそ、子や孫に引き継ぎたい「命のバトン」である。

出征三か月後にサイパンで戦死した父、夢枕に

長野県南木曽町　深　谷　登（八十歳）

一、夢枕に立った父

「昭和十九年七月十八日　マリアナ諸島方面に於いて戦死」。父深谷勘市（30）の最期を知る手掛かりは唯一戦死の公報であった。その頃夢を見た。現れた父は白装束、無言のままであった。あまりの恐ろしさに飛び起きた私は、しばらく膝を抱えたまま震えていた。子ども心に「父はもう帰って来ない」と思った。このことは母にも誰にも絶対言うまいと心に誓った。

父の遺骨が還って来たのは、その年の木枯しの吹く寒い日であった。最寄りの駅から三十分ほどの山峡の道を叔父に付き添われ鼻水をすすりながら足早に家に向かった。学生服の胸に抱かれた遺骨は歩く度にコトコト、コトコトと音のするのが不思議でならなかった。

家では母やす江（33）と二人の弟厚之と親秀、親戚の人たちが待っていた。床の間の掛け軸が外され、古いテーブルに白布を掛けただけの祭壇が用意されていた。

遺骨を安置し皆で線香をあげ掌を合わせた。

やがて骨箱を開けて見ることになった。中は何も記されていない小さな白木の位牌だった。

「これが父ちゃんだよ」。母は位牌を抱きしめて泣き崩れた。

平成八年三月、厚生省主催によるマリアナ諸島慰霊の旅に参加する機会を得た。父の眠る島サイパン島の岩壁に横一直線にどこまでも続く艦砲射撃の跡、その凄まじさに度肝を抜かれた。米軍の物量作戦を前に、弾丸も無く、食糧も無くなすすべもなかったであろう日本軍の無念さを思い涙があふれた。

そして父の本当の命日は「あの夢枕に立った日」であると信じるようになった。サイパンの砂と石を父の墓に納め、少しは心安らぐ思いであった。

二、母と弟の絆に涙して

母と末の弟親秀の十三回忌の法要を計画した昨年、父の生誕百年の供養もと考えていた矢先、地元の新聞社の戦争中の写真募集を知った。題して「あの時の一枚」。父が出征する朝の家族の写真に拙い一文を添えて送った。

終戦記念日の直前、八枚の写真が特集として組まれ、私が送った「父出征の朝」の写真も紙面を飾っていた。

「あの時の一枚　戦争―命軽き時代」非戦を願う特集です。

《一九四四年（昭和十九年）四月、父が出征する日の朝に撮った写真です。三十代に入ったばかりの父と母、九歳の私、三歳と一歳に満たない弟たち。この三か月後、父はサイパンで戦死しま

昭和19年7月18日サイパン島にて戦死した父深谷勘市
出征の朝、自宅前で（3か月前）

した。（中略）この秋の法事の時に孫たちにこの写真を見せて、戦争の話をしてみようと思っています。　深谷　登》

想えば父出征の朝、母に抱かれてかすかに微笑んでいた弟。不憫で可愛くて仕方なかったであろう末っ子。生後九か月で父と別れ、貧しさ故に大学進学の夢を果たせなかった弟。結婚十五年、故あって別れて十五年、独り身の苦しさの中で夜間大学を卒業し、経営コンサルタントとして独立、多くの企業を支えてきたのだが、やがて急性の病に倒れ余命五か月、宣告通りの生涯であった。

弟の命日が五月十六日。その当時、母も一年ほど前から入退院を繰り返していた。八月は弟の初盆、十三日の夕方は迎え火を焚き十五日は松明を持参して墓参り。十六日の夕方家の前で送り火を焚いて送った直後、病院から母危篤の報が入った。その夜、母は九十二歳の長寿を全うしたのであった。

法要の読経中、私は末の弟のわずか六十年の苦難の生涯を偲び涙を流していた。

母は遠く病床から最後の送り火を焚いたように思えてならない。

ニューギニア墓参、叔父の眠る地にたたずむ

東京都東久留米市　石　井　れい子　（六十一歳）

私は二年前、姉久慈カツ（76）と二人で叔父が眠るニューギニアへ行ってきた。それは政府が募集した七日間の『慰霊巡拝の旅』だった。

私は、叔父の顔を写真でしか知らない。一緒に旅行へ行った姉は、小さい時に、その頃新婚だった叔父夫婦によく可愛がってもらったそうだ。私の叔父に対する記憶といえば、祖母柾谷ソヨが口癖のように言っていた言葉だ。

頂いた叔父の軍歴票には次のようにあった。

戦没者　柾谷徳太郎　陸軍軍人伍長（青森県八戸市鮫町）

死亡日　昭和十九年七月二十九日、ニューギニア島ホルランジャ附近

略　歴　16・9・2臨時召集、宇品出港、12・24比島ルソン島アンモナン港着、上陸作戦に参加。
17・4・12ダモルティス港出発、マニラで編成完結、ダバオ出発、10・9ラバウル着、ガダルカナル上陸。
18・2ガ島より転進、ブーゲンビル島、ラバウル、比島バサックにて再編成後8・14パラオ経由ラバウルに向かっている。

祖母は、八人の孫の中でも、一番おばあちゃん子だった私に「戦死したと言って、白木の空箱で帰ってきたが、息子はニューギニアのどこかで、今もきっと生きているのに違いない」といつも言っていた。

祖母には、長男だった私の父柾谷初太郎のほかに三人の息子がいた。その内、二番目の叔父はニューギニアへ、三番目の叔父は中国の南支へと戦争へ行った。

私の父と四番目の叔父は体が弱かったため、兵役検査で不合格となり戦争へ行かなかったが、それは祖母にとって、不幸中の幸いだったとしか言えない。あの戦争の時代、息子が四人いた祖母は、四人とも戦争にとられていたかもしれないし、そしたら多分、私も今ここにはいないと思うからだ。

三番目の叔父は終戦後、無事中国から帰って来たが、二番目の叔父はニューギニアから戻ってこなかった。その知らせを聞いた祖母は、その後三年間、毎日泣き暮らしたそうだ。

大好きだった祖母のために、叔父が眠っている国へ行きたいとずっと思っていた私は、念願が叶ってニューギニアへ行くことができたが、その現地で私は、来なければよかったと思うほどショックを受けた。

車でどこまで走っても、ただただ大木が生い茂るジャングルだらけの道。その途中通った、『死のロード』と呼ばれていた道路。そこは、ジャングルの中の不利な条件での戦いと、食糧不足による飢えで、歩けなくなった兵隊たちが、何千人も折り重なるようにして死んでいった所だったと知った。

病気やマラリアに罹ったりした人や、食べ物がなくて飢死した人達が、戦いで亡くなった人よりはるかに多かったと知り、私は言葉が出なかった。そして、叔父が眠る国にこの日まで思いを馳せることもなく、日本でのんびり暮らしていた私は、叔父にとても申し訳ないという思いでいっぱいだった。

叔父柾谷徳太郎　26歳の頃

こんな流れの速い川でも車で渡ったという凄い所を通り五時間かけて着いた叔父の最期の地に立った。姉と二人でお線香をあげ、私は、叔父に泣きながら詫びた。もっと早くここに来て

叔父の亡くなった場所に一番近い板東河《ばんどうがわ》で姉と二人でお線香をあげて冥福を祈る

あげられなかったことと、叔父がこの戦地で想像を絶するほどの苛酷な毎日を、二年以上も過ごしていたのを、今まで何も知らずに生きてきたことをだ。

その時、どこからか聞こえてきた叔父の声は、『よくこんな遠くまで来てくれたね。ありがとう』と言ってくれた。その時、やっぱりここに来て良かったと私は思った。

日本から遠く離れた異国の地で、妻や家族や大切な人を思いながら亡くなったであろう叔父をはじめ、大勢の戦死者の人達は、どんなに無念だっただろうと思ったし、だからその人達の死を無駄にしないためにも、私たちは今のこの日本の平和を守り続けなければいけないと思った。

私も戦争を知らない世代だが、未来の子どもたちのために、親や祖母から聞いた悲惨な戦争をもう二度と起こしてはいけない。そうでなければ、あの七十年前の戦争で亡くなった大勢の人達は浮かばれない。心からそう思う。

「戦争―父からのメッセージ」を伝えていきたい

大阪府高槻市　嶋田香弥子（六十三歳）

「死んでいった戦友に申し訳ない」…これは昨年八月に八十九歳で亡くなった父小川文雄の手帳に書かれていた言葉です。亡くなる一か月ほど前に、おそらく震える手で書いただろうこの一行は、その上に二本の線が引いてありました。父がどういう思いで、この言葉を消そうとしたか、今となっては想像することしかできません。

父は工作機械のメーカーであった大阪住吉区の野村製作所で働いていましたが、十八歳で軍隊に入りました。昨春癌がみつかり最期の時が近いとわかった日、父は食後のお茶を飲みながら「戦争中は、昨日まで隣で寝ていた仲間が今日は特攻で出陣、戦死、という体験をたくさんしてきてる。自分はこうしてみんなに囲まれて逝けるから幸せや」と静かに語りました。特攻といってもベニヤ板で作った船にエンジンをつけただけの『震洋』で「みんな犬死にだった」そうです。

私の息子は、父の病気がわかって「おじいちゃんから戦争の時の話を聞きたい」と言い、一人で車を運転して特攻の飛行場のあった知覧や呉、広島を巡る旅に出ました。それまで私達家族は父から戦争の話を断片的には聞いていましたが、父が多くを語りたがらないことを察して、ゆっくり聞く機会がなかったのです。息子の願いを父に伝えましたが、病気の進行が早く、そのころには詳しく話す体力が残っていませんでした。それでも、亡くなる半月ほど前、二人の孫を前に父はか細い声で語り始めました。「軍隊は一切の自由がないんや。上官の命令が絶対で、グループの一人が遅かったら全員が殴られる。鉄のヘルメットで殴られて死んだ新兵もいた。死ぬことは怖くなかったけど、軍隊生活は本当にひどくて、辛かった」……。私も息子達も、二十歳に満たない青年であった父の過酷な日々を思い、言葉がありませんでした。

父は、原爆投下の翌日に広島入りしましたが、原爆についても語りたがりませんでした。しかし「広島に原爆が落ちた日は爆心地から四キロの兵舎の中にいた。外にいた人は亡くなったけど、自分は部屋の中にいて助かった。広島では、小学校の講堂に黒こげの死体が寝かされていた。『水がほしい』と言われたが『水をあげたら死ぬ』と言われあげなかった。今思えば、あげたらよかった」と私の妹に語ったそうです。

軍隊時代の父・小川文雄
（陸軍船舶兵上等兵）

私の息子達に語ったときは、広島について長くは話しませんでしたが「〃ひろしまの絵〃があるけど、あの通りの悲惨なことで、地獄やった。原爆ほど無駄で悲惨なことはない。今、平和で自由なことはほんまにありがたいことなんや」と語りました。そしてその日に渡した、息子達への最後の短い手紙には「素敵な人生を目指してください」と書いてありました。

頑固な父でしたが、私達の人生のどんな時も応援してくれていました。それは「自由な今、自分の思う通りに生きなさい」という父の思いだったのだろうと今思います。

「戦争」の一番の怖さは、平時ではありえないことが許され、そして、それに誰も声をあげることが許されないこと。小さな舵切りが大きな方向の変化となり、今の暮らしが知らず知らずのうちに侵されて、当時の父のような若者や市井の人々が理不尽で過酷な体験をすることのないよう…私なりに「平和で自由なことはほんまにありがたいこと」と語った父のメッセージを伝え続けていかなくては…そう思っています。

それはきっと、父が七十年もの間「申し訳ない」と思い続けてきた戦友たちの声なき声であるはずだから。そして今、あやうい時代を生きる私達が再び誤った道を歩き出さないための道しるべとなるはずだからです。

切込み隊として突撃、ルソンの土に眠る兄

東京都東大和市　星　野　久　子（八十四歳）

私の兄笹島英は早稲田大附属高等工学校在学中、静岡県磐田市の中部一二九部隊に通信兵として十八年十月、二十歳で召集され出征しました。

終戦を迎えて私たち家族は、朝な夕な帰還する兄の靴音を待ち続けました。

一年ほど経ったある日、復員風の人が訪ねて来ました。「私はお宅の息子さんと同じ部隊ではありませんが、比島病院で長尾為秀さんから息子さんの遺骨を託されて来ました。遺骨は国の手続上、芝の増上寺に安置し、手紙だけをお届けに参りました」と言って分厚い封書を差し出されました。その夜、私たち家族は、兄の戦死状況の詳しく書かれたその手紙を読みながら、深い悲しみに沈みました。遂に兄の帰還を待つ望みは絶た

兄笹島英

れたのでした。

「故　笹島英君の霊」（原文のまま）

『椰子の葉茂る比島の山　屍を埋めし南光山の一角。君はよく働きよく奮斗してくれた。比島上陸以来　君の奮斗振りに対して、部隊長以下大いに感謝していた。故郷をあとに、勇躍征途に上るあの日、感激今更にして目に浮かぶ。君は元気だった。何時も積極的に任務を続けてくれた。皇国の運命は、吾が化学部隊の雙肩にありて、軍部の期待を集めて比島戦に向った。あの頃、敵軍の比島進撃が開始されていた。君は「シニルアン」の奥に陣地を築く先発隊として先行した。死守陣地は「サランバト」東南六粁高地の南光山に築かれた。それまでの電波探知機の働きは甚大なるものあり。戦線の情況は日に日に悪化して、電波探知機に依る発信探知、不眠不休で夜となく昼となく続行され、戦友達は、悪性マラリアのために、日に日に倒れ機械について働く友は、日増しに減少して行く。君はよくそれと戦いよく働き抜いてくれた。

処が不幸にして、電波は敵機に逆用され、数千機より成る探知機爆撃が開始された。その頃、電波中隊の一部が、野戦迫撃砲隊に編成されて、元気な者は出て行く。敵は上陸以来破竹の勢いを以って、吾が陣地に近寄る情報が、日に日に入ってくる。

昭和二十年三月に入りて、数千名から成る強力な敵が、吾が陣地正面に姿を見せた。三月中旬頃から「サランバト」敵陣地切込隊が編成され、夜に入りて戦友達が次々に繰り出されて行った。

第一次、第二次、そのまま友らは帰らず、あゝ遠く聞こゆる手榴弾の音、一発、二発。友が肉弾共に切り込む合戦の音、君は第五次切込み隊員として、長以下十名、あの時の、君の元気な姿が今も瞼にあり。君は一番張切っていた。三月十七日、二十三時元気で出発し、多大なる戦果と共に、帰らぬ英霊となる。あゝ、今は亡き笹島君よ。よく終始任務に精励して呉れました。君の英霊は、今、父母様の待てる祖国に帰れるのだ。君を山から現在まで持って来たが、僕は何時の日帰れるやら分らぬ。君は一足先に、父母様の処に帰ってくれ。済まぬ済まぬ。僕が最後まで君と一緒にあるべきが当然であるが、僕はまだ任務が終えぬのだ。国敗れて今苦しい祖国に帰る君の英霊よ、安らかに、永遠に。父母様兄さん達のご幸福をお守りあれ』

この戦死情況の他に、父笹島正吉、母ナラ宛の丁寧な手紙が添えられ、長尾さんが復員の暁には、訪ねて下さると記してありましたが遂にお見えになりませんでした。長尾さんの安否を案じながら七十年の歳月が流れました。還って来た兄の骨壺には氏名の書かれた一枚の紙片が入っていました。

長尾さんのお陰で、兄の戦死の情況を詳しく墓碑に刻むことができました。墓碑銘は孫子の代まで兄を偲ぶよすがとなっています。なお部隊名は比島派遣威一八九一六部隊長塚隊酒井隊。伍長です。明るくユーモアに富み人に好かれていました。勉強が好きで、私にもよく教えてくれました。僕の代わりに父母に孝行してほしいと便りも来ました。入隊し内地勤務が一年余あり、特別幹部候補生の教育に携わっていたそうです。その時の別れの文集が手元に残されています。みなさんの生気あふれるユニークさがたまりません。

今も兄達の遺骨は、異国のかつての戦野の土に埋もれたまま、祖国に還ることができず、どれほど故郷を恋しく思っていることでしょう。兄達の無念の思いが、歳を重ねるほど強く胸に響きます。決して戦争のできる国になってはならないと願わずにはいられません。

「椰子に飛ぶ蛍の愛《かな》し」と書きて来し　兄はルソンの土に眠れる

父名誉の戦死を遂げるも、戦後・母の苦労にも感謝

宮城県加美町　渡部京子（七十六歳）

今年は戦後七十年。戦争を知らない世代が多くなり、身近に戦争の体験をした人が少なくなりました。

母かつは大正八年生まれ。県立加美農業高等学校を卒業と同時に海軍省に勤務する同郷の父高橋甚三と東京で結婚しました。翌年姉を出産、その二年後次女の私が、そして父の転勤で横須賀で弟が生まれての三人姉弟です。

父は理数科が得意で大正十五年、少年通信兵を志願、横須賀海兵団に入団、十五歳で選ばれて

水雷学校通信科暗号学校に進み主席で卒業、特技賞を授与され海軍本省に勤務。昭和十年、五か国軍縮会議がロンドンにて開催、抜擢され永野全権大使に随行、通訳および暗号に活躍。帰朝後二十四歳で軍司令部に配属される。太平洋戦争勃発時はハワイ湾沖にて山本五十六長官膝下の聯合艦隊司令部で活躍。十九年四月一日南洋方面比島沖飛行機上で古賀司令長官と同行中殉職、海軍少尉に特進されたのです。父は三十三歳。母は当時二十五歳で三人の子供を抱えて未亡人となりました。

父の戦死で私達四人は両親の故郷・宮城県加美町に戻って来ましたが、父母の親達も亡くなっており、それからの母の苦労は筆舌に尽くし難いものだったと思われます。

横須賀では食べる物が無く、雑草でも食べられるものはみな食べる生活で、こちらに戻って来たら道端に美味しそうな雑草がいっぱい生えているのに誰も食べないのにビックリし勿体ないと思ったこと。夜は電灯に布を巻いて明かりが漏れないようにしたり、防空壕を母が掘っているのを私達も手伝ったのですが、完成しないうちに父の戦死と終戦でした。

私は父の面影を知らないので、東京・横須賀での生活はあまり覚えていませんが、いちばん懐かしく想い出されるのは、母が私達三人を海の見える丘に連れて行って大きな船が見えると「あの船でお父さんが帰って来るといいね」と。母が一番望んでいたことだったのでしょう。

母は慣れない仕事を次々としていました。農作業・土木作業の手伝い。朝農家に行って野菜を摘み、昼は海の方に行きチクワなどの海産物を仕入れての行商。夜はミシンでの内職。近隣の学校で運動会等があると、朝早くリヤカーを引いて露天商。私は母の寝ている姿を見たことがありません。

そのうち前から手掛けていた古物商の許可がおり、家で小さな店を出すようになった時は、母がいつも家に居ることの安心感でいっぱいでした。

でも母は後に「自殺しようと何度思ったことか」と話してくれました。

商品を仕入れに出かけ、雪の日など夜中に雪だるまのようになって、大きな荷物を背負って苦しそうに帰って来て、玄関にしゃがみ込んでいた姿が今も目に浮かびます。

古賀長官に随行中戦死した父高橋甚三

若いので再婚の話も幾つかあったようですが、子どもたちを手離したくない一心で、大変だとこぼすこともなく、女手一つで身を粉にしていました。

長年苦労をして、姉も勤めに出、私も成人式を終え、弟も高校の卒業がきまり、これまでの疲れが出たのでしょうか、その年の三月三日仙台の病院に入院してしまいました。それから五年間一度も家に帰れない療養生活でした。

母は苦労して育てた娘二人、姉の時も私の時も、娘の花嫁姿を見ることができず、長い入院生活はさぞ辛く苦しいことだったでしょう。

退院してからの母は少しずつ体力も快復し、好きな手芸を楽しみ、いっぱい作ってお友達に差し上げたりして喜ばれていました。子ども三人、孫六人、ひ孫十六人に恵まれました。

父がいなくても私達姉弟は母の愛情をいっぱいに受けて、幸せに育つことができました。病弱な母が九十歳まで長生きできたことは大変幸せでした。

それにしても、この悲惨な戦争の無い平和が孫・子の代まで、いつまでも続くことを願ってやみません。

姉に焼夷弾の炎が燃え移り焼死

大阪府豊能郡　平野佐智子（七十九歳）

私の姉、泰子は通称「やっちゃん」。私より二歳年上だった。

その姉の話を毎年七月二十九日、星空を眺めながら母と二人で繰り返してきたものだ。「今日はやっちゃんの命日だね」「うん」から始まる。

二十年七月二十七日、私たちは徳山市西松原に生命保険会社に勤める父河野順一を含め家族六人が住んでいた。その夜父は疎開の相談のため須々万村の祖父の家に泊まり留守だった。

夜更けに激しくドアを叩く音、「奥さん空襲ですよ。もう逃げましたか」と近所の人に起こされた。慌てた母は取るものもとりあえず、一歳の妹聰子を背負い、三歳の弟良雄を胸に抱き、十一歳の姉泰子に九歳の私を託して家を走り出た。その時はもう西の空に多数の焼夷弾が炸裂していた。姉は「花火のようだ」と笑った。母は、その光の落下状況から察し、東（岩国方面）に向かっていた逃げ道を、西（山の方）に変えた。

B29は、いよいよ上空に迫り、その爆音の激しさに体が震えた。折も折、道端に繋がれていた馬が暴れ、驚いた私はその場に転倒した。急いで立ち上がったその時だ。上空から落ちて来た多数の焼夷弾の一発が姉の体を斜めに掠めた。瞬時、姉は足元から炎に包まれ、炎は背丈を越え両手を挙げてもがくその指先までも赤く染めた。母は咄嗟に姉を近くの溝（用水路）に連れこみ、懸命に火をもみ消し水をかけた。姉もなにやら喚きながら両手で水をかき上げ頭を湿らせていた。ところが、やっと入った溝に崖上から焼け崩れる家の柱や瓦が落ち始めた。移動せざるを得ない。途中、運よく街はずれに小さな田んぼを見つけた五人は、その青田に浸かり一夜を過ごすことになった。

敵機が去った頃から姉は「水が欲しい。寒いよう」などと訴えはじめた。母は姉の背をさすり、なだめながら長い夜明けを待った。

明けると辺りは一面焼け野原になっていた。この様子では水の調達も不可能だと思えたが、幸い近くの壊れた水道管から水が噴き出していた。母は両手で水を掬い、姉の口に運んだ。ゴクリと飲み、一息入れた姉は「家に帰ろう」とすすり泣いた。しかし帰るあてもない五人は、ぼんやりと縁石に座っているしかなかった。

何時間か過ぎた頃、一台のトラックがゆっくり近づいて来た。死体や怪我人を集める車だ。私たちはその車に引き上げられて、荷台に横たわる死体の隙間を通り、怪我人のそばにうずくまった。車は数キロ離れた焼け残りの徳山国民学校まで怪我人を次々と拾い集めて運んだ。

校舎の中は、死者、怪我人、薬品の臭いと暑さで蒸れ澱んでいた。横たえられた姉の下半身は焼け爛れ、衣服が黒くこびりついていた。その姿を悲しそうに見守る母。周囲も同様、死んだ赤ちゃんを抱いたまま意識を失っている母親や、両足をなくし呻いている娘さん等で、室内は足の踏み場もなかった。やがて、炊き出しのおむすびがバケツで運ばれて来た。空腹のはずなのに食欲はない。眠っているとばかり思っていた姉が譫言《うわごと》をつぶやき始めた。「女学校に受かるかな」「水汲んでよ」。

その夜、弟と私は伯母の家に預けられた。空襲のサイレンが鳴る度に、私は怯えながら両手で弟をかばった。

翌日の夕方、母が角張った包みを抱いてやって来た。中から小さな箱を取り出し「これがやっちゃんよ」と切なそうに言葉を詰まらせながらも、半裸に近い姉の体に教室のカーテンを巻いて見送ったこと、亡骸は山積みされた大勢の人達と一緒に油を注がれ焼かれたなど話してくれた。そして「だから誰のお骨か分からないけれど、みんなで大切に供養しようね」と言った。

それから六十年後、百二歳になった母を病院に見舞い、呼びかけた私を見上げて母は、「ああ、やっちゃん。ここにおったん」と、か細い声で答えた。母の心の中に、やっちゃんは生き続けていたのである。その母も十年前に姉の待つ黄泉の国へと旅立った。

あの夏の夜の出来事は、今、私一人だけのため息になっている。

父、関東軍に出入りし処刑現場など目撃

兵庫県伊丹市　稲　葉　實（六十歳）

明治四十五年七月一日広島県本郷町生まれの父・稲葉桂は平成十六年五月二十七日に永眠、満九十一歳の天寿を全うした。生前父から直接聞いた話と、生来の筆まめで『生還の記』と題して多数残したノートから抜粋して記す。

昭和七年北朝鮮へ、十年には満州に移り牡丹江では芸備洋行、十四年には東安で完達印刷㈱を

23歳ごろの父

やり財を成す。領事館の仕事も請け負っていた。関東軍にはよく出入りしていたので、捕まったゲリラ容疑者が斬首されるところを目の前で見たり、とてもここでは紹介できない方法で殺戮した目撃談など、酷い事実を淡々と教えてもらった。あの山下奉文とも言葉を交わしている。中国人に対しては侵略した日本人として申し訳ない気持ちを持っていたようで、残留日本人孤児を育ててくれた中国人養父母には深い感謝の念を抱いていた。肉親を捜す残留日本人のテレビ画面を、東安駅爆破事件で離れ離れになった親友の子がいないかと凝視していた。

ソ連が満州国を攻めて来る前日の八月八日、東安自衛隊に父は非常招集されるが、ソ連軍に全く歯が立たず敗走。幸運にも八月十一日山の中で妻子と再会、地獄の逃避行が始まる。日本に持ち帰ろうとした縁者の小さな遺骨さえも何も食べていない身には重過ぎ、捨てるしかなかった。ベルトや靴までもなめして食べたそうだ(動物の皮だから蛋白質)。夏服だったので厳寒の中、新聞紙一枚で寒さをしのいだと聞かされた。足手まといの赤ん坊を自分では捨てられない母親に頼まれ何度か捨てたこともあったという。ある夜、飢えと疲労で最早これまでと、我が子二人を殺して自分も死のうと日本刀で切りつけようとした瞬間、故郷の墓所が目の前に出現し（お墓

満州で完達印刷㈱創業時の父（前列右から６人目）

の文字までが明瞭に浮かんだ由）、祖父母が「止めよ」とばかり非難めいた顔でじっと見ている。このため、断念したとよく言っていた。この時の幼い子どもは姉と兄だが、八歳だった姉からも沢山の死体が怖かったとよく聞いたものだ。

逃避行の途中、父たちは地元の中国人たちに捕まった。一緒に捕えられたグループの中にある夫婦がいたが、隠し持っていた警察手帳かバッジを見つけられ、その夫が警察官と判り、中国人たちは今までの仕返しとばかりにその場で処刑すると言う。父が助命を懇願すると「それならお前を殺す」と言われ引き下がるを得ず、その男性は父の目の前で射殺されたそうだ。その時、全身の血が逆流する思いだったという。

収容された奉天（現瀋陽）の収容所で妻を無くし、幼子二人を連れ、二十一年七月二十三日、無一文で仙崎港（山口県）に着く。港に着いた時、「日本人の皆様、ご苦労様でした」の出迎えの言葉にとめどなく涙が溢れたという。一週間後、故郷広島の老父母と再会している。因みに、確か陸軍軍曹で敗戦を迎えシベリアに抑留された父の実弟は、終戦五年目の復員船で無事帰国を果たす。

その時の気持ちを父はノートに残している（原文のまま）。

弟の復員を聞きてラヂオを伏し拝みぬ
舞鶴に弟還へりたるを知り今宵の雨も愉のし（以上、昭和25年2月9日）
復員の弟に香ほる梅の花
健やかな弟に父母の泪かな
五年振り握手に熱き血は通よう
村人の出迎へ嬉れし日本晴れ
皆揃う吾が家に春の初笑ひ（以上、昭和25年2月17日）

再婚して生まれたのが私である。

海軍予備学生に応募、桜花特攻隊員になるも出撃せず

京都市　矢倉達夫（故人）

「昭和十九年九月二十三日午後三時、茨城県土浦海軍航空隊に入隊すべし　海軍省」。海軍予備学生に応募して合格通知をもらった私は、和歌山師範学校（現和歌山大学教育学部）の二年、二十歳でした。太平洋戦争の攻防が激しくなり、多数のパイロットを必要としていたのです。

学徒勤労動員先の大阪造船所から、両親の待つ串本へ帰りました。家族と最後の食卓を囲んだ出発の朝、美しい日本晴れの空と、串本湾の青い海を見納めに脳裡に刻み込みました。日の丸の旗を細長く折ってたすきに掛け、両親に「只今から征きます」と挨拶をしました。戦争に行く者は「征って来ます」とは言いません。父矢倉一市は「勝たずんば死すとも帰らじ」と中央に書いた千人針をくれました。それをポケットに収め、別れの挙手の礼をして駅に向かいました。

戦地に行く者は、家族や親類、町民の激励を受けて出発して行きましたが、私が出征する頃には敵国に情報が流れないよう、密かに親族のみで見送るようになっていました。汽車に乗り、ガタンと動き出した時のショックは、生涯忘れることはできません。

東京で集合し一泊した翌朝、皇居前に整列し、皇居の天皇陛下に挙手の礼でお別れした私たち

は、土浦海軍航空隊へ向かいました。到着すると、隊門前には既に多くの学生がいて、全員下を向き黙って道端に座っていました。当然覚悟をして来ているはずですが、重苦しい雰囲気でした。「この門を入れば再び生きては帰れない」。意を決し午後三時五分前、全員一斉に隊門をくぐったのです。

翌日からすぐ航空学科、通信、カッター等の猛特訓や基礎訓練が続きました。二十年になり戦局は日に日に悪化し、米軍はサイパン島から発進したＢ29超大型長距離爆撃機で物量に物をいわせ、連日日本列島の都市に爆弾の雨をふらせ、建物を破壊し焼きつくし、多くの人々を殺傷していました。しばらくして沖縄が悲惨な大決戦の末、六月に陥落したことを知りました。

ついに土浦海軍航空隊も六月十日、戦爆連合の大空襲を受け壊滅状態になりました。当時海軍少尉であった私は、機関銃座の責任者になっていましたが、高空を飛ぶＢ29では下から戦うこともできず、防空壕の端から時々顔を出して情勢を窺い続けるだけでした。

爆撃が始まると、真夏の豪雨の何倍かの轟音や、地面に落とされた爆発音、大地が震えるような振動、あたり一面に立ち込める埃で息もできません。次々と来る敵機編隊の爆撃が終わり「生き残った！」と感じた時の安堵感は言葉で言い表せません。毎日がこの繰り返しで、息苦しさと恐怖は、今思い出しても背筋が寒くなります。

爆撃の後は、無残に破壊された建物や飛行機の格納庫の後片づけに一刻の猶予もありません。

中で戦死した戦友の目も覆いたくなるような遺体を探し出し、ばらばらになった体を拾い集めて遠くの病院へ搬送するのです。ことに十四歳から十八歳の幼い顔をした飛行科予科練習生（予科練）には心がふさぎました。それでも私たちは「自分たちが日本を敵から守り、戦って死ぬことで愛する家族が生き残り、やがて平和な時代が来るのなら……」これが悲願でありました。

航空隊の壊滅後、海軍攻撃機の機体の下に一トンの火薬を装着した一人乗りロケット機「桜花」を取り付け、敵艦隊の上空で切り離し敵艦に体当たりする「神風特別攻撃隊」の猛訓練を受けに特別基地に行きました。

しかしその後飛行機も無くなり、広島呉海軍鎮守府に着任の命令を受けました。広島へ向かう途中の車窓から各都市の荒廃ぶりを見て愕然とし、嫌な胸騒ぎを覚えたことを記憶しています。それは日本敗戦の前日でしたが、その時の私は知る由もなかったのです。

※夫は京都市立四条中学校長を最後に退職、自分史を書いていました。その中の一部です。平成九年三月死去、享年74歳。妻矢倉久美子、85歳。

※「桜花」は小型の航空特攻兵器で母機に吊るされ、目標近くで分離発射される。1型が７５５機生産され、十回の出撃で55名が特攻し、戦死した。戦果は駆逐艦1隻を轟沈させ、6隻に損傷を与えた。

輸送船浅賀山丸の最後「生と死の別れ」

島根県益田市　広　瀬　徳　義（故人）

私が三度目の臨時召集を受け、島根県美濃郡豊川村から浜田第二一聯隊に応召したのは昭和十七年五月一日であった。四日には広島の宇品を第一大洋丸（一二、〇〇〇トン）に乗船し出港、陸軍上等兵に進級した。比島ミンダナオ島ダバオに上陸、水上勤務中隊に配属。海上輸送四四碇泊場司令部付となりセブ島に転属。十九年四月、マニラに集結を命じられ、新設の南海派遣海上輸送第四大隊（暁六一九一部隊）編入となる。西村仁蔵中佐を長としたが、戦雲あやしく敗戦の色濃くなっていた。

私は先遣隊でマニラを出港、パラオ経由ニューギニアのホーランジアに到着した。ウエワクを基地として、内地から輸送船で送られてくる物資、食糧、兵器、弾薬を我々第二中隊がホーランジアで受領し海上トラック、機船、漁船大発・小発、ヤンマー船と次々に積み替え、前線に送る任務で、軍属、船員、兵員二千名に及ぶ大部隊の編成であった。戦況は悪化の一途で前線からはしきりに食糧、兵器、弾薬を要求してくる。長以下三名の警乗兵、機関砲二門、重機二丁を搭載して出港させるが帰ってくる船はほとんどなかった。

友軍の敗戦の色深くなり、米軍の爆撃機は毎日のように来る。潜水艦情報も、すでに瀬戸内海に潜入出没していると聞く。内地から輸送船出港の受信をしても、途中で爆撃機や潜水艦に攻撃されて沈没、無事着岸する船は数えるほどしかない。前線で苦戦している将兵からは、しきりに食糧送れ、兵器弾薬送れの毎日であった。

浅賀山丸の通信長が病気のため下船入院したので通信技術を習得している私が交代で乗船、通信室勤務を命じられて引き継いだ。船では船長、機関長、通信長は高級船員で待遇は良かった。乗船してから三か月余り、見習い通信員と三人で通信室に起居を共にした。

今まで数十回も空爆を受けながら航海を続けていたが、十一月一日ごろ、監視塔に立っている見張員が敵潜水艦発見を報告すると同時に、船体が真っ二つになったかと思われる衝撃を受け大きく傾いた。対潜避難訓練を受けているので救命具をつけ、下甲板にいた者はほとんど海に飛び込んだ。

船長は船の責任者であり、機関長も部下を最後まで指揮する宿命を持っている。通信員はやたらにＳＯＳを発信することは許されない。判断が難しい。それだけの宿命、死生観を持っている。したがって船と共にする覚悟を持っていなければならない。

通信長は㊙の暗号文書乱数表を命にかけても決して敵に入手されることがあってはならない。私は書類を整理して防水筒に入れ体に巻きつけた。船長と機関長は本船から離れようとしない。

船は二番船倉をやられて浸水しつつあるが急には沈まない。一度海に飛び込んだ船員もまた船に上がってきた。皆で五十名ぐらいの船員だ。我々の部隊の警乗兵三名、私は兵隊兼船員だ。船員は船倉の板蓋を外して筏を二個造り、食糧、飲料水を準備して救命ボートにロープをつけ、筏を引っ張り、全員救出を考えた。船長と機関長は手を振って最期の別れをする。

ボートには主に船員ボート操作オールを使うベテラン水夫を乗船、筏には外の船員や警乗兵が乗った。

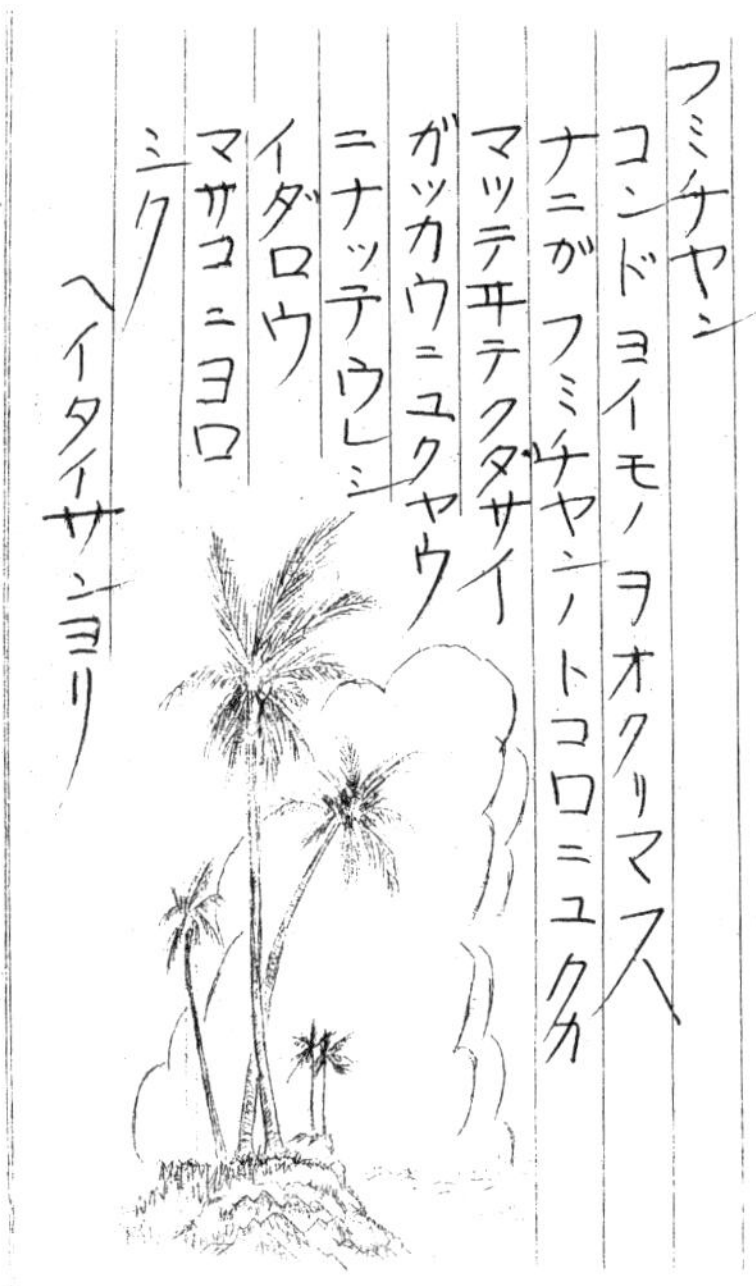

フミチヤン
コンドヨイモノヲオクリマス
ナニガフミチヤンノトコロニユクカ
マツテヰテクダサイ
ガツカウニユクヤウ
ニナツテウレシ
イダロウ
マサコニヨロ
シク
ヘイタイサンヨリ

ホーランジアよりの手紙

昭和十八年十一月二日夕方、船員は交替でオールを握り船から離れて行った。十一月三日、今日は明治節だ。部隊におれば戦小休止で、下給品の清酒や甘味品の配給がある。そのため海軍も陸軍もあまり出動しない。今日は救助してもらえないだろうと我々もある程度食糧を積み込んでいるのであまり心配も無く、君が代を奉唱して清酒を酌み交わして至極のんびりと過ごしたが、一日も早く救助か島に着かなければ、船員は交替を言いながらオールを持つ手つきに疲れが見えだした。筏を引っ張っているので思うように進まない。明けて四日も夕方まで走ったが、どちらに行けば陸に近いか海図が無いので方向がはっきりと分からない。

ボートの乗組員と筏の乗組の者と海上場議した結果、筏を離してボート二隻は一日も早く陸地に着いて海軍や航空隊に連絡要請して筏の救助を頼むことにした。私は通信長として㊙書類を持っているので警乗兵の上野軍曹と二人はボートに、船員でオールをにぎる優秀な者を十名乗せ、筏のロープを切り〝すぐ救助に来る。頑張れよ〟と手を振って別れた。まさかこれが最後になろうとは——。

筏を離したので幾分スピードが出るようになったボートは船員交替で漕ぐが日は暮れてまた夜が明けて陸地が見えだしたのは二日目であった。ようやく上陸。すぐに海軍や航空隊に救助を要請して二つの筏の捜索を依頼したが、浅賀山丸はもちろん、いくら捜しても筏は行方不明、板片も発見することができなかった。私と上野軍曹は幸いにして助かったが……。手を振ってすぐ救助に来るからと別れたことを思うとやり切れない気持ちになる。互いに死なば共にと誓った戦友である。一片の骨を拾うこともできず散って行った戦友を思うと通信兵として私は重要書類を守るがためとはいえ、運命の分かれ目とは誠に不可思議なものである。

今なお忘れることもできず、生ある限り悪夢は続く。ただただ冥福を祈念するばかりである。遺族の方々には申し訳ない。安らかに眠られよ……戦友よ、船員よ……

※本人の軍歴には、昭和十九年四月の項に「ウエワクを基地として本部を置き、ホーランジアにて輸送作戦に参加」とあるだけで浅賀山丸撃沈にはふれていません。

その後のこととして「戦況悪化転進作戦中捕虜となりオーストラリアのウリスベンに空輸され取調べ後へイ第七収容所に収容される。二十一年三月シドニーより乗船、四月三日横浜浦賀復員局に帰り残務整理にあたる。陸軍兵長となる」とあります。

戦後は農業でしたが、マラリアに二度苦しみ病弱の人生でした。平成十七年八十三歳で逝きましたが、戦友にどのように詫びたのでしょうか。遺稿がありましたので、父の思いを知っていただきたく、長女の広瀬文子が応募しました。

母と愛児の私を置き志願した父を、サイパンに墓参

岡山県倉敷市　佐々野　省　三（七十三歳）

平成二十六年九月、日本遺族会マリアナ諸島グアム、テニアン、サイパン島の慰霊友好訪問団として参加、戦争遺児二十四名が全国から集まり私も初めて岡山県から一人で参加しました。

私が生まれたのは昭和十七年。三歳の時、父佐々野多吉は、母と私を残し、終戦真近の

十九年、志願して出征したことは祖母から聞かされました。私が生まれた時、凄く喜んで、仕事から帰ると真っ先に私を抱きかかえ、子供ってどうしてこんなに可愛いのかなと言って、わずかの間でも愛情一杯注いでくれたそうです。

そんな中、私と母を残し戦地に行ったのですから、父にとって家族よりも何よりも大事な、しかももっと大きなものがあったに違いありません。それが何だったかは分かりませんが、国家的なレベルの高い使命感に燃えていたと思われます。今の時代では到底理解できないでしょう。現代の平和はこの人達の犠牲の上に築かれていることを忘れることはできません。

その後母は、父の弟と再婚しました。戦後食糧難の時代、一人で育てることはできなかったようです。それと私が長男の忘れ形見として、祖父母が離したくなかったようです。大きな農家だったので、まだ若い母にとって農作業は相当厳しかったようです。気性の激しい祖母に叱られると、「あんたが居なかったら再婚しなかった」と、八つ当たりされたことを覚えています。当時、戦争遺児が学年で十名ほどいました。家系を絶やさないために義兄弟と再婚する人が多かったからです。中には再婚もせず牛馬のように働き、女手一つで子供を育てた人もおられました。幼い頃は父親がいないことでそんなに寂しいとは思いませんでした。母親が側にいれば子供は育つぐらいに思っていました。ただ近所の人や親戚の人が、私の顔を見るたびに「可哀想」と良く言っていました。

父親のことについて、母はなぜか何も話してくれませんでした。そのかわり、近所の祖母からよく聞かされました。「頭が良くて仕事が良くでき、おまけに美男子だった」と。それを鵜呑みにして育ったのです。その理想の父が今でも私の心の中にいる。そのためか、義父をお父さんとは一度も呼びませんでした。酒を飲むとそのことが一番辛いと義父はぼやいていたそうです。私も子供の頃から義理の仲がよく分かっていて、子供なりに気に入られるよう、一生懸命気を遣って育った気がしています。少し叱られると納戸に入って一人で泣いていました。義父は今考えると後から生まれた妹弟達と同じように分け隔てなくぼくも育てたかったようです。しかしその頃は僻《ひが》んで素直にうけ取ることができなかったのです。近所には義父とうまくいかず中学卒業と同時に家を飛び出した人もいました。私はそんな勇気も無く父に素直に従い農業を継ぐことになったのです。その後兼業で始めた事業に失敗して倒産、全財産を失い故郷を追われ、家族全員岡山で再出発したのです。

昨年母が九十二歳で亡くなりました。遺品の中から父の実際の写真が無いか探したが一枚も見つかりません。大分前に母にどこで戦死したか聞いたことがあります。サイパン島方面とだけ教えてくれました。それ以外詳しくは母も知らなかったようです。

今回の慰霊の旅で厚労省から初めて軍歴を取り寄せました。最後に追い詰められ玉砕した所まで分かりました。グアム、テニアン、サイパン、それぞれの父親の戦死した場所まで二十四名で

戦地へ送った写真

行き、祭壇を作り、それぞれの家族の写真などお供えをして全員で故郷の童謡を歌い、追悼の言葉を述べました。積もり積もった今までの人生、父親がいないために人に言えない寂しさもありました。今はすでに亡くなった母の苦労は言葉では言い尽くせません。何のための戦争だったのか、今は七十歳過ぎた遺児たち、恥も外分もなくお父さん、お父さんと手を合わせ泣きながら叫んでいました。

　最後にサイパン島に渡りました。最初に島で一番高いタポーチョ山、ここでも追い詰められ水もない食べ物もない状態の中で、木の根をしゃぶり小動物を食べ、最後まで戦っていたのです。私の父が戦死した所はカラパンの市街地の近くでした。七十年前にこの同じ海岸に日本軍の何十倍もの物量作戦で、艦砲射撃を行いながら米軍が上陸してきたのです。最後の力を振り絞り、その中に突っ込んで全員玉砕し、また多くの人が八十メートルもの断崖から飛び降りたのです。海は真っ赤に染まり死体の山だったと言います。その岬には「ばんざいクリフ」の名がついています。

もう二度と戦争を繰り返していけない。そう決意を新たにした慰霊の旅でした。

第 ❹ 部

戦後、それからの私たち

私たちは基隆中学3年生の昭和20年3月20日、赤紙で召集され、陸軍二等兵となり8月31日除隊となったため卒業式を行っていない。テレビ卒業式で卒業証書を渡す元校長（中央）【本文262ページ、廣繁喜代彦様】

基隆中学（台湾）で起きた奇怪な「卒業証書事件」

東京都　廣　繁　喜代彦（八十六歳）

この事を書くのは気の重いことであった。それは敬愛せねばならないはずの教師への告発であるからだ。

四十年振りに小学校の同級生から来た手紙でまたも大きな怒りを私に与えた。台北一中に進んだ彼は「戦後鹿児島に帰り工専を受験、卒後高校の教師となり勤務を続けています」とあった。他人には何でもないこのわずかな文字は、私にとっては気が動転するほどの大変なことなのである。

終戦後の基隆中学校は、校舎全部を中国軍に接収されていた。中断されていた授業は滝川公学校の校舎を間借りして再開された。しかし昨日まで友人であった台湾人生徒は、日本人中学生に激しい暴行を繰り返した。従って日本人生徒は皆無となっていた。

翌二十一年春から内地引揚げが始まったが、学校の証明を受けることもできずに帰国した者がいたのは学校がこうした情況であったからだ。

私は中学校の庶務係だった周景栄とたまたま逢い、基隆中学で〝証明書〟を渡していることを知らされた。中学校の校門には中国兵が立っていたが、私は挨拶だけして中に入った。教官室は区切られていた。谷本先生が一人ポツンと居られた。帰国後の住所を書くようにと言われた。「先生もお元気で」と別れを告げて書類を受取った。数日後に台湾を去る。三月十日であった。

帰国して転校する中学にこの書類を出した者は三年生からやりなおしをさせられることになった。封筒の中には、一年と二年の成績は書かれていたが、三年の欄には「考査せず」、四年生には「授業せず」とあったからだ。私は禁を破って封を開いて中を見ていたのであった。

その頃である。元校長から一通の葉書が届いた。目を通して息がつまるほど驚いた。それを持って外に出た。庭の隅の柿の木の下で何度も読み返した。

「貴方は基隆中学校を卒業している……」で始まるガリ版刷りである。もっと許せない文字が続く。「卒業証明が入用ならば金○円を送れ………」何ということだ。元校長が卒業証書を売っているのだ。憤りはどこへぶつければよいのか。

父がおらず収入のままならない我が家では、私が働かねばならない立場であったのだが、私は母に無理に頼んで地元の柳井中学に転入学していた。基隆中学を四年までやったのに、ここで終わって中学中退ではやり切れなかったのだ。母はその日その日の糧を得るために農家の手伝いの仕事に出ていた。帰りにはおむすびを持って帰って来た。何も知らない小さい弟妹たちはそれを喜んだ。米のめしにありつけたからだ。私は知っていた。農家で出される食事を自分で口にせず懐に収めて持ち帰っていたのである。

こうまでして中学校に転校したのは何であったのか。ただ中学卒業の資格が欲しいだけだったのだ。なんということだ。私は既に中学を卒業していたのである。

どうして引揚げの時、卒業していると告げてくれなかったのか。どうして卒業証明でなかったのか。卒業していたのならば内地に着いてすぐ働けたではないか。私が働いていればいくらか家計の助けになったであろう。闇米が買えずひもじい思いをしている幼い弟妹に悪いことをした。どうして私は中学卒業にこだわったのだろう。無理をして転校するのではなかった。

私製の卒業証書を売った我が校の校長は東京池袋に住んでいた。何故持っている我々の資料を同じ都内の外務省に届けなかったのだろうか。教師の義務ではなかったか。

私は後日校長に、この証書の件を糺《ただ》した。その返答の葉書を大事に持っている。「当時はお互いが生活に苦しかったので御容赦願いたい」とある。ということは、証書の代金を生活の糧としたのであろうか。

お互いといったって我々は十六歳の生徒ではないか。貴方は人の道を説いた教師ではないか。しかも校長として学校のトップにいたのだ。

そして我々は台北一中も二中もやれなかった卒業式をやったのだ。それは全国にテレビで放映された。だがその師は我々が行おうとする「テレビ卒業式」計画に強く反対してきた。金銭で売った卒業証書のことを、追及されることを懸念していたのである。しかしマイクを向けられた者は誰もがそのことに触れなかった。

テレビカメラに写され晴れて卒業証書を受けとった。証書の月日は昭和四十八年三月十三日となっている。

この証書は同期生の有志が資金を出して印刷したのだが、その校長は裏書きを入れることを強く、それは強く申し入れてきた。既に印刷は出来上がっていたから別紙を作って裏に貼られたのであった。

裏書　昭和二十一年三月一日卒業したのであるが当時の特殊事情に依って卒業式を行なわなかったので、本日追認卒業式を行い卒業証書証を授与する。学校長　印

師は先年亡くなった。そして我々の学歴との闘いも終わった。

台湾から引揚げ後も教壇に立った両親

山梨県甲斐市　山本　のり子（七十二歳）

「三歳の吾子はわれの膝に置き座したるままに眠る船底」

台湾からの引揚船の様子を詠んだ父も、七か月の身重で初めての本土へ来ることになった母も

亡くなって久しい。七十二歳になる私は家族の戦後を噛み締めてみたい。

父は海外勤務を念願し、台南州の大湾国民学校に赴任している。太平洋戦争開戦の年の春であった。職場で母と出会い結婚するが「黒幕を窓に垂らして結婚の披露となりぬ予期せざりしことぞ」と開戦を驚いている。「オランダも支那も治めしこの島は日本領となりて五十年を経ぬ」と長きにわたる統治を思い、児童等のために教育者として望みも抱いていた。

広島県出身の両親の下、台湾で生まれ育った母との暮らしは校庭の傍らの官舎だった。戦況が強まると教員も台湾独立守備隊などに応召し、教育どころか生命を守るために児童を壕に逃げ込ませる日々になり、戦争は終わった。

父は混乱する台南駅で荷役人になって帰還の時を待ち、翌年四月、三人揃って身の回り品をリュックに詰め高雄港岩壁に行った。アメリカのリヴァティ型輸送船で、砂利を敷き詰めた上に板を張った船底に一畳が四人の割り当てで乗船した。出航した船は海に漂う機雷を慎重に避けて進み、七日間かけて大竹港に着いた。そこが母の両親がいる広島だとは知る由もなかったと母は言っていた。運命を共にした集団は引揚寮で数日過ごし、「送還者」と名札をつけて本籍地に向け全員が別れた。本籍地といっても、行ったことも会ったこともない縁者を訪ねる引揚者もいた。

父の郷里は自営農の祖父母がつましく暮らしており、驚きながらも迎え入れてくれ「裸で帰って食べられるだけでもありがたいと思っておくれ」と食糧不足が深刻であることを諭されたとい

父を慕い集まってくださった大湾国民学校の卒業生の方々

う。身重の母が出産後、納屋を借り戦後生活は始まった。配給米、雑穀、芋、野山川の動植物、麩まで食べたと聞いた。やがて新設の青年学級に父の復職が叶うと生活は落ち着いていった。弟が生まれ家族は五人になっていた。

父は仕事だけにとどまらず地域の引揚者協会をまとめたり、近くの寺の保育所設立に関わったり、図書の普及活動や無医地区の「学校保健計画」に取り組み、教育者としてかつて描いていた夢を実践していた。末っ子が三歳近くなり母も「戦後の教育に白紙でやりなおしたい」と復職した。祖父母の協力や保育所の設立があったおかげでもあった。祖父母は父の妹が稼ぎ、跡取りがいないので父に家督を継がせ同居させた。

順調にすべり出した戦後の再生はわずか数年で止まり、母は退職する。リウマチが発症し手足の痙攣、関節の激痛、変形が母を苦しめ家庭を惑わせた。さまざまな試行の後、座位だけを維持して母は医療を遠ざけた。移動も衣類の着脱もできない身体で、子育て、家事、農業の手配まで居間に座って指示する生活が自然に成り立っていき、家族全員が家事や母の介護の負担を担っていた。生易しいことではなかったが、家族にとって当然のこととなった。私が十歳頃からで言われるままに用事を果たした。そこに母がおり、淋しくも不便も感じなく育った。

母は十三年後、親の責任は果たしたと、また家族介護も限界と施設入所を希望する。父はまだ五十歳代の母との別離は辛かった。施設の母は短歌を学び始めて生き抜いた戦後の事、病いの事を思いきり詠み続けた。

母の死後、父は私を伴い、台湾生徒等の招きを受け入れ訪台した。引揚げ後四十年だった。生徒等は戦後は言語の習得に眠る間もなく苦労したと話していたが、自らの言葉で暮らす様子がうかがえた。

当たり前に生きる権利を奪う「戦争という理不尽は許せない」と強く思う。

夫種治が硫黄島で戦死、弟純徳と再婚した母

山口県防府市　簗瀬順子（六十一歳）

山間の村で杉の大木と、やぶ椿に守られて建つ家で、お婆さんと長男一家・二女・二男の種治

夫婦と皆で暮らしていました。三男の純徳はお国のお役に立ちたいと軍隊さんになっていました。

満開の椿で庭も赤く染まる春、二男種治の子は、スミヱのお腹から『もうすぐ産まれる！』という頃に、初めてお父さんになる種治に「戦争に行きなさい」と言う赤紙の召集令状が来ました。種治お父さんは、涙を一杯浮かべ、初めてお母さんになるスミヱのお腹に手をあて、男の子だったら名前は「孝治」、女の子だったら「キミ子」にと頼み、「万歳・万歳」と見送られ、どこか遠くへ連れていかれました。

それから間もなくの三月十四日、家中に大きな泣き声を響かせてキミちゃんは産まれてきました。ヨチヨチ歩きが上手にできるようになる頃、南の島、硫黄島にいる種治お父さんから手紙が届きました。

「可愛く成長しているキミちゃんの姿を想いながら元気で過ごしています。少し前まではお腹をこわしていましたが、今は良くなりました。

安心してください。困った時は従兄に相談して不自由な思いをさせないようにしてあげてください。ひと目、キミ子の姿が見たいです。一日も早く写真を送ってください。頼みます。」

と、書かれていました。スミヱお母さんは、キミちゃんを負ぶい二時間歩いて写真館に行き、硫黄島への手紙に写真を入れて急いで送りました。そして「明日はキミちゃんの写真が届く日……」と一歳になって間もないキミちゃんと二人で、お父さんの喜ぶ顔を思い浮かべ空を見上げていると、ラジオから「硫黄島、玉砕……」との放送が……。

〝お父ちゃんは絶対大丈夫〟と信じて暮らしていると、種治お父さん戦死のお知らせが届きました。家族や近所の人達に助けられ、お父さんのお墓が建ちました。キミちゃんは、お母さんと、真っ赤な蕾をつけた「ぼけの花」の苗を持って、「お父ちゃんは兵隊さん」とスキップしながら墓へ行き、真っ直ぐ建つ墓石に沿わせるように苗を入れ、小さな手で砂をかけて、お母さんに倣って一緒に手を合わせました。

それから数日経って、キミちゃんは風邪気味か鼻水が出るようになりました。「大事な一粒種。早く病院に」と、写真館の近所の病院へ行きました。キミちゃんは、白衣を見るやいなや入口の所から大きな声で泣きじゃくりました。「大事な一粒種。アメリカから入ったペニシリンって名の新しい注射を」と、ばたつく両手を押さえられ「すぐ終わるから頑張って元気になろうね」と注射液が挿入されました。すると、その直後から「お水・お水……」。病院でも水をもらって飲ませ途中の家々でも、水をもらい口に含ませ家路に辿り着いた時は、もうぐったりとなり泡を吹き出し束の間、呼吸は切れてしまいました。硫黄島玉砕から一年五か月目のことでした。

それから間もなく三男の純徳が南の激戦地「独立飛行第七三中隊」から無事に帰って来ました。大きな身体は見る影も無いほど痩せ細り、長い間、マラリアの高熱にうなされる日々が続きました。キミちゃんのスミヱお母さんの懸命な看病で、純徳は元気になり三年後には二人の間に長

硫黄島へ墓参、キミちゃんの写真を供える兄（69年目の夏）

女・長男・二女が恵まれました。私はその二女です。純徳父さんの腰には、弾丸が入っていて、それが時々、父さんの体の中で動き、玉の汗をかいて人知れず苦しんでいました。病院の先生からも「簡単だから取り出すように」と言われても「戦友の供養」と六十九歳の最期まで――。

住み慣れた家から霊柩車が出発する時、お見送りに来てくれた人達も「あー！」とびっくりしました。あたり一面、紋黄蝶で覆われて、父さんを乗せた霊柩車が見えなくなるといつの間にか一匹もいなくなっていたそうです。弾丸は、焼かれたお骨の中に混ざって転がっていました。その時、純徳父さんの戦争は「やっと終わった」と思いました。

キミちゃんの写真は、兄妹により終戦六十九年目の夏、硫黄島で眠るお父さんの元へ届けられました。

中国残留日本人孤児を支援、私もボランティアで

兵庫県伊丹市　村上貴美子（六十八歳）

敗戦の翌二十一年、私は満州で生まれた。現地国民学校の独身教諭と若い女性（私の母19歳）が身の危険を感じ急きょ結婚したためである。人工早産による八か月の未熟児。子供のいない中国人夫婦が自分達の子供にしたいと強く希望したが、一か月後、両親に連れられて日本へ引揚げてきた。

昭和四十七年、日中国交回復。五十六年、日本政府による残留孤児の訪日調査開始。戦後三十六年目にしてようやく日本の土を踏み父母を探し求める孤児達の報道を食い入るように見つめる私の父・藤堂晋然（鞍山初音在満国民学校教諭）。もしあの時、自分も赤ん坊を預けていたらと思うと他人事とは思えず涙し、微力ながら肉親捜しに協力奔走する父だった。当時三十代の私は残留孤児達のことは気になりながらも子育てに追われていた。

年月を経て、昨年の「孫たちへの証言・第27集」へ投稿、採用がきっかけで、中国残留日本人孤児の方達に巡り合った。戦後四十年以上、中国の地で苦労してようやく日本へ帰って来ること

ができた人達。帰っては来たものの、日本語がわからず途方に暮れておられる方が多い。その中の一人、松倉秀子さんのことを知ってほしい。

敗戦直後の中国で、病に侵された母親が、二歳位の赤ん坊（松倉秀子さん）を抱いて「誰かこの子をもらってくださ い」と町の食堂に入ってきた。その子は中国人にもらわれ母親は亡くなった。父親の事は分からない。中国人の養母は大切に育ててくれたが、周囲の目は冷たかった。学校では戦争で日本は悪いことをしたと教えられ、自分が日本人であることを苦しく思った。本当の親のことを知りたいと思ったが、自分を大事にしてくれている養母の気持ちを思うと聞けなかった。勉強が好きだった彼女は得意のロシア語を生かして通訳になることを夢見、夜もランプの下で猛勉強し大学への推薦も得た。けれど、中国の政治（文化大革命）が怖くて大学進学を諦めた。周囲から蔑《さげす》まれあまりの悲しさから井戸に飛び込もうとしたこともあったが、大きな石で塞がれていて飛び込めず、大声で泣いていると「あなたは私の娘」と言って養母が慰めてくれた。その後養母と一緒に、日本人であることを知られないようにと遠方に引越し、二十六歳で結婚。文化大革命後に中学、高校で数学の教師になった。養母が危篤になり初めて自分の幼い頃のいきさつを告げられた。養母が亡くなり、本当の父母のことを知りたいと強く思い始め、訪日調査に参加を希望し六十一年訪日した。でも身元は判明しなかった。けれど「私は日本人。祖国に帰りたい」という気持ちが強くなり、ようやく身元を引き受けてくれる人もでき、平成元年、四十五歳で家族を連れて永住帰国した。日本名は法律事務所の弁護士がつけてくれた。

帰国後は生活のために仕事に就いたが、言葉が通じないためアホ、バカと蔑まれた。中国では教師として尊敬されていたのにと悔し涙を流した。（樋口岳大・宗景正著『私たち「何じん」ですか？』要約）

生活も少し落ち着き二十年六十五歳の時、尼崎市の夜間中学へ通い始め、只今勉強中。帰国後は言葉が通じなくて、自分の気持ちも伝えられず苦しかったけれど、少しずつ日本語が判ると気持ちも明るくなり、日本語を習得していく中、勇気を出して道端で困っている人に声をかけることができ、手助けして感謝された時は、とても充実感があり嬉しかったとおっしゃる。今は尼崎市在住だが電動自転車に乗って週一回、夫婦で伊丹市の日本語教室にも通って来られる。日本語教室で今年は書初めも書かれた。教室では孤児の家族も含め日常会話を基本に学んでおられる。専任講師を中心にして市民ボランティアが協力する。私は中国語も話せない新米。だ

伊丹市の日本語教室で松倉さん（左）と私

が「向き合わないと何も始まらない」との先輩ボランティアの言葉を頼りに歩み始めている。

「桜咲く木の下で」姉の人生を思う

宇都宮市　加藤和子（七十歳）

戦時中を述懐する姉加藤文子は終戦時十六歳、宇都宮高女の四年生だった。その年に生まれた私とは親子ほど年の差がある。子どもの頃から姉の話に興味深く耳を傾けていた。

「散り際のソメイヨシノは、敗戦を予知しながら無念を語らず最期まで咲ききる〝将兵の姿〟だ」と言った。想う人の無事を祈り、生きて帰ってくれることを願い、気持ちを伝えられないまま万歳と送り出した。そうせざるを得なかった時代を恨んだ。

空襲警報を聞くたび、父が庭の隅に作った防空壕に逃げ込み、銀色に反射する機体が落とす無数の焼夷弾の炎におびえて過ごした日々。

学徒動員で工場（旧中島飛行機製作所）へ通い、英語学習を禁じられ、戦争への異論を語ることを許されず、母が耕す小さな畑で収穫したさつま芋の葉茎まで粥に混ぜ食した。耐えるだけの姉の青春白書である。

桜咲く木の下で飛花の行方を妄想する姉。彼らは宙に舞う塵になっているのか。深海の底へ流れ散っているのか。願わくは目の前に落下してと。妄想が妄想を生み過酷な情景ばかりが姉の脳裡を回っている。

戦場をつぐない少年兵の唇に触れ、神炎と呼ばれることを嘆き、もしや理に合わない刃を手にしているのでは、などと届くはずのない呼びかけを続けていた。

終戦まで一か月余りに迫った七月十二日、雨が降りしきる深夜に宇都宮の六十五パーセントが焦土と化した。米軍のＢ29爆撃機百十五機が次々と飛来した。東京大空襲以降二十七の地方都市が夜間爆撃を受けていた。

駅前（旧国鉄）の垂れた電線に引っかかる黒い屍、心身喪失状態の人間が焼けた衣服のまま歩く灰色の市街地。心に巣ごもる消えない記憶の数々。

そして姉はひだまりに吹く風を招き、若者のみなぎる笑顔を思い浮かべ抱き止め、セーラー服のリボンを風にほどくのだった。どんな時代にもひたすら咲く桜満開のとき、姉と連れ立って私は何度も花見をした。姉はふっと遠くを見つめてはため息をもらし、花びらを掌に誘いながら私へ向けた瞳の輝きは筆舌に尽くしがたく永遠の謎なのだ。

　幾回り春の陽ざしにほほ染めて　失くした分まで情致もやして

姉の命日に私が詠んだ句である。

戦争の体験も記憶も当然ない私は、報道や写真を見聞きするたび想像を絶する戦争の惨禍に背筋が凍りつき胸が締めつけられるのだ。ヒロシマ、ナガサキに原爆が落とされる二週間前にポツダム宣言を受け入れ降伏をしていればと悔やまれてならない。そしてなぜ戦争が起きたのか、いまだ納得できないまま学んでいる途中である。

兄姉五人の写真、右の兄を抱いているのが文子姉
（私はまだ生まれていない）

戦後七十年を迎え、姉が私に伝えたように私も八歳と五歳の孫を連れて散歩の道すがらや公園で知る限りの話を少しずつ聞かせている。これまで憲法を守り平和を維持してきた日本である。平成の時代に、そして未来に向けて集団的自衛権の行使が本当に必要なのだろうか。不戦の誓いは打ち砕かれてしまうのだろうか。私たち国民は新たな戦いを強いられている気がしてならない。

姉が望んだ通り桜の季節に旅立って八年になる。新川の桜並木はあの頃と変わらない花を咲かせている。姉は彼のことを語らなかった。どこで出会ったのだろう。大学生だったのだろうか。どこへ出征したのか。生死も私は知らない。姉は自分の心にだけ彼を閉じ込め、独身を通し旅立った。戦争を恨めしく思ったに違いない。

姉が常に希望し夢をたくした桜の木の下に私は立っている。一生独身を通し誰の世話にもならないが口癖だった。棺に横たわる姿に華の衣装を着せ紅をさしてあげたとき、人間が人間でなくなる悲劇を繰り返してはならない、と最期まで語りかけてきたのである。春空に舞う花びらの向こうから姉や先達の絶叫が聞こえてくるのだ。

第 5 部
特 別 編

「バンクーバーの朝日」【294ページ、松宮隆史様】

死ななかった重荷に押しつぶされそうな日々

京都市　千　玄　室（九十二歳）

昭和十八年、大学生だった私は学徒出陣により海軍に入隊し、予備学生飛行科に採用され、士官として訓練を受けました。そして徳島航空隊で海軍少尉として訓練をしていたある日、司令より「搭乗員整列」の号令で集合すると、紙切れ一枚が配布され、「特別攻撃隊を編成すること になる。熱望・希望・否、いずれかに丸をつけ、官・姓名を書いて提出せよ」と命令がありました。官・姓名を書けと言われたら「否」には丸をできない。私は「熱望」に丸をつけ提出しました。一週間後、「総員、特別攻撃隊に編成する」と命令が出ました。

そこからはただ死ぬための訓練が始まりました。通称「特攻隊」。爆弾を搭載した飛行機に乗り、そのまま敵陣に突っ込むのです。出発時に爆弾の信管を抜かれると、その瞬間からもうどこかに不時着することもほぼ不可能になります。どこに降りようが、爆弾はその威力を発揮することになります。出撃の指令が出れば、それはすなわち死を意味する。自身の命をかけた出撃。あまりにも非日常的な精神状態が、そこには存在していました。

当然海軍に入隊し、搭乗員に選ばれたその時から死へ向かっていることは自覚しなければなりませんでした。同期の西村晃（俳優となり水戸黄門役）とは同分隊で、いつも死の話をしておりました。「一緒に死のう」が二人の思いでありました。もちろん死への恐怖は確かにあり、どうしたらいいのかと悩んだこともありました。けれども、ここまできたのだからという一種の諦めがありました。それが本音で、今思い返しても死を純粋に捉えているということはなかったはずです。死との葛藤は諦めでもあったのです。

仲間たちは皆、次々と飛び立っていきました。「俺も続くからな」「靖国で会おう」と言い合いながら、若き命を空に散らせていったのです。愛する家族を守るために、愛する家族の幸せを祈って死に赴く。ただそれだけでした。私も覚悟は十分にできていました。しかし私が出撃命令を受ける前に待機命令が発令。「生き残った。助かった」そんな気持ちは微塵もありません。どうして自分だけが生き残ってしまったのか。昨日には「共に行こう」と言い合って飛び立っていった仲間たち。ずっと仲間に対する申し訳なさで忸怩たる思いでした。自分が死ななかったことへの重荷に押しつぶされそうでした。

復員し大学を卒業した私は、裏千家の若宗匠になるために大徳寺の後藤瑞巌老師のもとで修行をすることになりました。生きている負い目を感じながら、日々の修行を積んでいたある日、作務で草むしりをしていた私は、背後に気配を感じました。振り返ると後藤老師が立っておられ、私にこう問いかけられたのです。「どんな気持ちで草を抜いているのか――」と。質問の意味が

愛機の傍らで（1944年・徳島航空隊で）

咄嗟には理解できませんでした。何も考えずに草むしりをしていた私には、答えられる言葉などありませんでした。老師は、私の心を見透かしたようにおっしゃいました。「あんたが何気なく抜いている草も、生きている。他の草を生かすために、その草の命を奪っているわけや。生かされているということが、どんなに尊いことなのか、そのことに心を馳せなさい」。老師のその一言に私ははっとしました。そして生かされていることの意味と向き合いました。もしかしたら誰もが、誰かの犠牲によって生かされているのかもしれない。ならば生かされている者の使命とは何なのか。失った仲間たちに恥じない生き方とは何なのか。自問自答の日々が続きました。

そして自分が為すべきこと、生き残った自分にしかできないこと、それは二度と戦争を起こさないよう、茶道という文化の力で、世界を平和に導くことだと気づきました。自らが一滴の茶の雫となり、世界中の人々の鎹《かすがい》となること。それが自分に与えられた天命であると。旅立った仲間を思うとき、「生きている負い目」が私の心から消えることはありません。あれから七十年経った今も、それは消えることはない。ただ、「生かされている」という意味を、常に考え続けてこれまでの人生を生きてきたのです。

戦後七十年、仲間の遺骨も揚がらず、海底に沈んだままです。私は、沖縄や鹿児島、奄美大島で毎年慰霊祭を執り行っています。時には戦友を連れ立って。船上でお茶を点て、海に沈めると、青い海が緑色になります。戦友がお茶を飲んでくれているのだ、海底より日本の平和を祈ってくれているのだといつも思っております。

台湾航路「富士丸」遭難時の乳幼児と七十年ぶりの再会

東京都　西川徳子（九十五歳）

私は、赴任先の台北に帰任する父に同行、台湾旅行を楽しみ、帰りの昭和十八年十月二十四日、基隆港で「富士丸」に単身乗船しました。「富士丸」は駆逐艦「汐風」の護衛の下、「賀茂丸」、「鴨緑丸」と船団を組んで出港しました。

次の一文は、その時の遭難について、六日後に台北の父に宛てて書いた私的な手紙の一部です。

《午後に出港後、港外で一日停泊して出航。二十七日未明、奄美大島沖で、同行していた「賀茂丸」が米潜水艦の雷撃で航行不能となったので、「富士丸」はその救助に向かい、船客を収容しました。そして、出発しようとした同日早朝、ドンと音がし、続いて、「富士丸」がグラグラと地震のように揺れました。すぐ訓練のとおり下のデッキに行ったのですが、ブザーが鳴らないし、なんだ、沈むんじゃないのかと呑気に構えていたら、「もうトモの方が沈んでいるぞ」と言われ、とうとうやられたかと思ったのでした。ボートは一向下りてこないし、そのうち潜水艦がすぐ近くを潜望鏡を出して悠々としているのに気がつき、皆で「撃て！撃て！」と叫びました。水兵が上で撃っていましたがあまり近くにいるので弾が飛び過ぎて当たらず、悔しく思いました。そのうち、ボートを下ろし始めたのですが船が左舷に傾斜しているので引っ掛かってメリメリと壊れてしまいました。その時は一寸悲壮で急いで三番ボートに行ったら、すでに半分程下りていて満員です。飛びこもうと甲板の手摺りまで上がったが、怖くてダメ。やめてトモの方に行くと丁度、縄梯子が下がっていたのでそれを伝って下へおりました。そして、そこに運良く木のウキがあったので、それにつかまり海面に降りたのです。皆で渦に巻き込まれないように必死で泳ぎました。それから間もなく船は沈んだのです。午前六時四十五分。あの時の気持ちは何ともいえません。皆が「富士丸バンザイ」といったが、声を出すと涙が出そうで徳子は黙っていました。（中略）それからどのくらい浮いていたのか——。そのうちに救命胴衣が上にあがって苦しくなるし、寒くて歯がガタガタなるし救けばかりが待たれました。暫くしたら「鴨緑丸」が帰ってきました。でも一向にボートも下ろさないし近くの人ばかり救けています。近くまで泳ごうと頑張ったが、潮流が反対で段々離れてしまう。船はドンドン遠くなる——その時の心細かったこと。始め固まっていた人達もいつの間にか離れ離れになって、波の上に乗らなければ人が見えなくなってしまいました。徳子の人生も二十四年か、父様や母様がどう思われるかと悲しくなりました。それでも近くに駆逐艦が来てくれ、その時は急に元気が出て艦のそばに着いた時は本当に嬉しく思ったものです。約八〜十時間程水に浸かっていたと思います。縄梯子を上ろうとしたら、足が鉛のように重くてなかなか上がりません。それでもどうにか登り、後一段というところでどうにもならな

70年半ぶりに再会した米山紘一さんと私

くなり、水兵さんが手を出してくれても手を伸ばすこともできません。水兵さんがウーンと屈みこみ引っ張り上げてもらったが、そのまま甲板に倒れこんでしまったのです。》

私はこうして「汐風」に救助された後、門司から「鴨緑丸」に乗り換えて神戸で上陸し、東京駅で母と姉弟、そして親戚に出迎えられました。　　ところで、私は他の女性とともに、「汐風」の艦内で艦長から、この遭難で母親と別れた乳幼児四名の世話を依頼されたのですが、その中のお一人が、本書二十六巻に寄稿・掲載された米山紘一さんです。米山さんとは昨平成二十六年六月に七十年半ぶりに奇跡的に再会しました。この齢になって、このような再会があるとは思いもしませんでした。この奇跡を可能にしたのは、私の遭難記を数年前から掲載してくれた姪のブログ（http://d.hatena.ne.jp/KOINOBORI/20080216、同/20140122、同/20140123/1390479771）を、昨年一月に米山さんが御覧になったからです。尚、米山さんのホームページにも、私の手紙全文がＰＤＦファイルで収録（https://drive.google.com/file/d/0B1-1OV0NOE92Vk5KbllrZjRPSkU/edit）されております。

サイパン島の洞窟で飢えと渇きの日々

横浜市　栗　原　茂　夫（八十歳）

墓参のたびに墓誌をみる。平素、記憶の底に沈んだままの戦禍のこと、島の土となった父・弟たちのことを想起するひとときのために…。

殉国院修範釼正居士　昭和19年6月26日　俗名　修藏　35歳
法名　釋勝浄童子　昭和19年8月1日　俗名　勝　2歳
法名　釋輝南信士　昭和19年8月24日　俗名　輝夫　5歳

三柱は揃って昭和十九年没である。玉砕の島サイパンが初めて戦禍に見舞われた年だ。島で生まれた私は九歳だった。

昭和七、八年、熱帯農業を志し移民船に乗った父栗原修藏（35―昭和19年当時）は、島の南東部・第一農場でサトウキビの栽培に励んでいた。南洋興発（製糖会社）の現場担当者として「栗原組」組長を任されるほど農業経営も軌道に乗ってきていた。母都（30）、私、次男利夫（7）、三男輝夫（5）、四男勝（2）の一家六人は幸せで、島の空気ものんびりしていた。

私はアスリート国民学校（中川校長、十二学級）三年生だった。

十九年から教場が近くのジャングルに移った。父もアスリート飛行場の補修のため軍属として徴用された。制海権を失い内地からの食糧が届かなくなると、自給自足のためサツマイモの栽培へと転換を強いられた。国策だったのである。

戦時下に暮らしていることが次第に意識されるようになりつつあった。

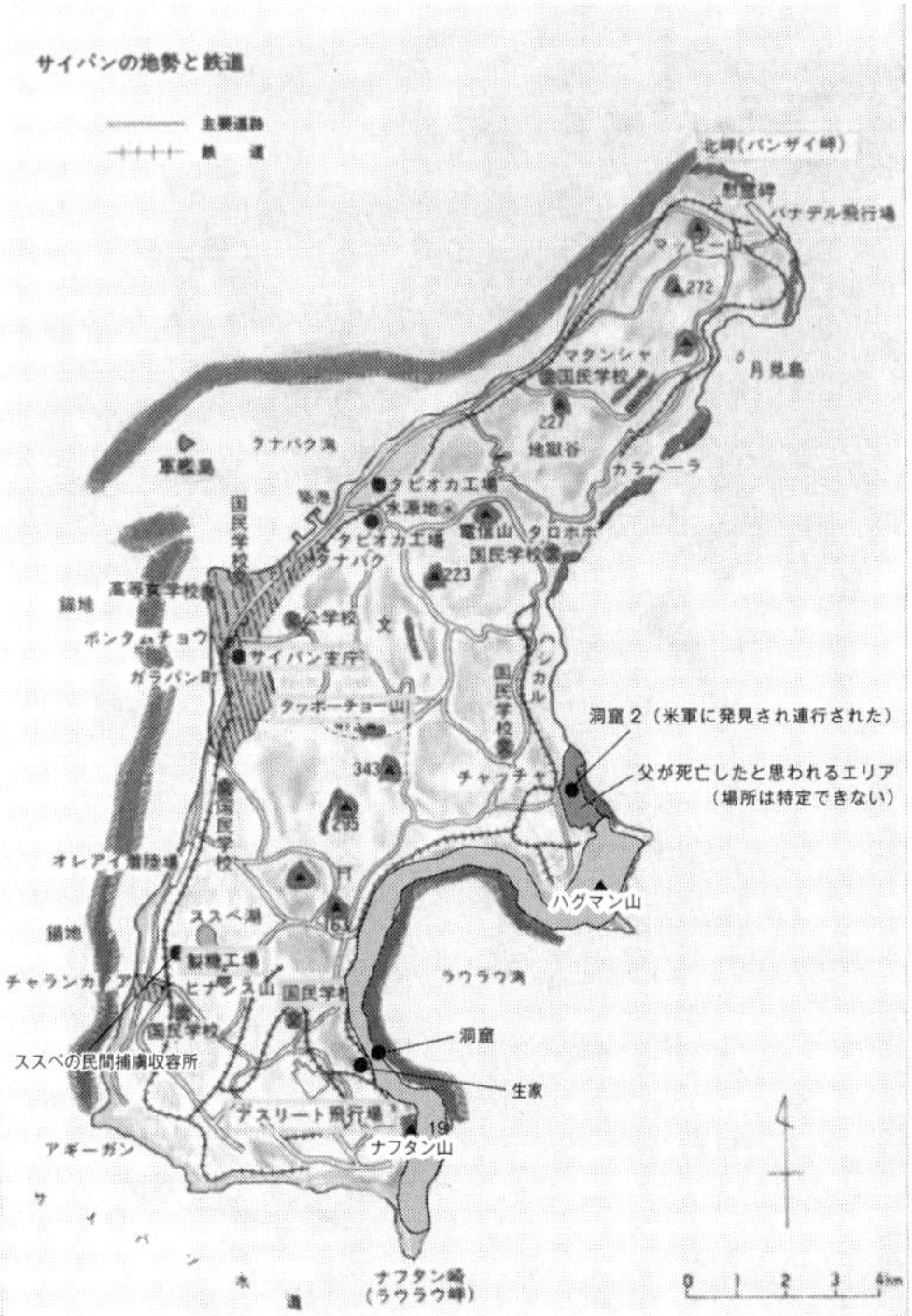

六月十一日昼ごろ空襲警報が発令された。想像を絶する空爆と艦砲射撃に続き、十五日には米軍が上陸を開始した。進攻の速さに追われるように軍民ともに北へ北へと逃れた。栗原家も艦砲射撃が頭上を襲う夜のジャングルをハグマン半島に向かった。青木家と合流するためである。伯父（母の長兄）夫婦は半島の第二

農場で父と同様農業に従事していた。四人の従姉妹と祖母（母都の生母）キンの七人家族だった。

洞窟内で両家十三人の共同生活が始まった。身の安全は守れたが問題は水と食糧だった。糧を求めて父と伯父は毎日洞窟を出ていった。島全体が水と食料の枯渇に苦しんでいるときである。わずかな水が得られたときは一口飲んで次に回すしかなかった。幼い輝夫が水筒を抱えて離さないことがあった。母は怖い顔で奪うようにして次の手に渡した。子どもの目にも痛ましく思われる光景で、七十年経った今でも脳裏から消えることはない。勝も出なくなった母の乳房を必死に求めた。飢えと渇きは極限状態に近かった。

私と利夫、従姉妹の里子・文江の四人は奥にいた。コンペイトウ（金平糖）を分け合っている

たった１枚の家族写真
末弟・勝はまだ生まれていない。右端が著者

ところだった。母たちがいるところは広かったが細い通路の先に狭い空間があった。そこの天井にあたる部分に畳半畳ほどの穴があり、わずかに外の光が差し込んでいた。木の葉がそよぐ音で風の気配を感じることができた。洞窟生活では贅沢な部屋だといえた。

六月二十六日、私たちは遂に米軍に発見されてしまった。父と伯父は洞窟を出たままだった。米兵が洞窟に踏み込んでくる直前、遠くに二発の銃声を聞いた。が、戦禍のなかではよくあることなので聞き流していた。

ふと天井の穴のあたりにいつもとちがう気配を感じた。目の端になにやら人の動きをとらえたような気がしたのだ。

「穴から覗かれているのか…?」

改めて目を凝らし見上げると、鉄カブトばかりか銃まで確認できた。が、日本軍の装備とはまるで違っていた。兵たちの皮膚は白く頬は赤かった。五、六人はいるようだ。私たち四人は後ずさりするように母たちの所に戻った。

狭い通路を抜けた途端に目にしたのは、洞窟の入り口あたりにかたまった十人ほどの一隊だった。反射鏡に外からの光を反射させ、光の束を洞窟の奥の暗がりの壁に丸く這わせる所作が長く続いた。日本兵が潜んでいないかを用心深く探っているのだった。銃口もわたしたちにではなく、洞窟の奥に向けられていた。

「アメリカ兵だよ」と母が囁いた。

「デテコイ　デテコイ」。三、四名の米兵が間近まで降りてきた。日本兵がいないものと判断したのだろうか。今度はわたしたちに向かって呼びかけてきた。

「デテコイ　デテコイ　ミソアリマス　デテコイ」

二メートルほどの距離から上官と思われる兵がピストルを向けてきた。ピストルを所持していること、軍服が他の兵士と異なることなどから一隊を指揮する立場にあると判断された。

「喉が渇いて堪らないのに味噌なんて要らないよね～」

母と叔母が小声で囁きあっていた。「ミソ」が「水」の意とは、後になって知った。

利夫は座ったまま無心に小石を弄《もてあそ》んでいた。突如ピストルを構えていた上官が、利夫を抱え込むと、すばやく入口に向かって連れ去ったのである。

「利夫が連れて行かれたのだから、もう諦めて出て行こうか？」

深刻な悩みのさなかにあった母が呟いた。利夫のいなくなった洞窟内に状況の変化が生まれつつあった。

しばらくすると、キャンデーを掌いっぱいに「兄ちゃん、これ！」と、利夫がニコニコしながら米兵とともに洞窟の斜面を降りて来た。安否を気遣うわたしたち一同は、無事に戻った弟にとりあえず愁眉を開いたのだった。両の掌に持ちきれないほど色とりどりのキャンデーを手にしていた。暗い洞窟のなかでそれがやけにあざやかに輝いて見えた。飢えと渇きに苦しんでいたぶん、いっそう魅惑的なものに思えた。口にしたかった。が、母の言葉は厳しかった。

「食べるんじゃないよ」

「利夫、さっき上で水を飲んだの？」

「いっぱい飲んだ」

母は、この瞬間（利夫は死ぬ）と思ったにちがいない。「敵が提供するものはすべて毒だ」と聞かされていたからである。「死ぬときは一緒に死のうね」母はそうつぶやくと、みんなを促し洞窟を出た。

「捕虜になれば戦車に轢かれて殺される」とも聞かされていたが、気がつくと有刺鉄線に囲まれた広場にいた。ススペの民間捕虜収容所だった。

最初の夜を迎えた。わたしたちは互いに体を寄せ合い小さな塊となって砂上に臥した。父の安否が気遣われて胸騒ぎを抑えがたかった。艦砲射撃や爆撃の気配はなく静かだった。洞窟に反響する米兵による投降の呼びかけだけがいつまでも耳に残っていた。

砂上でなく屋根付きの小屋で寝起きするようになった。床はないので勝は地面に敷かれた軍用毛布に静かに臥していた。乳の出ない母親の乳房などすっかり忘れてしまったかのように——。衰弱がすすむ勝に兄としてやれることはなかった。それどころか見守りすら飽き飽きして気持ちはささくれだっていくようだった。

八月一日、勝は栄養失調のためあっけなく息を引き取った。わずか三百九十二日の命だった。小屋に床が張られた。輝夫はその小屋から一度も外に出ることなく衰弱がすすむ体を力なく横たえていた。顔や手足がむくんでしまっていた。養生の手立てのないまま栄養失調のため輝夫も勝の後を追うように逝ってしまった。八月二十四日のことである。

二人の亡骸は収容所内の共同墓地に葬られた。ショベルカーが掘った大きな穴に、ダンプカーで運ばれてきた多くの亡骸がまとめて一気に落とし込まれた。折り重なって目の前を消えていった。無造作な埋葬は、まるで土木工事を見るようだった。飢えと渇きから解放されることなく逝った輝夫と勝に母が呟いた。

「ごめんね。すぐ後から行くからね」
行方不明の父と叔父は対日講和条約が締結されても還ってこなかった。母は父の死亡日を昭和十九年六月二十六日として鬼籍の人となした。家族が最後に別れた日であり、わたしが二発の銃声を聞いた日である。国防色の国民服が遠目には日本兵に見えたのだろうか？

カナダ移民「バンクーバー朝日」苦難の道のり

神戸市　松宮隆史（六十歳）

それはもう百年も昔のカナダのバンクーバーのお話です。カナダ野球界に大きな功績を残した日系野球チーム「バンクーバー朝日」があったのです。

一九四一年カナダ日系移民二世の運動能力に優れた子どもたちが集められバンクーバー朝日軍は誕生しました。一八〇〇年代末から国の移民政策により多くの移民が中国、ブラジル、アメリカ、カナダ等へと海を渡りました。生活が著しく貧困になるにつれ、夢を持ち異国での稼ぎをあてに田舎の村々から旅立った者たちの心中はどうだったのでしょうか。現在のように海外旅行などない時代、外国の人を見ることもなかった頃です。彼らは着の身着のままで僅かな身の回りのものだけで渡航のためのタラップを上り横浜や神戸の港から日本に別れを告げました。

一九〇六年、私の祖父、松宮惣太郎も僅か七歳で彦根の開出今村から母を亡くし、たった独りでバンクーバー行きの船に乗り込みました。祖父が大好きだった母は村で小さな飴屋をしていたそうです。惣太郎には母を亡くし先に渡航していた父を頼るしか統べはありませんでした。

祖父は成績優秀で身体能力に優れた少年となっていました。惣太郎は一九一四年、バンクーバー朝日軍に入団します。二〇一四年の年末のお正月映画「バンクーバーの朝日」は実在したバンクーバーの少年野球チームのことを描いた野球を通したカナダ日系移民の家族愛の物語でした。バンクーバー朝日軍の結成は一九一四年。祖父は十五歳でバンクーバー朝日軍の結成メンバーにキャッチャー7番として活躍することになります。祖父が母親を失い旅立った一九〇六年、日本は満鉄を作り上げています。国内では新橋と神戸間の最大急行列車が走り、山陽鉄道には始めての食堂車を連結。夏目漱石は坊ちゃん、草枕を発表しています。その他、多くの社会変化があり日本の経済が戦争と共に隆起していました。貧困と軍事需要の大きな隔たりの中で日本の国は大きな過ちに手を染めようと動き始めていました。日の丸を背負い夢を追い、新たな地を求めて海外移民となった人々もまた貧困と差別や迫害に苦しんでいました。

祖父が渡った一九〇〇年初頭には八千人もの日系移民が暮らし一九四〇年代には二万六千人までに膨れ上がっていました。バンクーバーの朝日のホームグランドがあったパウエル球場に寄り添うように流れる通り、パウエル通りには日本人街、リトル東京ができ溢れかえる日系移民がひ

大陸日報スポーツ大会優勝記念

しめき合い暮らしていました。多くの日系移民は漁業と林業に従事し過酷な労働と安い賃金で馬車馬のように働くしかありませんでした。祖父もまた渡航と同時に日本人街の寿司屋に丁稚奉公に入り小さかった彼は大きな重い桶を担いで出前に出て桶が片寄り寿司が団子になりよく怒られたと涙を流し話していました。日本人は真面目で勤労です。勤労で安い賃金の移民たちは重宝がられ罪もなく次々とカナダ人の仕事を奪うことになってしまいます。

経済が困窮する現在と同じようにポピュリズムの問題は移民たちの生活に怒りの矛先が向けられアジア移民排訴の暴動が起き差別や迫害など街や家屋

を焼き討ちにあうまでにエスカレートしていきます。経済の困窮がもたらすものは、いつも戦争です。誰かにその理由付けをして襲い戦火を上げるしか術がないのだろうか。それは一個人であり一国であり同様です。今もまた、遥か永劫の時の中で繰り返され続けています。

過酷な労働の後にその有り余る若いエネルギーと仲間たちとの楽しい時間のため。少年たちは灯りの入ったパウエル球場に走り毎夜集まって、来る日もくる日も激しい練習の日々を過ごしました。小人数から始まったバンクーバー朝日、カナダ人とは背丈も身体能力も比べものにはなりませんでした。多くの試合に惨敗を重ねても決して屈することはありませんでした。Rising Sun。それは正に迫害と差別に立ち向かう日の丸を背負った「朝日」の名の示す通りでした。彼等は一団となり硬い守りとバンドと盗塁などの緻密な機動力を駆使した頭脳野球と呼ばれる戦術を編み出しました。敏速な瞬発力と粘り強い打法。それはサムライ・ベースボールと言われるまでになりやがて勝利を手にするようになりました。カナダ人たちの観客のその成果への驚きと反発は尚も強いものとなり審判の不正判定や死球、走塁妨害など、バンクーバー朝日の勝利を阻止するまでになり混乱を招き日系移民たちも黙ってはいない事態を引き起こしました。「僕たちは、僕たちの遣り方で」。バンクーバー朝日は、それでもラフプレーは行わず一切の抗議も申し立てずフェアープレーの平和な試合をあくまで押し進めるのでした。その少年たちの一途なまでの戦い振りは、やがてカナダの人々の心をも動かし不正への異議を自ら申し立てるまでになりました。プロ野球でもない一少年の野球チームは一九一九年初のインターナショナル・リーグ優勝を手にするまでになりました。それは迫害や差別に苦しむ日系移民たちの誇りとなり彼らの大きな支えと力を生み出すまでの希望の灯りとなる野球チームに成長しました。一九二一年には日本遠征。早慶や数多くのチームと対戦しています。またカナダ遠征に訪れた現在の読売巨人軍とも対戦しています。一九二六年にはターミナル・リーグで優勝。惣太郎は初優勝、日本遠征にも出場し活躍しています。強い肩を活かしキャッチャー、遊撃手とし結成オリジナルメンバーの一員としての役割を果たします。

祖母、きをと写真見合いをし彼女を引き連れて再びバンクーバーへ。祖母はカナダ人宅のハウス奉公（ハウスキーパー）に就き明朗活発な事を活かしカナダの人々に大層、可愛がって頂いたそうです。祖父と祖母の暮らしはいくばかりであったでしょうか。想像するしか今はありません。バンクーバー朝日は勝利と招聘による転戦を重ね、カナダで一番強い野球チームとなっていきました。バンクーバー朝日の「朝日」は真っ赤に燃え上がり昇り詰めていました。バンクーバー朝日は日系移民の憧れとなり五軍にまでなる野球団となり冬期はホッケーやマラソンなどにまで活躍の翼を延ばしていました。惣太郎もまたホッケーではキーパーを務めるなど労働とスポーツの日々を過ごしました。決して屈することなく正々堂々と戦い生きた日本人としての誇り。それは今の私たちにも学ぶものがあると思います。日本人は日本人としての誇りと粘り強い精神と間違ったものには決して迎合せず、一人ひとりが他者の「痛みと喜び」を分かち合う「歴史」であるように思うのです。異国での毎日、男気と努力家の祖父の事です、負けて成るものかと生き暮らしたのでしょう。

一九二三年。それは何故か判りません。関東大震災のあった年に勝利に沸く最盛期のバンクーバー朝日を突然辞め日本に帰国しています。彦根で細々と飴屋を営んでいた母親を思ってか、日本で自分の朝日を再び上げたかったのか恐らくそれらの思いがバンクーバーから帰国後、カナダで培った西洋菓子の技術を持ち帰り、神戸で日本で初めてのキャンディー会社、昭和製菓合弁会社を興します。会社のマークは馬に跨がった勇敢で力強いリーダー（騎士）でした。それは第二次世界大戦を越え現在のチョコレートのモロゾフへと繋がります。不屈の精神はバンクーバー朝日のスピリットに違いありません。

一方、勝利に湧くバンクーバー朝日は一九四一年真珠湾攻撃の第二次世界大戦の勃発により敵国の野球団として解散させられ日系移民は全て戦時捕虜収容所や強制疎開地送りとなりバンクーバー、パウエル通りの球場は閉鎖。日本人街にも移民たちの姿はなくなってしまいました。日本人はバンクーバーの街から排除されます。生命を奪い、権利を奪い、誇りや生き甲斐まで。懸命に暮らした第二の人生の異国の地で自由まで奪われたのは、それもまた日の丸の「朝日」からでした。Sun rise. Sun set。戦争はいつの時代も奪うコトしか生み出しません。懸命に生きた異国

昭和製菓合弁会社前の惣太郎一家

の地にも日本人がいて戦火の中で捕虜となり遥か遠いとおい日本の地を思い歯をくいしばり耐え忍んだ現実があったことも忘れてはならない歴史の一頁です。

私たち家族は祖父、惣太郎が数少ないバンクーバー朝日の結成メンバーで在ったことを知る由もありませんでした。彼は一言も生涯、口にすることはなくこの世を去りました。それは、差別や迫害に苦しみ暮らした日々だったからでしょうか、或は日本に帰国して別れわかれになり戦争のために収容所送りになり二度と日本の地を踏むことなく旅立った友を思ってのことか、今となっては彼の中で封印された逸話の訳はわかりません。

二〇一四年秋、封印され続けたバンクーバー朝日の功績と祖父の野球時代は突然に映画「バンクーバーの朝日」によって目醒め私たち家族のもとに届けられました。私たち家族や多くのバンクーバー朝日の子孫たちもその偉大なるストーリーを映画により知ることになります。二〇〇五年、選ばれたバンクーバー朝日のメンバーは異例のカナダ、ブリティッシュコロンビア州のスポーツ殿堂入りを果たし、二〇〇三年にはカナダ野球殿堂入りしカナダ野球界に大きな足跡を残しました。二〇一四年深まり始めた秋の日、惣太郎のブリティッシュコロンビア州の殿堂入りメダルもバンクーバーの日系センターで発見されて今、私たちの手元に返還され祖父の胸で輝いています。バンクーバー朝日は二〇一四年、結成百年を迎え私たちに再び希望の灯りを点してくれました。祖父の写真やバンクーバー朝日の歴史を綴った、ASAHI : A Legend in Baseballの祖父の頁のポートレートの横にこう書かれています。「もしも、皆さんが日本に来ることがあったら神戸の私をどうぞ、訪ねて来てください。バンクーバー朝日　万歳！」それは祖父が寄稿した事すら知らないものでした。隠居し庭先の椅子に腰掛け、庭の飛び石を見つめ物思いにふける祖父の横顔をよく目にしました。彼の瞳に映っていたのは遥か遠いバンクーバーの日々と友だったに違いありません。

バンクーバー朝日は結成百年を迎えバンクーバーの少年たちにより新生バンクーバー朝日ジュニアが誕生し七十五年振りに二〇一五年春に来日。日本全国を転戦し友好を深め、祖父の生まれ故郷でありバンクーバー朝日結成メンバーを数多く生み出した彦根市開出今村（町）を訪問

2015春バンクーバー朝日ジュニア来日　彦根にて

しグラウンドで駆け回りました。祖父の眠る墓地もすぐ側の川の淵にありました。神戸ではなく祖父が旅立った故郷にバンクーバー朝日はやって来ました。百年を越え祖父の祈りは叶えられました。二つの戦争とバンクーバー日系移民の過酷な日々と栄光。想像を越える暮らし向きと人間の移動と再生。日々、繰り返され続けている人間の愚かな侵略や暴挙。災害やテロ、虐めや差別。バンクーバー朝日が百年の眠りから醒めて囁きかけてくるものは何でしょうか。日本人は日本人らしく生きよう。社会の豊かさとは「分かち合う」喜びや悲しみの中から生まれてる努力と誠意の結晶なのだ。そう我々に語りかけるために再び昇ってきたのではないだろうか。朝日はいつでも昇り沈み、また昇る。祖父のポートレート写真の見据えて一点を見る精悍な瞳は、そう囁きかけ私たちを見守っているように思えます。

私たち家族は数年前からSWEET DESIGNという会社を興し。祖父と同様に永年モロゾフに於いて祖父の意思を受け継ぎ日本のTop Brandに成長させた父の思いを継ぎ、リーダーのマークを社章に、神戸らしい豊かで愛と平和に満ち溢れた暮らしのための企画をKOBEの風土とバンクーバー朝日のスピリットを軸に考え創り、私たち家族が暮らした神戸の街で生きていきたいと思います。

人々の朝日は昇り、再び希望の灯りとなる。分かち合い、共に生きれば。

ありがとう。バンクーバー朝日。

戦争のない平和な世界を彼らと共に望みます。

そして、おじいちゃん。家族を何よりも大切に思った貴方の意思を忘れません。

バンクーバー朝日　万歳。

祖父、松宮惣太郎と家族にこれを捧げます。

あとがき

応募総数381編から100編を選ぶ

かつてわが国は「大日本帝国」と名乗っていました。「一億一心火の魂」となり「撃ちてし止まむ」と戦争に狂喜したのです。その帝国が武器を置き「降伏」して70年経ちました。小誌「証言集」も〝最後の節目〟と意識、「70年への想い　記録遺産へ」のテーマで投稿を呼びかけ、381編が寄せられました。

投稿者の平均年齢は77・84歳で、69歳までが30人で昨年とほぼ同じです。自分のことではなく父や母のことを書かれており、この傾向は今後高まっていくと思われます。

「おたずね状」を出し必要事項を植え込む

100人を選び、分かりにくい点や、具体的に書いてほしい事柄についての「お尋ね状」を添えてお送りしました。この戦争体験記は「証言集」を題名にしていることからもお分かりのように、内容を具体的に伝えることを主体にしているためです。編集のポリシーとして、1冊の中に、いくつの固有名詞を盛り込めるかを心がけています。たとえば「父は南方で戦死した」だけでは、証言にはなりません。

したがって次のような「お尋ね状」をお送りしました。

①ご家族のお名前を書いてください。年齢・職業も差し支えない範囲で。
②お父さんの部隊名・階級。
③戦死なさったのはいつ・どこですか。その状況などは？
④戦死公報は何時届きましたか。どう書いてありましたか。
⑤家族の生活や、あなたの人生に、どのような影響を及ぼしましたか。
⑥お母さんから「戦死」について、思いなど聞かれたことはありますか。
⑦天国のお父さんへ呼びかける言葉を一言、書いてください。

息吹を吹き込み生き返らせる思い籠めて

この中から必要なところを切り取り、応募文章へ植え込んでいくのです。息吹を吹き込み生き返らせる思いを込め、真剣に取り組んでいます。学校名や学徒動員の中身を書き込んでいけば、原稿が立ち上がってくるから不思議です。だが、ついのめり込み、こちらの言葉が顔を出し、お叱りを受けることもあるので細心の注意を払っているのです。

見出しにも神経を使います。「東京大空襲」とか「学徒動員」など、項目だけのものが多いからです。見出しだけで、状況が分かるようにしなければなりません。「東京大空襲、言問橋で隅田川に飛び込む」、「学徒動員、名古屋の工場で砲弾作る」など、内容を盛り込めば、要旨がほぼつかめます。

最高齢は101歳、思いもかけないめぐり合いも

▽掲載の最高齢は101歳の最上孝子さん（東京都）です。東京は危ないので、子ども6人を抱えて主人の郷里（兵庫県吉川）へ疎開しておられました。主人は銀行員で3月10日は宿直。銀行は深川にあり、猛炎に包まれるも消火に奮戦される。酸欠状態になりながら耐えたので助かったそうです。「もし逃げ出していたら、銀行は焼失し、自分たちも周囲の状況から助からなかったでしょう」。お電話でお元気な声で答えてくださいました。原稿は次女が出してくださったそうです。

▽西川徳子さん（94・東京都）は「富士丸遭難の記」です。投稿のきっかけはインターネットでブログに出されていた西川さんの遭難記を昨年1月、米山さんが発見され、連絡をもらわれたからでした。米山紘一さん（71・福島市）は、1昨年の第26集に富士丸での遭難記を投稿、掲載されています。西川さんご自身も同じ船に乗り合わされており、護衛駆逐艦汐風に救助されます。その折、一緒に救助された1歳ぐらいの赤ん坊の世話を任されたのです。それが米山さんだったのでした。このような経緯を経て赤い糸が繋がりました。

▽栗原茂夫さん（80・横浜市）は、サイパン島の洞窟で2家族13人が避難生活をされました。朝

早く父と叔父が食料を探しに出かけた後、2発の銃声が聞こえました。二人は帰ってきません。母の決断で洞窟を出ました。米軍に捕まり収容所で生き延びた体験です。

▽「バンクーバーの朝日」は映画を見たので、お孫さんの松宮隆史さん（60・神戸市）に投稿をお願いしました。10ページの長文ですが苦難の歩みがつづられていました。

▽嬉しかったのは裏千家の千玄室さんからの投稿です。18年、学徒出陣で海軍に入隊、少尉で特攻隊員に。それからは死へ向かっての訓練が続いたのです。「俺も続くからな」「靖国で会おう」と飛び立つ戦友と固い約束を交わされました。しかし出撃直前に待機命令が出て生き残ってしまったのです。「死ななかったことへの重圧に押しつぶされそうでした」と記されていました。老師の言葉に「生かされた意味と向き合いました」とありました。その思いが今日へ繋がっていることを教えられました。

若い方が父母などのことを書き残す傾向に

掲載者のうち若い方々を紹介します。

▽黒田華子さん（41・兵庫県）は、平和の象徴として曾祖母がひそかに作られた鳩の絵柄入りの花嫁衣裳を大切に引き継いでいることを投稿されました。

▽辻井早苗さん（58・千葉県）は、満州からの逃避行で父母など5人が犠牲になられた悲惨な状

況を、記録にとどめ子孫に残さなければとぺんをとられました。
▽稲葉實さん（60・兵庫県）は、91歳でなくなられた父のノートなどから、関東軍に出入りして目撃された、処刑現場のことなどをまとめてくださいました。
▽石井れい子さん（61・東京都）は、父の眠るニューギニア墓参を投稿されました。
▽簗瀬順子さん（61・山口県）は、母の夫が硫黄島で戦死、南方から復員された弟さんと再婚、自分はその次女。墓参の写真も添えられていました。
▽山本貫一さん（62・兵庫県）は、義父の回想録から「敵陣インパールを目前に、補給なく地獄の撤退行」の場面を書き取ってくださいました。
▽島田香弥子さん（63・大阪府）は、原爆投下の翌日、広島入りされた父が書き送ってくださったメッセージを孫たちにも伝えようと送ってくださいました。
▽母岡田民子さん（96・熊本県）は熊本から渡鮮、敗戦後の波乱を、娘金田麗子さん（74・山口県）が、帰国後をリレーで書いてくださいました。

平成二十七年七月　　　　編集者　福　山　琢　磨

◆**掲載者の朗読発表会**　【大阪】８月14日（金）13時〜16時。大阪上本町、近鉄百貨店10階、近鉄文化センター。入場料500円。
【東京】９月５日（土）13時30分〜15時30分。ＪＲ恵比寿駅、直結アトレビル７階、讀賣カルチャーセンター、入場料500円。

第29集（平成28年度）のテーマ

〝あの戦争〟記録することで生き続ける

応募締切りは毎年３月31日です

応募要項

・第１部　国内での体験
・第２部　国外での体験
・第３部　亡き人たちの証し
・第４部　戦後、それからの私たち
・第５部　特別編

◇内　容
①戦争体験
②戦争に関するドキュメントな体験
③戦争などで犠牲になった肉親のこと
④戦後の苦境をどう乗り切ったか
◇字　数　1600字以内（原稿用紙４枚）
◇記　入
氏名･年齢･住所･電話番号を明記のこと（匿名は不可）
◇締　切　毎年３月末日まで
◇入　選
約80編を単行本として出版（８月）
◇謝　礼　採用はその集を１冊。
◇発　表　本紙「マイ･ヒストリー」夏号

◇販　売　８月中旬、全国の主な書店で。無い場合は下記へ直接申し込むと直送します。送料は実費負担して頂きます。定価は 1300円＋税。
◇送り先
〒543-0021
大阪市天王寺区東高津町５－17
㈱新風書房「証言集」係
☎ 06―6768―4600

※写真は採用決定後、提出していただきます（提出写真は希望者のみ返却します）。
※原稿の返却はいたしません。

—孫たちへの証言　第28集—
70年への想い　記録遺産へ

発行日　平成二十七年八月一日（初版）ⓒ
企画・制作　福山琢磨
編者　「自分史教室」講師・㈱新風書房代表
発行所　㈱新風書房
543-0021　大阪市天王寺区東高津町５―17
TEL　06―6768―4600
FAX　06―6768―4354
印刷所　㈱新聞印刷出版事業部
543-0021　東京都新宿区四谷２―11―２
TEL　03―3359―3221
FAX　03―5360―1579

孫たちへの証言

毎年テーマを決め、原稿を公募しています。原稿の締め切りは三月末日、一千六百字以内。入選には薄謝（最新号）、発表は応募者全員に連絡します。詳しくは「㈱新風書房・証言集係」まで。

☎06・6768・4600

全国公募の中から選び抜かれた玉編の証言集

1集	「私の八月十五日」	本体　485円
2集	「激動の昭和をつづる」	本体　583円
3集	「そのとき、私は…」	本体　777円
4集	「戦争、それからの私たち」	本体　971円
5集	「いま語り継がねばならぬこと」	本体　971円
6集	「こんなことがあっただョ」	本体　971円
7集	「なんとしても語り継ぎたいこと」	本体　971円
8集	「50年前のあのことこのこと」	本体　1165円
9集	「次代へ語り継ぐ私の戦争」	本体　1165円
10集	「心にしまいこんでいたこと」	本体　1200円
11集	「今だから語れること」	本体　1200円
12集	「今、書き残しておきたいこと」	本体　1200円
13集	「特別号・21世紀への伝言」	本体　1300円
14集	「新世紀を生きる君たちへ」	本体　1300円
15集	「戦争の風化、許すまじ」	本体　1300円
16集	「21世紀へ語り継ぐ私の遺産」	本体　1300円
17集	「許すまじ戦争・語り継ぐ私の体験」	本体　1300円
18集	「戦争を絶対やってはなりません」	本体　1300円
19集	「人の心を破滅させる戦争をやってはならない」	本体　1300円
20集	「世界平和への遺産」	本体　1300円
21集	「記録することで体験は生きつづける」	本体　1300円
22集	「あの時代の記憶を記録にとどめよう」	本体　1300円
23集	「庶民の体験でつづる《もう一つの戦争》」	本体　1300円
24集	「これだけは次代へ伝えたい《私の戦時体験》」	本体　1300円
25集	「〝記憶〟は〝記録する〟ことで生き続ける」	本体　1300円
26集	「これだけは何としても書き残したい」	本体　1300円
27集	「〝あの記憶〟を風化させてはならない」	本体　1300円
28集	「70年への想い　記録遺産へ」	本体　1500円

※印は在庫切れ

編　者　**福山琢磨**　「自分史教室」講師　㈱新風書房代表

発行所　**㈱新風書房**

〒543-0021　大阪市天王寺区東高津町５-17　☎06（6768）4600

〒160-0004　東京都新宿区四谷２-11-２　☎03（3359）3221